L'Homme A L'Envers

狼人

［法］弗蕾德·瓦尔加斯◎著
余中先◎译

新华出版社

图书在版编目（CIP）数据

狼人／（法）弗蕾德·瓦尔加斯著；余中先译．
北京：新华出版社，2017.12
书名原文：L'Homme *à* l'envers
ISBN 978－7－5166－3755－5
Ⅰ.①狼…　Ⅱ.①弗…②余…　Ⅲ.①长篇小说—法国—现代
Ⅳ.①I565.45
中国版本图书馆 CIP 数据核字（2017）第 308865 号
著作权合同登记号：01－2015－7610

狼　人

作　　者：（法）弗蕾德·瓦尔加斯　**译　　者：**余中先

责任编辑：张　谦　**封面设计：**李尘工作室

出版发行：新华出版社
地　　址：北京石景山区京原路 8 号　**邮　　编：**100040
网　　址：http：//www.xinhuapub.com
经　　销：新华书店
购书热线：010－63077122　**中国新闻书店购书热线：**010－63072012

印　　刷：河北鑫兆源印刷有限公司
成品尺寸：148mm×210mm　**开　　本：**32
印　　张：10　**字　　数：**230 千字
版　　次：2018 年 12 月第一版　**印　　次：**2018 年 12 月第一次印刷

书　　号：ISBN 978－7－5166－3755－5
定　　价：39.80 元

星期二，在阿尔卑斯山的旺特布吕讷地方，有四只山羊被割了脖子。而星期四，在皮埃尔佛，又发现了九只。“是狼”，一个老人说。“它们下来要我们好看了。”

另一位听了这话后，一口喝干了杯中酒，举起了一只手。“是一只狼，皮埃罗，一只狼。一只你从来都没见过的野兽。它这一下要我们好看了。”

一

有两个家伙，躺在一片小矮林的荆棘丛中。

“瞧你这样子，是不是不想再教我怎么干这活了？”第一个家伙喃喃道。

“我什么样子都不是”，他的同伴回答说，这是个魁梧的汉子，一头长长的金发，他叫劳伦斯。

这两人纹丝不动，紧握着望远镜，观察着一对狼。已经是上午十点钟了，太阳烤晒着他们的腰身。

“这只狼，就是马库斯”，劳伦斯又开腔了。“它返回来了。”

另一位摇了摇头。这是一个当地汉子，矮矮的个头，褐色头发，性格稍稍有些固执。六年来他一直监视着梅尔康都国家公园的狼群。他的名字叫让。

“是西贝柳斯”，他低声嗫嗫道。

“西贝柳斯要高大得多。脖子上没有这样一大块黄毛。”

让·梅尔西埃有些困惑，调整了一下手中的望远镜，又一次调清晰了焦距，仔细地观察那只公狼，只见它就在离他们藏身地以东大约三百米远处，围绕着那块岩石打转，不时地抬起脑袋，昂扬在清冽的风中。他们离得很近，太近了，最好还是稍稍后退一点，但劳伦斯想不计一切代价来拍摄。他就是为了拍摄狼群才来的，他要把他的报道发回加拿大。但是半年来，他却以种种莫名其妙的借口，再三推延他的返回。说句实在话，这个加拿大人真的是赖在这里不走了。让·梅尔西埃知道个中的原由。劳伦斯·唐纳德·约翰斯通，这位著名的加拿大灰熊研究专家，眼下已经被一小撮欧洲野狼彻底迷住了。他并不打算公开说出这一点来。无论如何，这加拿大人的嘴实在是紧得很。

"春天返回的"，劳伦斯喃喃道。"来创建它的家庭。而它，我就不把它再放回去了。"

"真的是普洛塞耳皮娜①"，让·梅尔西埃嗫嚅道，"雅努斯和朱诺②的女儿，第三代。"

"加上马库斯。"

"加上马库斯"，梅尔西埃终于承认道。"有一点是确定无疑的，它们一定已经有了新下的狼崽。"

"好。"

"很好。"

"一共有多少？"

---

① 普洛塞耳皮娜（Proserpine），罗马神话中的冥后，相当于希腊神话中的珀耳塞福涅。这里用来称呼一头狼。

② 雅努斯（Janus）是罗马神话中的门神，有正反两张脸，一张朝向过去，一张朝向未来。朱诺（Junon）是罗马神话中主神朱庇特的妻子，天后。

“现在说还为时尚早。”

让·梅尔西埃往挂在皮腰带上的一个记事本上记了几笔，拿过装水的葫芦来喝了几口，恢复了原先的姿势，连一根小草的细枝都没有压裂。劳伦斯放下了手中的望远镜，擦了一下脸。他拉过那架摄影机，对准了马库斯，微微一笑，开始了拍摄。他曾在灰熊、驯鹿和加拿大狼群中生活了十五年，独自一人走遍了辽阔的原始保留地，观察、记录、拍摄，有时候，还伸出手去，救援他那野蛮人同伴中的最年长者。并非都是一些滑稽可笑的事。一头年老的母灰熊，名字叫琼，曾低下脑袋冲他奔来，想给自己蹭一蹭痒痒。劳伦斯根本就没有想到，那可怜的欧罗巴，那么狭窄的、惨遭蹂躏的、已被驯化的欧罗巴洲，居然还能为他提供值得前往一看的东西。他接受了这一报道任务，前来梅尔康都高原，当然，不免带着些许的犹疑，想入非非。

总而言之，他恒久地待在了这一偏僻的山坳中，他把归期一推再推。很明显，他在拖延。他一再拖延，为的是欧洲的狼群，还有它们寒酸的灰色毫毛，相比较于北极地带那些皮毛浅色的，在他看来值得温柔对待的毛茸茸的野兽，这里的狼就都是一些可怜兮兮的、气喘吁吁的兽类了。他一再拖延，还为了那一大群一大群的昆虫，那一大把一大把的汗水，那一大丛一大丛几近炭化的矮树，因为地中海沿岸地区土地上那劈啪作响的炎热。“等等吧，你还没有全看到呢”，让·梅尔西埃用一种稍稍有些教训人的口气对他说，那是一种在阳光下历险过的老行家、老油条、死里逃生者的高傲口吻。“现在才刚刚六月份呢。”

最后，他的一再拖延，是为了卡米叶。

在当地，他们说的是“赖着”。

“这可不是一种指责”，让·梅尔西埃带着某种严肃的表情对他说，“但你最好还是得知道：你赖着不动了。”

“好的，现在，我就算知道了”，劳伦斯回答道。

劳伦斯停住了摄影机的工作，小心翼翼地把机器放到他的背包上，盖上了一块白布。年轻的狼马库斯刚刚消失在了北边。

“趁着天色还早，没有太热，出发狩猎去了”，让解释道。

劳伦斯拿水淋了淋脸，把鸭舌帽子浸湿了，还一连喝了十来口水。老天爷，好毒辣的太阳。从来没见识过一个如此的活地狱。

“至少有三只小狼崽”，让喃喃道。

“我都快烤化了”，劳伦斯说，做了一个鬼脸，伸手去摸自己的脊背。

“等等吧，你还没有全看到呢。”

二

让—巴蒂斯特·阿当斯贝格警长把面条倒到滤罩上，心不在焉地沥干了汤水，再把所有的干货都弄到他的盘子里，奶酪、西红柿，今天晚上就吃这些了。他回家晚了，因为忙着审问一个年轻的蠢蛋，那家伙一直把他耗到了十一点钟。由于阿当斯贝格是个慢性子，他不喜欢急急忙忙地办事、匆匆忙忙地待人，哪怕他们全都是十足的蠢蛋。尤其首要的是，他不喜欢催逼自己快起来。电视机打开了，调在静音上，战争，战争，还是战争。他噼里啪啦地胡乱翻腾着餐具抽屉，找到了一把叉子，死死地站立在电视机前。

……梅尔康都的狼又一次转入了进攻，阿尔卑斯—滨海省向来未受侵害的一个村镇遭到了进攻。此次，人们提到了一只个头奇大

无比的野兽。是现实还是传说？当地……

阿当斯贝格手中始终托着盘子，轻轻地踮起脚尖，很慢很慢地凑近了电视机，似乎很怕会惊扰了新闻主持人。纯粹一个多余的动作，那家伙从电视中逃走了，根本就没有讲完他刚刚开始的关于狼群的精彩故事。他调响了音量，后退几步。阿当斯贝格很喜欢狼，就如同人们喜欢他们的噩梦。他在比利牛斯山区度过的整个童年始终被一些老人的嗓音所包裹，他们讲述着法兰西最后的狼群的史诗。九岁时，当他夜晚上山游走时，当他父亲派他出门去捡柴火时，他都会以为自己看见了狼群黄色的眼睛，一路跟随他移动在小径中。**就像是炭火，我的小子，就像是炭火，狼的眼睛，在夜里。**

而今天，当他返回那里时，在他的山乡，他又踏上了同样的道路，在夜里。实在叫人绝望透顶，人啊人，这算是赶上了最糟糕的情况。

他当然听说过，好几年前，意大利那边的阿布鲁佐地方有几只狼翻越了阿尔卑斯山过来。某种程度上说来，那是一帮不负责任的流浪者。兴致很高的醉鬼。亲切友好的流窜，象征性的回归，欢迎你们，阿布鲁佐地方毛发脱落的三个畜生。致敬，伙伴。从此，他就相信，有些家伙会母亲一般地照料它们，如同看待一个宝贝，让它们在梅尔康都的砾石泥灰岩层中得到精心的庇护。时不时地会有一只羊羔来到它们的牙齿缝中。但是眼下，他第一次看到了它们的形象。怎么回事，这一突如其来的残暴，真的是它们，是阿布鲁佐的勇敢小子们吗？阿当斯贝格一边静静地吃着面，一边看着电视屏幕中一头羊被肢解在牧场羊圈的[①]草地上，满地是脏污的羊毛，山羊被撕得粉碎，一片土地浸满了血，还有一个牧羊人惊恐万状的脸。摄影机自鸣得意地发掘着伤口，新闻记者把一个个问题磨砺得飞快，渐渐点燃乡野中的怒火。随着电视镜头的摇动，狼的嘴脸出现在了屏幕上，下垂的嘴唇翻了起来，直接就出自于老纪录片，更是巴尔干半岛的，而非阿尔卑斯山的。人们几乎会相信，这整个偏僻的尼斯地区，在野蛮兽群的气息下，突然就弯曲起了脊梁骨，而年老的牧羊人昂扬起高傲的脸，目光直愣愣地，向野兽发起挑战。就像是一些炭火，我的小子，就像是一些炭火。

事实始终明摆在那里：据清点，高原上共有三十来只狼，这还不包括迷途的小狼，大约有十来只，还有那些流浪的野狗，其危险性跟狼也相差无几，上一个季节，以梅尔康都为中心方圆十公里的范围内，就有好几百只羊被他们咬断了脖子。在巴黎，人们不谈论它们，因为在巴黎，人们根本就不在乎为数不少的狼与羊的故事，而阿当斯贝格则瞠目结舌地注意到了这些数字。今天，在奥尼埃镇，又发生了两起狼袭羊的事件，算是重新挑起了事端。

一个兽医出现在了屏幕上，沉着冷静，很专业，手指指定羊身上的一处伤口。不，不可能有丝毫疑问，这里，是上啮齿的咬痕，右侧第四颗前磨牙。瞧，还有这里，前面，是右犬齿。再瞧那里，还有这里，靠下面，这里。两者之间的间距，瞧瞧。这是一个大型犬科动物的颌骨。

“您认为那是一只狼吗，大夫？”

---

① 羊圈：这里的法语原文为“bergeries”，指游牧放羊时的场地，有围栏，但通常是露天的，不是有顶棚的圈舍，羊群就在这里过夜，可译为“围子”，或“羊栏”，这里暂译为“羊圈”。

“或者是一条体型巨大的狗?”

“或者是一匹体型巨大的狼?”

接着，重新，又是牧羊人那张固执的脸。四年来，那些可恶的畜生带着都城居民们的祝福，填饱了自己的肚皮，人们从来都不曾见过如此的伤口。从来都没有。跟我的手一样大的獠牙。牧羊人伸出胳膊指向地平线，扫过一座座高山。那上面，它在溜达。一头人们从来都没见过的野兽。让他们嬉笑去吧，在巴黎，让他们嬉笑去好了。等他们有朝一日目睹了，他们就不会那么嬉笑了。

大受刺激的阿当斯贝格站着吃完了盘中的凉面条。新闻播报在继续。战争。

警长慢慢地坐下来，把手中的盘子搁到地上。老天啊，梅尔康都的狼群啊。它实实在在地壮大了，这一开始的无辜的小小狼群，怎不叫人惊讶啊。一个村镇接一个村镇，它们渐渐扩展着自己的狩猎地盘。它们超越了阿尔卑斯滨海省的地界。在这四十来只狼当中，有多少具有攻击性？有几组？有几对？孤独的一匹吗？是的，在那些故事中，是这样的。一匹孤零零的独狼，狡黠、残忍，深夜侵入村庄，灰色的脚爪之上是它那低低的屁股。一头庞大的野兽。梅尔康都之兽。而孩子们则留在家中。阿当斯贝格闭上了眼睛。就像是炭火，我的小子，就像是炭火，狼的眼睛，在夜里。

三

只是到了星期五，劳伦斯·唐纳德·约翰斯通才下山回到村里，那时已经是晚上十一点钟光景了。

在一点到四点之间，梅尔康都森林公园的人们待在昏暗的石头棚屋里，进行着一次长久的休息，或是研习，或是瞌睡，那种用来筑屋的干燥的石头，人们在山坡上到处都能找到。劳伦斯返回他的栖身之地，离年轻的马库斯的新领地并不太远，一片破败的羊圈，他清除了地面上积攒了经年累月后早就没了臭气的羊粪，把它当作临时的住所。这可是一条原则。这位加拿大巨人，更习惯于用雪团来擦洗自己赤裸的上身，而不是带着浑身的臭汗，在满是羊粪的地上就地打滚，他觉得法国人实在太污脏。巴黎，在他匆匆忙忙穿城而过之后，给他留下的印象是臭气冲天，满城都是浓重的尿臊味和汗酸味，还有一阵阵的蒜味和酒气。但是，恰恰是在巴黎，他遇识了卡米叶，因此，巴黎还算是情有可原。而他跟她一起临时落脚的这太过炎热的梅尔康都，还有这圣维克托杜蒙村，也算是情有可原。但是，毕竟还算是污脏的，尤其是那些家伙。他实在不习惯看到他们那黑污污的指甲，黏哒哒的头发，灰蒙蒙、油腻腻的走了形的短衣短裤。

在他打扫干净的旧羊圈中，劳伦斯每天下午都会安坐在一块大布上，那布就直接铺在干燥的地面上。他整理笔记，审查上午拍摄的图像，准备晚上的观察计划。最近几个星期里，有一头像是已经筋疲力尽的老狼，一匹大约十五岁的独狼，真正的奥古斯都元老①，在穆尼埃山狩猎。它只在凉快的时分出动，而劳伦斯并不想错过它。因为老爹爹总是更多地尝试着苟延残喘，而非猎获敌人。它濒临衰竭的力气使得它无法捕获最简单的猎物。劳伦斯自忖，那老狼还能支撑多长时间，这一切将如何收场。而他自己，劳伦斯，将支

---

① 这里，仍以古代罗马帝国君主奥古斯都的名字来称呼老狼。

撑多长时间，然后就会去偷猎一点点肉送给那年老的奥古斯都，由此冒犯国家公园的法则，因为公园中的规矩，就是让那些动物像在世界的最初阶段中那样，自己去摆脱困境，或自行走向死亡。假如劳伦斯给老狼带去一只兔子，那也不至于会打破这地球的平衡吧？无论如何，总应该这样做一下，而不要向法国同行们透露半点风声。同行们会保证说，为野兽提供一个帮助，就是加速它们的弱化，就是扰乱自然法则。当然，但是奥古斯都早已很衰弱了，而自然法则正如日中天，如美丽的花边。那么，这又能改变什么？

劳伦斯吃完了面包、水、肉肠，然后就地躺下，两手垫放在后脖底下，他想起了卡米叶，他想到了她的身体，她的微笑。卡米叶很干净，卡米叶很香，尤其，卡米叶拥有一种难以想象的优雅，它会让他双手颤抖，让肚子和嘴唇颤抖。劳伦斯从来想象不出会为一个如此的褐发女子而颤抖，她有一头乌亮乌亮的秀发，齐脖子剪平，很像是那一位埃及艳后克莱奥佩特拉。毕竟，他想到，这位老克莱奥佩特拉死去已经有整整两千年了，但她依然还是那些鼻子高挺、脖子优美、肤色纯正的高傲褐发女郎的原型。是的，万分强大，这个老克莱奥佩特拉。而实际上，他对她竟然一无所知，当然，除了一点，即她根本不是什么女王，她是靠自己的劳动来养活自己的，一会儿搞音乐创作，一会儿修水管子。

随后，他还得抛弃那些妨碍他好好休息的形象，他的注意力全都集中在了昆虫们的喧哗上。这些小虫子，实在抵得上一份神圣的活儿。有一天，在低坡上，让·梅尔西埃向他显示了他的第一只知了。像一片指甲那么大，遇到一点点动静就吱啦吱啦地叫得连天响。劳伦斯，他，喜欢安静地生活。

今天上午，他惹恼了梅尔西埃。但不是开玩笑，是关于马库斯，毕竟。

马库斯，脖子上有一大簇黄毛的家伙。这只狼，它有出息。刚毅、警觉、凶残。劳伦斯怀疑，今年秋天，在特雷沃镇上，它吃掉了相当多的羊羔。掠夺者的漂亮活儿，毛皮被撕成十多块，周围的草地上到处都是鲜血，好一番非凡的身手，实在让公园的小子们感觉气馁。损失虽已得到了弥补，但牧羊人情绪激昂，纷纷装备了攻击性很强的牧羊犬，而在上个冬季，还差一点导致了一场地毯式的总搜山。从二月底起，自从冬季的兽群逐渐消散后，一切复归于平静。歇息。

劳伦斯站在狼群的一边。他认定，那些野兽曾勇敢地穿越阿尔卑斯山，而为法兰西的小小土地增光添彩，恰如来自往昔的辉煌的阴影。根本就不该让它们乖乖地被那些煮得熟过头的小小人儿屠杀干净。但是，就像任何一个游牧人猎手那样，这个加拿大汉子是个小心谨慎的人。在村子里，他从不谈论狼，他总是缄口无言，在这一点上，他遵循着他父亲的原则："假如你想要自由，那就乖乖闭上你的嘴。"

五天来，劳伦斯一直就没有下到圣维克托杜蒙村去过。他早早通知了卡米叶，说他会带上他的红外线摄影机，跟踪老狼奥古斯都绝望至极的夜间狩猎活动，一直要跟踪到星期四。但是到了星期四，老狼的反复失败很有道理地引起了劳伦斯的抵抗，他决定把他的盯梢再延长一个夜晚，好给它弄一点什么吃的。他在地洞里捉到两只兔子，用刀子割破了它们的脖子，并把尸体放在奥古斯都必然经过的一条小道上。在荆棘丛的掩护下，劳伦斯蜷缩起身子，躺在一块据说能留住他的人类气味的蜡布上，焦虑不安地窥伺着那只瘦干狼的经过。

现在，他吹着轻快的口哨，轻松愉快地穿越了荒芜的圣维克托。老狼经过了那条道，老狼吃了那口食。

卡米叶夜里很晚才睡觉。劳伦斯推开大门时，看到她俯身在她那合成器的键盘上，耳机扣在耳朵上，紧锁着双眉，半张着嘴唇，双手忙碌地从一个音符滑向另一个音符，不时还伴随着一丝迟疑。卡米叶只有在聚精会神时才显得如此美丽，或是专注于工作，或是专注于做爱。劳伦斯放下背包，坐到桌子前，观察了她好几分钟。她被耳机与周围隔离了开来，对外界的声响毫无察觉，正在一个乐谱上草草地写着画着。劳伦斯知道，她得在十一月份为一部十二集电视情感连续剧提交一份音乐带，一场真正的灾难，她这样说过。很多的活儿，假如他明白的话。劳伦斯不喜欢无休无止地争论工作的细节。人们得干活，就是这样的。这才是最为重要的。

他走到她身后，仔细看了看她短发底下的后脖颈，匆匆地吻了她一下，却一点儿都没有打扰卡米叶的工作，尽管离开她已有五天了，他比任何人都更明白这一点。卡米叶微微一笑，伸手做了一个小动作，算是打过招呼了。她又继续工作了二十分钟，然后才摘下头盔式耳机，过来到桌子前跟他会合。劳伦斯正在浏览奥古斯都津津有味地吞吃兔子的图像，他把取景器挪到她跟前让她看。

“这是老人家在狼吞虎咽”，他解释道。

“你也看到了，这可不是一个快完蛋的人”，卡米叶说，把眼睛凑到目镜前。

“是我送它肉吃的”，劳伦斯回答道，做了一个鬼脸。

卡米叶把一只手搭在加拿大人金色的头发上，同时一只眼睛还留在目镜上。

“劳伦斯”，她说，“有过活动了。你就准备好保卫它们吧。”

劳伦斯像习惯的那样质疑她，以下巴的轻微一动。

“星期二，他们在旺特布吕讷又发现四只山羊被咬断了脖子，而昨天上午，在皮埃尔佛另外又有九只羊被撕碎。”

“上帝啊”，劳伦斯轻声道。“耶稣基督。臭牛屎[①]。”

“这还是它们第一次下到那么低的地方去闯荡呢。”

“数量还变得更多了。”

“我是从于连那里得知的。新闻节目已经报道了，已经成了全国性的话题了。牧羊人都说，他们都把对肉味的喜爱转给了意大利的狼了。”

“上帝啊”，劳伦斯重复道。“真见鬼的臭牛屎。”

他瞧了瞧他的手表，关上了摄影机，静悄悄地，去房间的一个角落，打开了摆在一只箱子上的一台很小的电视机。

“还有更烦人的呢”，卡米叶补充道。

劳伦斯朝她转过脸来，高高地抬起了下巴。

“他们说，这一次，看来是一只跟别的野兽很不一样的野兽干的。”

“跟别的野兽很不一样吗？”

“大有区别。更为高大。一股大自然的力量，一副非同寻常的颌骨。反正，非同一般。总之，一个魔怪。”

“瞧你说的。”

---

① 原文为英语“Bullshit”，译文中，以下对人物用英语说的话不再一一说明。

“反正他们是这样说的。”

劳伦斯摇晃着他金色的头发，有些懵懂。

“你的家乡”，沉默了一会儿后，他说，“真是一个见了他妈鬼的破地方。”

加拿大人从一个电视频道切换到另一个频道，想找到一个新闻节目。卡米叶坐到了地上，交叉起她的长筒靴，靠在了劳伦斯的腿上，紧咬着嘴唇。所有的狼都会在那里经过，包括那头叫奥古斯都的老狼。

四

劳伦斯整个周末的时间都用来收集当地的报纸，四处探听消息，下山去村里的咖啡店。

“别去”，卡米叶劝他。“他们会要你的好看的。”

“为什么？”劳伦斯问，脸上一副赌气的表情，每当他有点担心时，他总是这副样子。“那是他们的狼。”

“那不是他们的狼。那是巴黎人的狼，是一些吉祥物，替他们吃掉了羊群。”

“我可不是个巴黎人。”

“但是你操心狼的事。”

“我操心灰熊的事。这个，才是我的工作，那些灰熊。”

“那奥古斯都呢？”

“不一样。尊重年老的，关怀衰弱的。它就只能靠我了。”

劳伦斯很不善言谈，他更喜欢用手势、用微笑或用鬼脸来让人明白他的意思，就像那些被迫只能在沉默中表达自己的猎手，或者潜水者很专业的做法那样。开始和结束一番话语会让他颇感痛苦，更多情况下，他只不过是送出去一些斩头去尾的中段，而且声音轻得无法再轻，显然很希望有另外一人来替他完成这一苦差事。兴许是他在寻找冷冰冰的孤独，以躲避人们的饶舌，或者是在辽阔的北极地带待的时间太长了，他对话语的兴趣被剥夺，器官不用，功能便退化，反正，他说话时总是低着脑袋，由他的一头金色刘海保护着，而且说得尽可能简短。

卡米叶则喜欢自由自在地消费词语，结果也就很难习惯这一过于节省的交流。与这种艰难同时来的，还有一种放松。最近几年里，她的话说得也太多了些，而且都是一些无话找话，她自己都有些厌烦了。因此，这位加拿大巨人的沉默和微笑为她送上了一个意料之外的歇息场所，很好地清洗掉了她的旧习惯，而她旧习惯中最烦人的两个，毫无疑问就是一门心思地讲道理和一个劲儿地说服人。卡米叶根本就不可能放弃一个能如此深层地供人消遣的词语世界，但是，她至少还是让整整一个精彩无比的大脑仪器处于休眠状态，而在早先，她是无论如何都要把它开动起来用于劝服他人的。这魔怪终于在她脑子的一个角落里生锈了，它精疲力竭了，不再受宠了，一点一点地丢失了它推论说理的齿轮，以及它隐喻比兴的片断。今天，面对一个只靠哑剧动作来表达的汉子，一个径直走着自己的路却丝毫不问别人想法的汉子，一个希望不付出任何代价就能有人为他解释生存问题的汉子，卡米叶叹了一口气，放松了心情，就如同人们清空了一个堆满破烂杂物的顶楼。

她往一篇乐谱上写下一连串音符。

“假如你根本不在乎那些狼”，她接着说，“那你为什么还要下山呢？”

劳伦斯在昏暗的小房间里走动，他们已经放下了屋里的木窗板。他双手叉在背后，从一个角落走到另一个角落，把几块略略有些晃动的地砖踩碎在脚下，飘逸的头发轻轻地擦过房屋的主梁。好家伙，要知道，南方的这种棚屋根本就不是为个头如此高大的加拿大人设计建造的。卡米叶轻轻地舞动左手，在她的键盘上寻找着一种节奏。

“想要知道是哪一只”，劳伦斯说。“哪一只狼。”

卡米叶放弃了键盘，转身朝向他。

“是**哪一只**吗？你也想得跟他们一样？认为只有单独的一只狼？”

“它们常常独自狩猎。得好好看一看伤口。”

“那些绵羊在哪里？”

“在冷库里，屠夫把它们都收了。”

“他要把它们卖了吗？”

劳伦斯微笑着摇了摇头。

“不。‘人们不吃死牲口的肉’，他说的。那是为了作鉴定。”

卡米叶思索着，一个手指头放在嘴唇上。她还没有问过自己那只野兽的身份问题。她不相信那些流言蜚语，说什么有一只魔怪般的野兽。那是狼群，仅此而已。但是对于劳伦斯，当然啦，那些攻击应该有一副面孔，一张嘴脸，一个名字。

“是哪一只？你知道吗？”

劳伦斯耸了耸他那宽阔的肩，松开了双手。

“伤口”，他重复道。

“这话是什么意思？”

“身形。性别。带有很多机会。”

“你想到了哪一只？”

劳伦斯伸出两只手在脸上胡噜。

“大个的西贝柳斯。”他从牙齿缝中迸出一句，仿佛他犯了一桩告密罪。“它的私人领地被触犯。被马库斯，一匹年轻的硬汉狼。应该很糟糕。好几个星期以来都没有见过这个好小伙了。而这是条硬汉，西贝柳斯。一条真正的硬汉。上帝。硬汉。能给自己建立一个新领地。”

卡米叶站了起来，伸出胳膊搂住了劳伦斯的脖子。

“假如是它的话，你又能做什么呢？”

“给它一枪，扔进小卡车。带往阿布鲁佐①。”

“意大利人那里？”

“不一样。他们为他们的野兽骄傲。”

卡米叶抬起身子去碰劳伦斯的嘴唇。劳伦斯弯曲了膝盖，双臂搂紧了她的腰。为什么还要念念不忘这可恶的狼，这时，他的整个身心不是可以跟卡米叶一起留在这小屋子里吗？

“我这就下山”，他说。

咖啡店里，闲聊的声音相当嘈杂，经过七嘴八舌的一番争执，人们最终同意带劳伦斯去那个冷库。“捕猎人”，人们在当地就是这样称呼他的——因为趿拉着破鞋在加拿大森林中到处乱逛的人，本来就不是别的什么，而是一个捕猎者——现在隐约有了一种叛徒的嘴脸。人们并没有这么说。人们才不冒这个险呢。因为人们感觉还

---

① 阿布鲁佐位于意大利中部。

需要他，还需要他的经验，也需要他的力量。一个如此高的个头在一个如此小的村庄中是不可忽视的。尤其是一个能跟灰熊个对个地较劲儿的汉子。而说到狼群，嗨嗨，纯粹是笑话嘛。以至于人们实在不太知道该把捕猎者归于哪一类，到底是该跟他说呢，还是不该跟他说。说实话，这还当真改变不了什么，因为捕猎人，他，他什么都不说。

在屠夫西尔万和木匠热罗的密切注视下，劳伦斯动作冷静地翻弄着被咬断了脖子的死羊，它们有的缺了一条腿，有的少了半边肩。

“不太清楚，这些伤痕”，他喃喃道。“都动过了。”

他做了一个手势，让木匠明白到，他需要一卷米尺。热罗连忙把米尺递到他手里，依然一言不发。劳伦斯丈量着，思考着，再一次丈量。随后，他挺起身子，接着又一个手势，屠夫把死牲口送回冰柜，咔嗒一声关上了沉重的白色柜门，扳下了门把手。

“结果呢?”他问道。

“同一个袭击者。看来是。”

“那头大兽?”

“漂亮的公狼。至少是这样。”

晚上，十五六个村民还在广场上溜达，三五成群地分散在泉水池周围。人们迟疑着不愿意回去睡觉。从某种方式上，人们已经有所警备，只是还没有从嘴里说出来而已。人们带着武器守夜，男人们喜欢这样。劳伦斯疾步赶上了木匠热罗，他正独自坐在石头长椅上，两眼死死盯着自己那双大头鞋的鞋尖，像是在遐想着什么。实际上他根本就没有盯着他那双大头鞋的鞋尖看，也没有在想什么。木匠是个聪明人，不怎么好斗，也不怎么善谈，劳伦斯很尊重他。

“明天”，热罗开口说道，“你又要上山去高原啦？”

劳伦斯点了点头。

“你要去观察野兽吗？”

“是的，还有别的人。早就应该那样了。”

“你了解那野兽吗？你已经有个想法了吗？”

劳伦斯做了个鬼脸。

“兴许是一个新的。”

“为什么？是什么妨碍了你？”

“个头。”

“大吗？”

“非常非常的大。它的牙床十分发达。”

热罗把自己的胳膊肘撑在膝盖上，滑动眼睛，瞧着加拿大人。

“真是他妈的，那么说就是真的啰？”他喃喃道。“他们在说的？那会是一头非同一般的野兽啦？”

“非比寻常啊”，劳伦斯回答道，音调始终如一。

“兴许你估计错了，捕猎人。尺寸，没什么会动得那么厉害的。”

“是的。牙齿滑动了。错失了。会把咬痕拉长的。”

“你明白了。”

好长一阵子沉默，在两个男人之间流淌。

“但毕竟还是很大”，劳伦斯又说。

“这一下将会有好戏看了”，木匠说，边说边用目光打量了一圈广场，人们伸进衣兜里的手都捏紧了拳头。

“别对他们说。”

“他们私下里可没有少说来的。你到底想要什么？”

“在他们之前抓住它。”

“我明白。”

星期一天刚蒙蒙亮，劳伦斯就卷起背包，把它驮在摩托车上，准备前往梅尔康都。监视马库斯和普洛塞耳皮娜，它们年轻的爱情，瞄准西贝柳斯，证实兽群的移动，谁在场了，谁缺席了，喂养老祖宗，然后，寻找厄勒克特拉①，一只已经有一个星期不见其踪影的小小母狼。他会跟踪西贝柳斯一路向东南，直到离皮埃尔佛镇的最近处，而最近的一次袭击就发生在那里。

五

劳伦斯跟踪西贝柳斯的脚印已经整整两天，却始终看不到那畜生的踪影，只有当那见鬼的烈日实在太过毒辣时，他才在一个羊圈的阴影中稍稍停一下脚步。同时，他控制着二十二平方公里的领地，随意地寻找被咬死的绵羊的遗骨。劳伦斯从来不会不忠诚于他对加拿大大熊的激情，但他必须承认，短短的半年时间里，这一大帮子欧罗巴的瘦狼已经在他心中挖开了相当深的道路。

正是在他小心翼翼地经过某个尖峰边上一条十分狭窄的小道时，他发现了厄勒克特拉，受了伤，躺在一个深谷中。劳伦斯估算了一下他的机会，看有没有可能到达长满了矮林的斜坡底下，那母

① 这个名字也来自希腊神话，厄勒克特拉（Electre）本是迈锡尼国王阿伽门农和克吕泰涅斯特拉的女儿，当阿伽门农被克吕泰涅斯特拉及其奸夫杀死后，厄勒克特拉鼓励自己的弟弟俄瑞斯忒斯杀死母亲及其奸夫，为父亲报仇。

狼就是从陡坡上滑下去的，最后他认为自己独自一个人完全能够做到。梅尔康都的所有警卫都在巡逻国家公园的领地，而等待一个同行的支援，时间又会等得太长。他足足花费了一个多钟头，好不容易才来到那畜生身边，确保在一轮毒辣辣的骄阳底下每一个落脚点全都准确无误。母狼已经虚弱至极，甚至已经都不需要摁住它的獠牙就可以伸手触摸它。一条腿已经断了，好几天没吃东西了。他把它抱到一块布上，再把布扎角系到自己的肩上。那畜生，即便瘦得皮包骨头，依然还有足足三十公斤重，对一头狼是一片羽毛，对一个攀越陡峰的人却是一个沉重的负担。来到那条小道后，劳伦斯足足休息了半个小时，仰躺在树荫中，一只手放在母狼的皮毛上，好让它明白，它是不会孤零零地在那里死掉的，就如在世界的一开头那样。

到了晚上八点钟，他把母狼带到了医疗点的棚屋。

“那下面有什么争吵吗？”兽医一边问，一边把厄勒克特拉抬到一张桌子上。

“关于什么？”

“关于被咬死的羊。”

劳伦斯点了点头。

“在他们上来到这里之前，得先动手控制住。会把一切全都搞乱的。”

“你还走？”兽医看到劳伦斯往背包里装了面包，还有一块肉肠和一瓶酒，便问道。

“有事要做。”

是的，前去为老狼狩猎。这会耗费他好一段时间。有时候他还会失手，如同老兵。

他给让·梅尔西埃留了一张条子。他们今天晚上就不会见面了，他会睡在他的羊圈里。

是卡米叶第二天打电话警告了他，那是十点钟不到一点点，他当时还在向北方继续着他的观察。听到她那一通急促的嗓音，劳伦斯明白，骚乱加剧了。

“它又重新开始了”，卡米叶说。“在艾卡尔有一场屠杀，在苏珊娜·罗斯林家。”

“是在圣维克托吗？”劳伦斯说，声音大得几乎就是在叫喊了。

“是在苏珊娜·罗斯林家”，卡米叶重复道，“在村里。狼咬死了五只羊，咬伤了三只。”

“当场吃掉了吗？”

“不，它把它们撕成了碎块，就像对其他那些。看来，它不是为了吃饱才攻击的。西贝柳斯，你见到它了吗？”

“连半点踪迹都没有。”

“你得往下走。有两个宪警已经到位了，但热罗说，他们根本就不会正确地检查动物。很不巧，兽医出远门接生去了。所有人都在大叫大嚷，所有人都在发脾气，他妈的，下山吧，劳伦斯。”

“两个小时后，到艾卡尔。”

苏珊娜·罗斯林独自一人经营着艾卡尔的饲养业，在村子的西头，人们都说，她是个铁娘子。这个又高又胖的女人行为方式的严厉，甚至可说是男性味道，赢得了全镇人对她的尊重和敬畏。但是，在村镇的范围之外，她却是始终如一地默默无闻。人们觉得她太粗暴、太粗野，还太丑。人们讲述起，早在三十年前，曾有一个路过的意大利人诱惑了她，害得她不顾父亲的反对，一心只想跟他走。实在是鬼迷心窍，人们明确道。但是生活甚至都还没有来得及让她有时间闯一闯，那个意大利人就已经消失在了他那靴子形的故乡中①，而且祸不单行，她的父母也在这一年里双双去世。随后，人们都说，背叛、羞耻，还有短缺男人，让苏珊娜的脑袋越来越死硬。都是那命运，出于某种报复，使她变得那么充满阳刚之气。另一些人明确表示不同意，说她向来就是浑身阳刚之气。多少因为这些理由，卡米叶也那么的喜欢这位苏珊娜，她那大车夫一般的话语，有时简直是炽热如火，包含有某种令人羡慕的东西。卡米叶，通过母亲的教育，继承了一种粗犷豪爽的生活艺术，而苏珊娜的职业行为自然给她影响颇深。

大约每星期一次，她会上山到羊圈里来，缴付苏珊娜为她准备的伙食的费用。人们一旦进入艾卡尔村的土地，那些个轻薄的解释和玩笑戏言就宣告彻底结束了：在那里劳作的五个男女，为了苏珊娜·罗斯林甚至不惜赴汤蹈火、粉身碎骨。

她走上那条石头路，路蜿蜒而上，从大平台一直通向苏珊娜的家，那是一栋石头屋，又高又窄，开了一道矮矮的门，还有几个很是狭窄的极不对称的窗洞。卡米叶想到，恐怕只是凭借了瓦片与瓦片之间那么一种神秘玄奥的团结一致，凭借着它们彼此相衔相接的整体意识，破碎的屋顶才好赖经受住了压力而不致倒下。她穿过这一片荒芜，来到建在五百来米高的山坡上的那个长条形羊圈。老远老远地，人们就听到了苏珊娜·罗斯林在那头骂骂咧咧。卡米叶在阳光下眯缝起眼睛，注意到了两个宪警的蓝衬衣，还有正手舞足蹈

---

① 原文为“dans sa botte natale”，指意大利的领土在地图上很像是一只靴子。

地说着什么的屠夫西尔万。凡事一旦涉及肉类，他必然就会在场。

然后，就是那个夜更佬，庄严呆板，直愣愣地挺立在羊圈的墙壁前。她一直都还没有机会近距离地观察苏珊娜的那位年迈的牧羊人。因为他向来只是站立在羊群的中心。人们说，他睡在那古旧的老棚窝中，就在那些畜生当中，但这不会让任何人吃惊的。人们都叫他“夜更佬”，就是说，“守夜人”。“守护人”，卡米叶最终就这样理解了它，而对他的真名实姓反倒不知道了。他干瘦干瘦，目光高傲，一头白发，稍稍有些长，双手握拳，紧紧抓住一根牢牢地杵在地上的棍子，他简直就是原本意义上的一个德高望重的老人家，以至于卡米叶都不知道，她到底是应该上前跟他说话，还是不应该。

在苏珊娜的另一边，站立着年轻的索里曼，站得跟夜更佬一样挺，一样硬，简直就是一个模子里倒出来的。看到他们一左一右纹丝不动地护定苏珊娜，人们还以为，这两位警卫就等着一声号令，好一棍子打下来，立马驱散想象中的那帮来犯者。根本不是这样的。夜更佬保持着他的自然姿势，而索里曼，在此情景中不免有些戏剧化，仅仅只是在自我调整着脚步。苏珊娜正跟宪警们商谈着，人们忙着作笔录。被咬死的羊已经运走。

苏珊娜发现了卡米叶，便把一只大手搭到她肩上，使劲摇了摇她。

“这时候，他最好在场，你的那位捕猎人”，她说。“让他对我们说说。他肯定要比这两个蠢蛋机灵得多，你瞧这两个家伙，简直连狗屁都不懂。”

屠夫西尔万忍不住要动手。

“瞧你这熊样，西尔万”，苏珊娜止住了他。“跟他们简直同样愚蠢。我不怪你，你总是有借口的，这不是你的活儿。”

没有人敢搭腔，那两个宪警像是僵住了，艰难地履行着笔录。

“我预告他了”，卡米叶说。“他下山了。”

“如果你还有一分钟空闲的话，之后。茅坑那里有点儿漏水，你得帮我弄好。”

“我没带工具，苏珊娜。以后再说吧。”

“那么，就去看一看那里头的这桩买卖吧，我的姑娘”，苏珊娜说，用她粗大的拇指指了指羊圈。“一场真正的野蛮牺牲。”

经过矮门之前，卡米叶恭恭敬敬地问候了守夜佬，颇有些腼腆，并握了握索里曼的手。她很熟悉索里曼，他总是像个影子一样地跟在苏珊娜屁股后，帮她干各种各样的活儿，而且，她也熟悉他的故事。

这甚至是她来到这个地区后听人讲到的第一个故事，仿佛这故事很有一种紧迫性：村子里出了一个黑人，假如说，这事情发生在二十三年之后，那估计还真差不多。就像在传说故事中那样，年幼的非洲婴儿被放在一个无花果枝条编织的篮筐中，遗弃在教堂门口。没有任何人在圣维克托或是在附近村庄见到过任何黑人，人们便猜想，那婴儿是在城里出生的，兴许在尼斯，反正，在那里一切皆有可能，包括出现黑人婴儿。但是，这婴儿正是在圣维克托的圣母院大门前大声啼哭不已，作为一个弃婴出现在那里。那一天拂晓，村里有一半人在那里转悠，很吃惊地发现了那只篮筐，还有里面的黑皮肤婴儿。一些女人，一开始还有些迟疑，然后就伸出来臂膀，把他抱了起来，摇晃着他，想哄住他别再啼哭。吕茜，边上咖啡店的老板娘，第一个往那满是鼻涕的小脸上亲了一口。但那根本就止不住小家伙的号啕大哭。“他饿了，这奶娃”，一个老太婆说，

"他拉了"，另一个人说。然后胖大的苏珊娜一个箭步冲到跟前，冲破了人群之链，一把抱起小婴儿，搂在怀中。孩子立即停止了哭泣，低下脑袋去够她胖胖的乳房。从这一刻起，每个人都坚定不移地确认，这小黑孩从此就属于艾卡尔的女主人了，就仿佛在一个故事中，凡公主都应该是胖嘟嘟的苏珊娜。苏珊娜把自己的食指伸到那张贪婪的小嘴中，并大声叫嚷起来——吕茜一辈子都会记得她当时的那句话：

"蠢蛋们，翻一下那个篮筐！肯定会有一张字条的！"

确实有一张字条。这时候，神甫走上教堂门前的台阶，表情严峻地伸出手臂，让人群顿时安静下来，然后他大声地念起来：**请求了，照看他**[①]**……**

"好好读，蠢蛋！"苏珊娜一边使劲儿嚷嚷道，一边摇晃着婴儿。"我们一句都听不懂！"

这个，吕茜一辈子都会记得。苏珊娜·罗斯林是什么都不尊重的。

"**请求了**"，神甫很顺从地又念起来，"**照看他，照看好了。他叫索里曼·梅尔希奥尔·桑巴·迪亚瓦拉，告诉他，他母亲是好人，他父亲狠心肠，像地狱中的恶鬼。照看他爱他，请求了。**"

苏珊娜连忙紧贴到神甫身上，从他肩膀上瞥去一眼，去读那字条。然后，她一把抢过那张带了尿臊味的纸，匆匆塞进她鼓鼓囊囊的裙子的一只衣兜里。

"索里曼·梅尔希奥尔什么破玩意？"养路工热尔曼开玩笑地

---

① 法语原文中，这里满是语法错误和拼写错误，说明写纸条的人不太会法语。

说。“接着是什么来的？这破名字，怎么这么拗口？难道不会像别人那样，叫个钱拉什么的吗？那个当妈的，她以为他是从哪里来的呢？是从朱庇特的大腿中吗？”

人群中传来几下笑声，但不太多。对圣维克托地方的人，得承认这一点，吕茜明确地说，并非所有人都是傻瓜，真正需要的时候，他们还是很靠得住的。不像在皮埃尔佛，那里的人可就差劲儿多了。

说话期间，婴儿小小的黑脑袋始终贴靠在这个高大的女人的腋窝上。他有多大？撑死了，也就一个月大。而他爱谁？苏珊娜。生存，就是这样。

“好的”，苏珊娜一边说，一边打量着身边台阶上的人群。“假如有什么人要找他，他就在艾卡尔。”

事情就这样解决了。

从来就没有人来找过小索里曼·梅尔希奥尔·桑巴·迪亚瓦拉。而有时候，人们也会猜想，假如亲生母亲前来寻找小孩的话，在艾卡尔会发生什么情况。因为，苏珊娜·罗斯林，从这一关键时刻——在村里，人们可以把这一时刻叫做“台阶上的那个时刻”——起，就跟小家伙紧紧结合在了一起，人们怀疑，不经过什么斗争，她就会把孩子还给他的亲妈。两年之后，公证人说服了她前去为那孩子办理一些证件。不是收养他，不，他并没有这一权利，而是让监护权合法化。

就这样，小索里曼成了罗斯林家的儿子。苏珊娜把他当成当地的男孩那样养大，但私下里又当作一个非洲国王那样来教育，她隐隐约约地相信，这小家伙是一个私生的王子，来自于一个强大的王国。他后来变得很漂亮，像一个星星那么漂亮，当然，这都是次要的。因此，到了二十三岁的年纪，年轻的索里曼·梅尔希奥尔便通晓西红柿的插穗、橄榄的砧木、鹰嘴豆的幼苗、粪肥的施撒等等农活，知道得跟黑非洲大陆的种种风俗习惯同样多。他知晓的关于绵羊的一切知识，都是夜更佬教的。而他了解的关于非洲的一切，它的幸福与悲惨，它的故事与传说，则都是从书本中汲取的，是苏珊娜小心谨慎地读给他听的，经过了那么多年，她自己也早已成了一个非洲通。

即便到今天，苏珊娜还在认真地看电视，想从某部严肃的纪录片中挑一些有用的信息教给小伙子：加纳某条道路上一辆油罐车的修理啦，坦桑尼亚的绿猴子啦，马里的一夫多妻制啦，独裁者啦，内战啦，政变啦，贝宁王国的起源与盛衰啦。

“索尔”，她叫他，“快挪动一下屁股啦！他们在电视上谈到你的国家啦。”

苏珊娜从来都没能决定，索里曼到底是哪个国家的人，因此，她更愿意简单地把整个的黑非洲看作全都属于他。决不能让索里曼错过任何一部有关的纪录片。在十七岁时，这年轻人就已经尝试了唯一的一次造反。

“我跟这些家伙没有任何关系”，面对一部报道非洲疣猪的纪录片，他这般呻吟道。

第一次，也是最后一次，苏珊娜狠狠地给了他一巴掌。

“别这样说你的故乡！”她命令道。

见索里曼差点儿要哭出来，她便尝试着更为温柔地解释，她那胖大的手紧紧地摁住了小孩子脆弱的肩膀。

“什么祖国不祖国的，索尔，我才不在乎呢。生在哪里就是哪里的人。但你要记住，别否认你的老祖宗，这事情弄得不好会要你好看的。否认可不是一件好事。否认、拒绝、唾弃，那是给那些愤怒者，那些灵敏鬼的，那些以为自己根本没有前辈，是从石头缝里蹦出来的家伙的。傻蛋，一帮子傻蛋。你，你有艾卡尔，而且，你还有整个的非洲。拿着一切吧，这会让你双倍地强大。”

索里曼带卡米叶来到羊圈，伸出手为她指了指躺在地上血淋淋的牲畜。卡米叶远远地瞧了瞧。

“她说什么了，苏珊娜？”她问道。

“苏珊娜认为是狼干的。她说，这里头得不出什么好来。那野兽的攻击纯粹是为了屠杀的快感。”

“她也赞同搜山吗？”

“她同样也反对搜山。她说人们在这里抓不住它，它在别处。”

“那守夜佬呢？”

“守夜佬很阴郁。”

“他赞同搜山吗？”

“我不知道。自从他发现这些羊后，他就没有再挪开脚走过半步。”

“那你呢，索里曼？”

劳伦斯这时候走进了羊圈，他揉了揉眼睛，让它们习惯于突如其来的黑暗。这地方散发出浓烈的脏羊毛气味，还有一股呛人的尿臊味，他觉得这些法兰西人也实在太邋遢了。完全可以好好冲洗一下的。苏珊娜跟在他后面，在劳伦斯看来，她也是浑身臭味。随后，进来的是那两个宪警，恭恭敬敬地保持着一段距离。然后就是屠夫，苏珊娜本来打算摆脱他来的，但没能成功。“我家有冰库，是我把绵羊拉去那里的”，他是这样反驳的。

“一点儿都不”，苏珊娜回答道。“将由守夜佬来把它们给埋了，这里，在艾卡尔，带着那种对战死沙场的勇敢者的敬意。”

西尔万的嘴本来早已经钉住了，但他还是跟着进来了。守夜佬则留在了门口。他监看着。

劳伦斯跟索里曼打过招呼，然后就在撕碎的尸体边上蹲下了。他把它们翻过来又翻过去，检查着伤口，手指头在脏羊毛中搜索，寻找着最明显的痕迹。他把一头很年轻的小母羊拉到跟前，仔细察看咬在喉咙上的痕迹。

“索尔，把灯拉过来”，苏珊娜说，“给我把它照亮。”

在黄色的光束下，劳伦斯跪着察看伤口。

“裂牙刚刚咬住一点点”，他喃喃道，“但是犬牙，咬死了。”

他捡起一根干草，深深地插入到血淋淋的豁口中。

“你在干吗呢？”卡米叶问。

“测量”，劳伦斯平静地回答说。

加拿大人抽回干草，用指甲一比划就测定了染了红血的部分。他一句话也不说就把干草给了卡米叶，然后抓来第二根干草，在伤口中测量。他重新站起身来，走到室外，大拇指的指甲始终固定在草根上。他需要透口气。

“这些羊现在归你了”，他说着走向守夜佬，后者点头示意。

“索尔”，他又说，“去给我找一把尺子来。”

索里曼走下坡，前往带有长长外楼梯的房屋那边，五分钟以后又返回，带回苏珊娜裁剪用的米尺。

“量一量”，劳伦斯说着，递过去那两根笔直的干草。“量精确了。”

索里曼把米尺比在染了血迹的干草上量起来。

“三十五毫米”，他宣布说。

劳伦斯做了个鬼脸。他量了另一根干草，把米尺还给了索里曼。

“怎么样？”一个宪警问道。

“犬牙长几乎四厘米。”

“怎么样？”宪兵重复道，“这碍着什么了吗？”

一阵沉默，相当凝重。每个人都隐约看到了什么。每个人都开始明白了什么。

“好大的脑袋”，劳伦斯总结道，表达了众人的普遍情绪。

紧接着，是好一阵波动，人群散去。宪警敬过了礼，索尔走向房屋，守夜佬返回羊圈。劳伦斯留在一边，冲洗着双手。然后戴上手套，整了整他的摩托头盔。卡米叶走到他跟前。

“苏珊娜请我们过去喝一杯，好好清洗一下眼睛。来吧。”

劳伦斯噘了噘嘴。

“她发臭”，他说。

卡米叶僵住了。

“她不发臭”，她说，嗓音稍稍有些嘶哑，蔑视着明显的事实。

“她发臭”，劳伦斯重复道。

“别犯傻。”

劳伦斯遇上了卡米叶深邃的目光，一下子就笑了起来。

“同意”，他说着，摘下了头盔。

他跟在她后面，走上了干草铺就的路面，它一直通向石头屋子。相反，对法国人那个习惯，他没有什么要再说的，正午刚刚一过，这里的人就要拿烧酒把自己给灌醉了。加拿大人也是这样做的。

“无论如何”，他对卡米叶说着，一只手搭到了她的肩上。“她发臭。”

六

当天晚上，国内电视新闻长时间地报道了梅尔康都的狼所造成的最新伤害。

“上帝”，劳伦斯说。“我们简直都没法过太平日子了。”

此外，人们谈论的已经不再是什么狼群了，而是梅尔康都的那只狼。在新闻节目一开头，一段气喘吁吁的报道就提供给了它，比以往更富有内容。人们唤醒了惊恐、仇恨。人们在一种有害健康的沐浴中混淆了享乐与恐惧的相邻成分。人们带着肉欲来诅咒杀戮，人们不厌其烦地细述那野兽的威力：凶残，根本就抓捕不到，而且，尤其是，巨大无比。这一点，先于其他因素，构成了整个地区的人如今对“梅尔康都之兽”极大兴趣的基本杠杆。它那超越标准的个头，让它变得卓越超群，让它变得非同寻常，让它得以跻身于妖魔鬼怪的行列。人们简直是发现了一只地狱之狼，人们无论如何都无法否认它。

“我感到很惊讶，苏珊娜居然把记者请进了门”，卡米叶说。

“他们是不请自来的。”

“这一次，要搜山了。我们可算是挣不脱了。”

“不会在梅尔康都找到它的。”

"你认为它栖身在别处吗?"

"当然,它在动。它的兄弟,兴许。"

卡米叶关上电视,瞧着劳伦斯。

"你在说谁呢?"

"西贝柳斯的兄弟。出生时一共有五只:两只母的,李维和奥克塔薇娅;三只公的,西贝柳斯,瘸子普罗库斯,还有最后一个,秃子克拉苏斯。"

"个头大吗?"

"应该会是很大的个头。长大后从来就没再见过。是梅尔西埃告诉我的。"

"他知道它在哪里吗?"

"没能定位它。一到发情期,好多的领地一下子全都乱套了。一夜的工夫,会跑动三十公里。等一等,梅尔西埃把它的照片给了我。但它还很年轻。"

劳伦斯站了起来,寻找他的背包。

"他妈的",他嘟囔道。"臭牛屎,我把它忘在胖女人的家里了。"

"苏珊娜",卡米叶纠正他道。

"胖女人苏珊娜。"

卡米叶迟疑了一下,受到了一场简短战斗的引诱。

"假如你应该下山一趟",她最终说,"那我就陪你去。那里的厕所有点漏水。"

"是污垢",劳伦斯说。"污垢,它不会太为难你的。"

卡米叶耸了耸肩,一把抓起她那只沉重的工具袋。

"不会的",她说。

在艾卡尔，卡米叶要了一只桶，还有一块擦洗布，然后就把劳伦斯留给了苏珊娜和索里曼，后者提出建议，问他是要来上一杯药茶，还是一杯烧酒。

“烧酒”，劳伦斯说。

卡米叶看到，他腾挪了一番，坐到了离苏珊娜尽可能远的地方，在桌子的另一端。

卡米叶一边拧松厕所下水管道的螺母，一边在心里想，是不是有可能引导劳伦斯说一声谢谢，至少说上一声谢谢。并不是说他有什么得罪人的，他只不过是有那么一点点不随和罢了。常年接触灰熊让他变得很不习惯于表现得和蔼可亲。而这让卡米叶感到颇为尴尬，即便是面对着一个苏珊娜那样的粗野女人。但是，卡米叶并不对发誓之类的东西感兴趣。随他而去吧，她一边这样想，一边用改锥的尖头松开腐朽的接头。别说话。别掺合进去，这可不是你的活儿。

她隐隐约约地听到了一阵阵的喃喃细语声，从楼下的客厅里传上来，然后又是几下房门撞开的咔嗒声。索里曼跑在了走廊中，爬上了楼梯，气喘吁吁地停在了厕所的门前。卡米叶始终跪在地上，抬起了脸。

“明天”，索里曼宣布道。“开始搜山。”

在巴黎，阿当斯贝格警长似乎苦思冥想着什么，电视机就那么亮着，图像无声地滑动，他却一眼都不去瞧。今天晚上夸张的新闻报道让他感觉颇有些困惑。假如这头嗜血的蠢狼还不悬崖勒马，就会让一些不该负责任的食肉动物付出昂贵的代价，毕竟它们已经在某个大开杀斋的日子，诗意地穿越了阿尔卑斯山。这一次，记者们好好地加工了图像。人们辨认出细巧的褐色线条，它们标志着意大利狼的脚爪和脊背。摄像机凑近了罪犯们，梅尔康都事件呈现了糟糕的一面。紧张气氛在攀升，动物变得越来越大。再过一个月，它就将达到三米长。除了平庸没有别的。他曾听过不少受伤害者如此描绘他们的侵犯者：膀大腰圆的棒小伙，粗野的嘴脸，菜盘子那样的手。然后等警察抓住了那小伙子，这时，受侵犯者便显得颇为失望，发现那巨人其实竟是那么狭小，那么普通。至于他，二十五年警察生涯的经验告诉他，要畏惧普通人，要伸出手去援助那些巨人，那些畸形者，他们从童年时代起就学会了要举止悠然、心态安静，这样，别人才不会来找他们的碴儿。普通人是没有这份睿智的，他们学不会悠然平静。

阿当斯贝格迷迷糊糊地等待着午夜新闻。并非为了再看看那些被撕碎的羊，也不是为了再听听那匹巨狼的功绩。而是为了瞧一瞧圣维克托村那些人的形象，看他们在傍晚来临时分聚集在村庄广场上群情激奋的样子。右边，紧贴着一棵高大的梧桐树，有一个半侧背的姑娘引起了他的兴趣。高个子，苗条，穿灰色上衣，牛仔裤，轻便靴，暗色的头发，剪得齐肩平，双手插在衣兜里。仅此而已。人们甚至看不到她的脸。这些并不太能让他想到卡米叶，然而，他脑子里想到的，却正好是她。卡米叶正是那样一类姑娘，在阴影下三十五度的高温中，依然会脚蹬牛仔靴。但是，大热天里还穿靴子、灰色上衣、一头黑头发的其他姑娘又何止成千上万，恐怕都有几百万呢。而卡米叶根本就没有任何理由要站在圣维克托村的广场上。或者，她兴许有一个理由站在那里，即便如此，他又怎么能知道呢，他都已经有好几年没见她了，丝毫信息都没有，没有。

他自己也没有给出任何信息，但人们能够找到他，他没有挪地方，一直就在警察局，被一叠叠的卷宗黏得死死的，一桩谋杀案接着一桩谋杀案。而卡米叶呢，则飞得远远的，她向来如此，总是以那样一种见鬼的方式，招呼都不打一个，就消失得无影无踪，让其他人好不烦闷。无疑，当年是他离开的她，但是，即便那样，总还是可以时不时地给个消息的嘛，不是吗？不。卡米叶很高傲，从来就不跟任何人打招呼。他当然又见过她，仅仅一次，在一列火车上，那至少是五年前的事了。他们在一起温柔了两个小时，然后，什么都没有了，她消失了，好好活你自己的吧，哥们儿。很好，他好好地活他自己，哥们儿，他才不在乎呢。只不过，他还是很有兴趣地想知道，在圣维克托的广场上，那个靠在梧桐树上的姑娘到底是不是她。

23 点 45 分，新闻重播。羊群，牧羊人，羊群，然后又是村子的广场。阿当斯贝格俯身凑到屏幕跟前。可能就是她，他的卡米叶，他现在跟她没有任何关系，只是还常常想起她来。也可能是千百万其他姑娘中的一个。他没有看到更多的什么，除了一点：在她边上，有一个高大的金发男子，长发飘逸，一个命定就为历险而生的年轻家伙，身材细柔，很诱人，属于喜欢把手搭在女人肩膀上的家伙，仿佛整个大地都会听从于他。而这个家伙，他几乎就敢肯定，已经把手搭在那个穿靴子的姑娘肩上了。

阿当斯贝格瘫坐在他的扶手椅中。他可不是那种命定就为历险而生的年轻家伙。他个头不高，他年纪不轻。他不是一头金发。他也不相信整个大地都会听从他。那家伙是跟他水火不相容的另一类人。兴许，还是他的反面。同意，这又能怎么着？卡米叶应该爱上了他并不认识的那个金发家伙，而且已经有很多年了。很多年里，也有各种颜色头发的女人相继进入了他的生活，而她们，这一点必须记住，全都表现出优于卡米叶的真实的一点，即她们都不穿那种见鬼的皮靴。她们，那些女人，都穿女人的皮鞋。

很好，好好活你自己吧，哥们儿。让阿当斯贝格担忧的，并不是那个年轻的家伙，而是卡米叶如今定居在圣维克托。他始终想象卡米叶处在运动之中，穿越一个又一个城市，背上背着一个包，装的是乐谱，还有各种扳手、钳子，从不摆姿势照相，从不坐下，而说到底，也从未被征服。看到她在这个村子里实在让他有些心慌意乱。一起变得皆有可能。比如，她可能在那里拥有了一栋房子，一把椅子，一只碗，为什么不是一只碗呢，此外，还有一个盥洗池，最后，一张床，里头有一个家伙，而兴许，跟那个家伙一起来的，是一段静止的爱，那床稳稳地在地上撑住，就如一张农家的大桌子，又卫生，又简单，用热水擦得干干净净。卡米叶纹丝不动，钉子般地凝定在金发家伙的身上，宁静，默许。这样的话，给出的恐怕不会是一只碗，而是两只碗。而只要到了这一地步，就还有餐盘、餐具、锅碗瓢盆、电灯、电话，而家具杂物即便再简单，也会有一张地毯。两只碗。两只又卫生、又简单的大碗，用热水洗得干干净净。

阿当斯贝格感觉自己已然迷迷糊糊地入睡。他站起身，关上电视，关上电灯，来到了淋浴龙头下。两只碗装满了咖啡，又卫生，又简单，用热水沏得香喷喷的。是的，但是，假如事情到了这一地步，那就解释不了靴子了。在这故事中，靴子又起了什么作用，难道不是为了从床走向桌子，从桌子走向钢琴吗？再从钢琴走向床，不是吗？带着那个用热水洗得干干净净的家伙吗？

阿当斯贝格关上水龙头，擦干身子。只要有靴子，那就有希望。他擦干头发，朝镜子瞥去一眼。有时候，他会那样的，会想到那个姑娘。他很喜欢这样做，那样做毫无结果。这就如同出门了，上路了，去看见，去知道，去重新整理自己的思想，就如人们在舞台上升起了一道布景，表演时刻来到了。“行走的女子”的表演。然后，他让他幻想的潮水重新流回，他就让卡米叶走在路上。今天晚上，“跟某个金发家伙一起定居于圣维克托的女人”的表演远没有那么精彩动人。他当然无法一边想象自己跟她睡觉，一边安然入睡，他曾经如此安睡过，在两个爱情事件之间。当现实跟不上趟时，卡米叶就被他当成了他想象中的女人。而现在，金发家伙妨碍了这一切。

阿当斯贝格躺了下来，闭上了眼睛。那个穿靴子的姑娘不是卡米叶，卡米叶根本就不会在圣维克托紧贴着一棵梧桐树站着。这个姑娘应该叫做梅拉妮。从因果关系来看，那个命定就为历险而生的家伙根本就没有什么权利来把他的生活弄得一团糟。

七

一大早起，就有人三五成群地聚集到了圣维克托村的广场。头天晚上，劳伦斯匆匆赶回了梅尔康都高原。给予各方面协助，完成对兽群的控制，监视所有的周围地带，保护它们免遭任何可能的入侵。原则上，搜山只应该在圣维克托村周围展开。原则上，猎手们不会在梅尔康都一带活动。原则上，人们指望着能找到自冬天以来就一直没有照面的，或者刚刚从阿布鲁佐那边过来的一头野兽。原则上，公园里的狼群是不会受到影响的。眼下是这样。但是，从那些人的面部表情上，从那些半眯半开的眼睛上，从那静悄悄的期待上，人们是不会弄错的：这是一场战争。男人们把长枪抱在胳膊中，或者挂在肩上，顽固地在广场中央的水池边上转悠。人们等待着集合的命令，应该会有好几批队伍同时出发，从圣马丁、皮基隆、托拉伊、伯瓦尔和皮埃尔佛。根据最新的消息，圣维克托的男人们应该跟圣马丁的队伍相会合。

这是一场战争。

九百五十万个羊脑袋。四十头狼。

卡米叶坐在咖啡店角落里的一张桌子前，透过玻璃窗观察人们的武装准备，一张张坚毅的脸，一个个充满阳刚气的默契信号，一声声猎犬的尖叫。夜更佬没被召集，索里曼同样也没有。村里唯一的威武庄严的牧羊人就这样没能参加狩猎，兴许是苏珊娜·罗斯林的命令，或者是某个什么人的决定。这并不让人吃惊。夜更佬是个能独自清账的汉子。而屠夫则相反，他从一队人那里走到另一队人那里，根本无法定在原地。肉嘛，总归就是肉。那里头有热尔曼、图尔纳、弗洛塞、勒费弗尔，还有一些其他人，卡米叶不太认得。

吕茜，从她的柜台后，密切注视着队伍的集合。

“他”，她从牙缝中挤出话来，“他倒是没怎么别扭啊。”

“谁呢？”卡米叶问道，走来站到了她的身边。

吕茜用擦玻璃杯的抹布指了指一个身影。

“马萨尔，屠宰场的小子。”

“就是那个胖子，穿蓝衣服的？”

“后面的。看起来像是在一只木桶上晾干的那一位。”

卡米叶还从来没见过马萨尔，此人，人们都说，从来就不从他的地盘上下来。他在迪涅的屠宰场干活，一个人孤零零地住在旺斯山上的一个小破房里，吃的东西都是从村里带上去的。村里人很少见他的面，也没什么人愿意接近他。人们说他有点儿怪异，卡米叶倒是觉得他只是孤僻而已，而这，在一个村庄中，几乎就是同一回事。但他确实有那么一点点怪异，简单说吧，有一点点不成比例。人高马大，却有些罗圈腿，上身又短又宽，两条胳膊晃里晃荡地悬垂着，鸭舌帽压得低低的，像是脑袋上扣了一个橡皮帽，脑门被一道低低的刘海盖住。在这里，所有人都是褐色的皮肤，唯独马萨尔却是奶油色的，如同一个从不离开教堂的神甫。他等待着，与众人保持开一点距离，歪歪扭扭地靠在一辆白色的有篷小货车上，枪口朝下。他牵了一条带花斑的大狗。

“他从来就不出门吗？”卡米叶问。

“除了去屠宰场。其余时间，他就一个人囚禁在山上，鬼才知道他究竟在干什么。”

“什么？”

“鬼才知道。他没有女人。他从来就没有过女人。”

吕茜用抹布擦着玻璃杯，像是在给自己留点时间，好组织一下句子。

“他兴许没能成功”，她说，低下了声调。“兴许他不能够。”

卡米叶没有搭腔。

“有人可不是这样说的”，吕茜又开了腔。

“怎么说的？”

“反正不是这样说的”，吕茜重复道，耸了耸肩。“总之”，一阵沉默之后她又说，“自从发现了狼，他就签署了一份反对的呼吁书。呼吁书啦，集会啦，这些都曾有过的。但是他，人们会相信他是站在狼那一边的。这不是，他已经像野蛮人那样过惯了，独自一人待在山上，没有女人，没有财产。小孩子们，都被禁止上山。”

“他看起来不像一个野蛮人”，卡米叶说，观察着那人熨过的汗衫、整洁的上衣、刮得干干净净的下巴。

“今天”，吕茜继续道，根本没听卡米叶的，“瞧他都带上了他的枪，还有他的狗。他真没怎么别扭呢，这马萨尔。”

“没有人跟他说话吗？”卡米叶问。

“那是没用的。他不喜欢跟人打交道。”

突然，镇长做了一个手势，人们赶忙掐灭烟头，人们启动了马达，人们钻进汽车，肩并肩，肚子顶着肚子，后排不超过两人，都带着狗呢。车门咔嚓咔嚓响，四面八方都在启动。一时间里，广场上升腾起一股柴油味，然后又消失殆尽。

“他们只是要去逮它吗？”吕茜叹息道，满心疑虑，叉起胳膊支在柜台上。

卡米叶迟迟没有回答。她无法像劳伦斯那样毅然决然地选择自己的阵营。泛泛地说，她可能会保护狼群，所有的狼。具体地说，她觉得问题并非那么简单。牧人们进山放牧时不再敢离开羊群，母羊们产期里总爱发脾气，羊被咬断脖子的现象日益增多，牧羊犬大量繁殖，孩子们不再去山上溜达。但是她也不喜欢战争、灭绝，而这次搜山只是灭绝战的第一步。她的思绪飘向了狼，似乎要去对它预告险情，快跑吧，溜之大吉，好好活你自己的吧，哥们儿。假如这些饿狼仅仅只满足于公园里的岩羚羊就好了。但是不，它们要来更容易的，而这就是悲剧了。最好还是返回家中，关上大门，想着自己的活儿。尽管今天她根本就不打算作什么曲。

那么，就干管道工的活儿吧。这是拯救。

眼下，她就有好几份已订好的活儿要完工：那家烟杂店的一架循环器要替换，一台煤气热水器每次点火时都像要爆炸——在这里，这可是一个大玩意呢——还有，就在这里，咖啡店里，一条下水管又堵上了。

“我就来弄好这段下水管吧”，卡米叶说。“我这就去找工具。”

晚上八点左右，还没有一个人从搜山行动中回来，这不免让人胡思乱想，猜疑那野兽叫他们大大地吃苦头了。卡米叶干完了她最后的那份活儿，固定好了那台旧热水器的护栅，调好了气压。只剩下两个小时要等了。然后，夜幕降临，就得停止寻找，等待明天了。

在村子高处的洗衣坊，卡米叶等候着众人归来。她在依然很热的石头边沿上放下面包和奶酪，在那里很耐心地细嚼慢咽。快到十点钟时，车队进入了广场，车门咔嚓咔嚓响，人们费劲儿地从座位上挣脱出来，不那么鲜亮夺目了。从他们慢吞吞的脚步，平平的嗓音，还有狗的疲惫不堪的抱怨声中，卡米叶明白，搜山铩羽而归。那野兽太狡猾，从心底里，卡米叶为它发出一份贺电。好好活你自己的吧，哥们儿。

于是，她决定回家。在打开电脑合成器之前，她给劳伦斯打了个电话。没有猎手的入侵。西贝柳斯没被发现，秃子克拉苏斯也没有。在这战争的第一天，战士们尊重着他们的复仇。

但是什么都没有上演。搜山行动在次日拂晓重又开始。而第三天，星期六，将动员起五倍多的人。劳伦斯依然留在山上，在原地。

八

这个星期的最后两天——在星期日的平静之前——以同样的出发、同行的紧张为标志，然后，则是同样的寂静笼罩了村庄。星期六下午，卡米叶开溜了，出发步行上山，一直来到圣马可之石，那块石头以能治病而闻名遐迩，据说，只要人们愿意在那上面正确地坐上一坐，就能治愈性无能、不孕不育和爱的失败。对显然颇为微妙的最后这一点，卡米叶无法获得一种严肃的解释。总之，如果这块岩石真的能搞定这一切，那她至少也能减轻一下自己糟糕的心绪，那怀疑，那厌烦，还有音乐灵感的丧失，那些情绪并不是什么别的，就是性无能的次要表现形式。

卡米叶拿了一根包了铁头的棍子，还有那本《职业工具名录》。她很喜欢在悠闲的时刻轻松地浏览这一类东西，吃早餐时，喝咖啡时，或者无论什么时候，只要她的情绪有那么一点动摇。除了这一点，卡米叶的阅读几乎都很正常。

对材料和技术的这一偏爱倾向让劳伦斯颇感不适，他毅然决然地把《名录》跟其他一些广告材料一起扔进了垃圾桶。卡米叶自身就是一个水管工，这对他便已足够，就别让她再去觊觎这一行业其他所有队伍的装备了。卡米叶把它又捡了回来，但它稍稍有些污脏了，不过她并没有发脾气。劳伦斯对所有女人所寄予的过度希望，让他很悖论地置身于因循守旧的地位：他把女人归类于创造性上要更好一层，认为她们在控制本能现实方面有很强的能力，并为她们赋予了把男人们从磨损的材料中拉出来的重任。他希望她们表现得卓绝超群，而不是稀松平常，他希望她们变得几乎非物质，而不是实用主义的。一种与《职业工具名录》绝对格格不入的理想化。卡米叶承认劳伦斯有那种想入非非的合法权利，但认为自己生来就是喜爱工具，就如苏珊娜所说的，跟任何的一个混蛋一样。

她把那本名录塞进一个包里，连同水和面包，走上一条通向西北方的上坡陡石阶，匆匆离开了村庄。她得走上几乎三个小时，才能到达那块奇石。那是因为，丰产多育值得人们为之付出艰辛，不是靠着两个手指头一拨弄，打一个响指就能实现的。这样的一块石头绝不会随随便便地出现在邻家的花园中，那样的话就是在作弊。它总是栖身在很难企及的地点。卡米叶爬上耸立着那块奇石的山顶后，看到有一块新近竖立的牌子，它很微妙地提醒散步者，要当心那些由牧羊人驯服的新猎犬。上面的文本归结为这样一个希望：**不要叫喊，不要扔石头。通常，在观察一段时间后，它们将自行离去**。尤其是，卡米叶心里暗想，它们会朝我扑上来。本能地，她调整了一下她手握包有铁皮的棍子的姿势，四周里打量了一番。在游荡的狼与狗之间，大山重又变成了一场战斗。

她攀爬上了石头，俯瞰整个山谷。不远处，参与搜山的人们的车队描画出一条白线。一声声破碎的嗓音一直飘到她的耳畔。实际上，她的心情再也不那么平静了，独自一人，在山之巅。实际上，她有那么一点点害怕。

她掏出来水、面包、名录。这是一份很齐全的名录，分类有**压缩空气**、**焊接**、**脚手架**、**起重**，以及诸如此类的多种分类。卡米叶全都读，甚至包括那些最细节化的描述，例如，**热动割草机 1.1 马力抗后坐力杠抗振动刚性传输带换向手柄电子点火重量 5.6 公斤**。名录中比比皆是的此类说明，为她带来一种智力上的极大满意——认识物品，它的功能，它的效果——同时还有一种抒情意义上的强烈满足。另外，还要加上用**车铣组合机床**或**万能卡盘尺**来解决地球上所有问题的隐秘梦想。名录，就是希望，以力量与智慧的结合，来对抗生存中的所有疑难困惑。当然，这只是虚假的希望，但毕竟是希望。卡米叶就这样，从两个源泉中汲取着生命的能源：音乐创作和《职业工具名录》。

早在十年前，她还曾寄希望于爱情，但是她早就大大地改变了对爱情这反复唠叨的老玩意的看法。爱情给予你翅膀，同时却锯断你的腿脚，它实在是很不值当的。比如说，它就远远比不上 10 吨液压千斤顶。总之，对于爱情，假如你不爱某个人，它就会留下来，而假如你爱某个人，它就会走掉。一个简单的体系，没什么可奇怪的，它不可避免地会孕育出一种极大的厌烦，或者一种灾难。这一切，只为了二十天的美妙时光，不，这是不值当的。持久的爱，牢靠的爱，稳固的、高贵的、神圣的、纯洁的和补救性的爱。总之，关于这爱，人们在真正尝试着拿来实践它之前所能想象的一切，全都是废话一句。这就是卡米叶在经过了多年的试验，经过了不少挫折和十足的苦恼之后所走到的一步。废话一句，对天真者的一种欺骗，对自恋者的一种新发现。更不用说，卡米叶，在爱情方面，已经差不多变成了一个狠心肠，她既感受不到遗憾，也感受不到满足。在她看来，再经得起烂煮的狠心肠也不会妨碍她真诚地爱上劳伦斯。她看重他，甚至敬佩他，紧靠着他一起取暖生热。不以任何方式抱任何希望。对爱情，卡米叶只保留住即刻的欲望，还有短程的情感，禁锢住整个的理想，整个的希望。她几乎不从任何人那里期待任何什么。由此，她只会在一种有利可图和好心肠的精神状态中去爱，几乎到了无动于衷的界限。

卡米叶安坐到阴影中，脱下上衣，整整两个小时中，聚精会神地认真研读带磨损性转轮的水磨，清空地窖水泵双重隔离涡轮，还有其他提神强身的和建设性的窍门。但她的目光不断地脱离名录，扫视四周。她并不很自在，铁皮棍子紧紧握在手中。她突然感觉到有一阵摩擦的声响，然后就是荆棘丛被脚踩到的刺啦刺啦声。她腾地就从岩石上站起来，举起棍子，心里扑通扑通乱跳。只见一头野猪在十米远的地方钻出地面，一见到她就逃之夭夭，溜进了小树丛。卡米叶长叹了一口气，卷起她的包，由小路下山前往圣维克托。眼下这时光，山上可不是好待的。

夜幕降临时，她盘着两腿安坐在洗衣坊的边沿，把面包和奶酪放到石头上，等候着猎手们的回归，聆听着遭受失败的低沉声响。从高处，她看到劳伦斯骑着他的摩托爬坡上山。他并没有把它就地撑住，如他通常所做的那样，这一次，他更喜欢超越那些厌倦的男人，一口气爬上通向自家房屋的斜坡。

她发现他坐在门槛的高台阶上，若有所思，心不在焉，头盔依然还拿在手中。她就坐到他的身边，劳伦斯把一条胳膊搭到她的肩上。

“有什么新消息？”

劳伦斯摇了摇头。

“什么糟心的事？”

同样的动作。

“西贝柳斯呢？”

“定位了。还有它的兄弟普罗库斯。领地完全就在东南方。糟得如同劣马。糟，却又悠然自得。小子们将试图让它们入睡。”

“为了做什么呢？”

“牙骨的印痕。”

卡米叶示意她明白了。

“克拉苏斯呢？”她问道。

劳伦斯又摇了摇头。

“没有踪迹”，他说。

卡米叶静静地吃完了她那块奶酪。

有时候，要从这加拿大人的嘴里一截一截地掏出话来还真是太难了。

“这么说，没有人发现那野兽了”，她总结道。“无论是他们还是你。”

“找不到”，劳伦斯承认道。“可能动静太大了，狗们应该觉察到它了。”

“于是呢？”

“这是一条硬汉。英语叫 Tough guy。”

卡米叶做了个鬼脸。这让她吃惊。即便是在当年对付热沃当①的那头野兽时，人们也至少花费了很长时间才把它堵住。是不是当真就是它，那是人们一直就没能确定的。对那野兽来说，还真值得让它的影子在两个世纪之后依然还跳上一通舞。

“毕竟”，她喃喃道，下巴压在膝盖上，“这太让我吃惊了。”

劳伦斯久久地摩挲着她的头发。

“这里”，他说，“有人对这个会一点儿都不感到惊讶。”

卡米叶调转目光朝向劳伦斯。眼下天色已黑，她看不太清楚他的脸，她等待着。到夜晚，劳伦斯就不得不说得更多些，既然黑暗

---

① 历史上，1765 年到 1768 年，法国的热沃当地区曾有五十多人先后失踪，人们认定是被一只神秘的野兽吃了。后来，有人认为该野兽是一只巨大的猞猁。

中人们不怎么再分辨得清楚手势了。他甚至就在昏暗中重新找到了某种流畅性。

“有人不相信它”，他说。

“狩猎吗?”

“野兽。”

一阵新的沉默悄悄滑过。

“不明白”，卡米叶说，迫于一种很不由自主的模仿，她开始在她的句子中做起了节省，从字句中摘除了开头。

“有人相信并没有什么野兽存在”，劳伦斯竭力地解释道。“有人很自信地对我说了。”

“啊”，卡米叶说。“这么说来，他相信那是什么呢？一个梦吗?”

“不。”

“一个幻觉？一种集体偏执狂?”

“不。他相信并不存在什么野兽。”

“羊们都死了，他连这个也不相信吗?”

“当然。当然相信。但是不相信有野兽。”

卡米叶耸了耸肩，有点泄气。

“那么，他相信什么呢?”

“他相信那是一个人。”

卡米叶站起身来，摇晃着脑袋。

“相信是一个人吗？他要吃羊？那么，那些咬痕呢?”

劳伦斯在黑暗中做了个鬼脸。

“他相信那是一个人狼。”

又是好一阵沉默，然后，卡米叶把她的手搭在加拿大人的胳膊上。

“一个人狼吗？”她重复了一句，出于本能而压低了嗓门，就仿佛这个不祥的字词尤其不应该嚷嚷出来，回响在所有的屋顶上。“一头人狼吗？你难道是在说一个笑话？”

“不，是一头人狼。他相信有一头真正的人狼。”

卡米叶注视着阴影中的劳伦斯的脸，看他是不是在跟她开玩笑。只见加拿大人的表情十分严肃。

“你是想说那一类小子吧，他们会在夜里变化形态，长出锋利的尖爪，露出坚硬的獠牙，还浑身长出毛来，是吧？说的是这样一个小子，出门到乡野中去吃所有人，而到了清晨时分，就会把毛发收藏在衣服里头，像模像样地去干活了，是吧？”

“正是这样”，劳伦斯语气严肃地承认道。“反正，是一种人狼。”

“在这地方，会有这个？”

“是的。”

“难道是他入冬以来咬死了所有那些绵羊吗？”

“或者说，最近的二十只。”

“那么你”，卡米叶犹豫道，“你也相信吗？”

劳伦斯耸了耸肩膀，带着一丝隐约的微笑。

“上帝”，他说。“不。”

卡米叶站了起来，微微一笑，舞动着双臂，仿佛要驱赶一些幽灵。

“到底是哪个缺心眼的跟你讲的这个？”

“苏珊娜·罗斯林。”

卡米叶顿时无语，呆呆地瞧着加拿大人，但见他依旧坐在门前的台阶上，头盔拿在手上，始终保持着平静。

“是真的吗，劳伦斯?”

“真的。那天晚上，正当你修补漏水的管道时。她说，是一头该死的人狼让整个地区血流成河。正是因为这个，那些牙齿才那么非同平常。”

“苏珊娜吗？你说的真是苏珊娜吗?”

“是啊。那个胖女人。”

卡米叶仿佛怔住了，停在那里纹丝不动。胳膊悬垂着。

“她说”，劳伦斯接着说，“那头可恶的人狼已经……”——劳伦斯搜索枯肠地找着字眼儿——“……已经被狼群的回归所唤醒，而现在，它利用了它们的进攻，以便隐藏它自己的罪孽。”

“苏珊娜并不疯啊”，卡米叶道。

“你心里很清楚，她是个彻头彻尾的疯狂者。”

卡米叶不搭腔。

“在你的心底，你其实很清楚”，劳伦斯接着说。“而我就没有对你说更进一步的话”，他补充说。

“你不想回家吗?”卡米叶问道。“我有点冷，我感觉很冷。”

劳伦斯抬起头，猛一下站起身来，就仿佛他只是到现在才意识到他让卡米叶吃惊到了什么程度。卡米叶喜欢那胖女人。他用胳膊搂住她，抚摩她的背。他，他听说过那么多让人无聊得能站着睡着的故事，那么多的老太婆变成了灰熊，灰熊又替换成了雪中的山鹑，而山鹑又替换成游荡的幽灵，而长久以来，这些疯狂的野兽早就不让他担忧了。男人和野蛮从来就没有形成过平静的一对。但是这里，在这个小小的法兰西，他们全都丢失了习惯。尤其是，卡米叶还那么喜爱胖女人。

“我们进屋去吧”，他对她说，嘴唇吻着她的头发。

卡米叶没有开亮灯，生怕亮光会从劳伦斯嘴里把词语掏出来。月亮升了起来，屋子里看得还相当清楚。她坐到一把秸秆编织的旧扶手椅中，抬起膝盖，升向下巴，胳膊交叉而抱，搂定了膝盖。劳伦斯打开了一广口瓶的烧酒泡葡萄，倒了大约十分之一到一个茶杯中，递给了她。他给自己则倒了一酒杯的纯烈酒。

“我们总还能来他个一醉方休”，他建议道。

“来那么一点点瓶底货，永远都不可能一醉方休的。”

卡米叶大口地吞下葡萄，把粗大的葡萄籽吐回到杯子底。她本来满可以把它们吐到壁炉中去的，但劳伦斯反对一个女人把嘴里的东西吐到壁炉里，于是，她就这样高高地摆脱和超越了男性的粗野，还有他们没完没了的随口喷吐。

“很抱歉，要劳动苏珊娜了”，他说。

“她也许读了太多的非洲故事，总之”，卡米叶猜测道，用了一种厌倦的语气。

“也许。”

“在非洲，有人狼吗？”

劳伦斯松开了手。

“当然有的啦。兴许还有人鬣狗，人豺呢。”

“说说结果吧”，卡米叶说。

“她知道是谁。”

“人狼吗？”

“是的。”

“说说吧。”

“马萨尔，屠宰场的那小子。”

“马萨尔吗？”卡米叶几乎是喊了出来。“为什么是马萨尔，上帝啊？”

劳伦斯满脸起了皱纹，很是尴尬。

“说说吧”，卡米叶重复道。

“因为马萨尔没长毛。”

卡米叶递过杯子去，胳膊僵僵的，劳伦斯又给她舀了一勺子葡萄。

“什么，没长毛？”

“你见过这家伙吗？”

“见过一次。”

“他没长毛。”

“我不明白”，卡米叶说，若有所思。“他有头发，跟你我一样。他有一片黑黑的刘海，一直遮到眼睛。”

“我说的是毛。没长毛，卡米叶。”

“你是想说，胳膊上、腿上、胸脯上的毛吧？”

“是的，这小子光溜溜的，简直像是个小娃娃。细节我没有注意到。他看来甚至连脸都不刮的。”

卡米叶半眯上眼睛，努力回想起马萨尔的形象来，那是另一天上午，在他的有篷小货车跟前。她仿佛又看到了他那白皙的皮肤，胳膊和脸蛋全都那么白，在其他人粗糙肤色的映衬下显得那么怪。是的，没长毛，兴许。

“这又怎么啦？”她说。“这一点又能怎么着？”

“关于人狼你就不太聪明啦，嗯？”

“对了，不太聪明。”

“你恐怕在大白天也不会认出一只来吧？”

“不会，我凭什么能认出它来啊，可怜的老伙伴？”

“就凭这一点，人狼不长毛。你知道这是为什么吗？因为那些毛，他都长在里头了。”

“你这是开了个玩笑吧？”

“再好好地读一读你那疯狂老家的那些旧书吧。你会看到的。白纸黑字。在我们乡下，好多好多人都知道这个。那胖女人也知道。”

“苏珊娜？”

“苏珊娜。”

“他们全都知道长不长毛这么一说吗？”

“这可不是随便一说的。这是人狼的记号。再没有别的记号了。他身体里头有毛，因为这是一个正面与反面长反了的人。夜里，他又再反过来，他毛茸茸的皮显现了出来。”

“如此说来，马萨尔永远都只是一件反穿的毛皮大衣啦？”

“假如你愿意这样想的话。”

“那他的牙齿呢？它们也是能逆反的吗？那么，在白天，他把它们放置在哪里呢？”

劳伦斯把他的酒杯放到桌上，转身朝向卡米叶。

“再怎么抱怨都是没有用的，卡米叶。臭牛屎，这可不是我说的，是那胖女人说的。”

“苏珊娜？”

“苏珊娜。”

“那好吧”，卡米叶说。“请原谅。”

卡米叶站起身，又一把抓住广口瓶，把里面的葡萄全都倒进她的杯子里。她一粒接一粒地吃，吃到后来，身上的肌肉终于不再麻木。是苏珊娜泡制的烧酒葡萄。艾卡尔的女主人在自家的后院蒸馏了数量不少的榨酒渣——糟烧，她是这样称呼它的——它已经大大地超越了葡萄园拥有者的特许法定限度。“什么法定不法定限度”，她说。此外，苏珊娜根本就不在乎这世界上所有的法定的上限和下限：种种税款啦，种种定额啦，酒瓶上的商标啦，保险金啦，社会保险的法国标准啦，诉讼时效丧失的日期啦，分界处中间共有部分的维护啦。全都是布戴伊，她的管理人，在监护着农庄的经营，让一切费用根本就不超过最低标准，而夜更佬则担负起了卫生方面的监督事务。卡米叶心里想，一个视冲撞公共秩序如同家常便饭，如同撞破一道简单的谷仓门那般容易的女人，又如何能赞同一种如此危言耸听的说法，说是有一头人狼存在。她重又拧紧瓶塞，走了几步，一只手紧紧握着杯子。除非那位苏珊娜对公共的法则敌对腻了，要为自己创建她自己的秩序。她的秩序，她的法则，她对世界的解释。在所有人全都一窝蜂地追逐一头野兽，为效力于一个唯一的想法而构成铁板一块的时候。苏珊娜·罗斯林，任何一种统一思想的敌人，独自站在自己的立场上，她向协调一致挑战，她发明另一种逻辑，而无论那是什么都可以，只要不是其他人的那一种。

“她有些疯疯癫癫”，劳伦斯概括道，仿佛他始终就在追随卡米叶的思路。“她活在世界的旁边。”

“你也是。你就活在冰天雪地中，活在灰熊中。”

“但是我并不疯疯癫癫。那肯定是一个奇迹，但是我并不疯疯癫癫。这就是胖女人跟我之间的差别。她根本就不在乎一切。她根本就不在乎身上散发出羊毛粗脂的臭味。”

“快别再提这羊毛粗脂啦，劳伦斯。”

“我不能什么都不提吧。她很危险的。你想想马萨尔。”

卡米叶伸手摸了摸脸。劳伦斯说得有道理。苏珊娜尽可以就一个什么人狼胡说一通，然后拍拍屁股没事了。人们尽可以就他愿意的什么胡说一通。但是要指责一个人，那就是另一回事了。

“为什么是马萨尔呢？”

“因为他不长毛”，劳伦斯耐心地重复道。

“不”，卡米叶说，稍稍有点疲惫。“除了长毛不长毛，没别的了，快忘了这不长毛的事吧。为什么你认为她会责怪他呢？这是个多少有点像她的家伙，孤僻、固执、不被人爱。她应该好好保护他。”

“恰恰是这样。他实在也太像她了。他们在同一块土地上狩猎。她应该消灭他。”

“你想灰熊也想得太多了。”

“正是因为如此，事情才说得通。这是两个凶狠的竞争对手。”

卡米叶点了点头。

“她都对你说了他什么？除了不长毛什么的？”

“什么都没说。当时索里曼过来了，她就闭嘴了。此外我可就什么都不知道了。”

“这就已经不错了。”

“这已经太过了。”

“人们能做什么呢？”

劳伦斯凑近卡米叶，把双手搭在她的肩膀上。

“我要对你说说我父亲对我重复过的话。”

“好的”，卡米叶说。

“假如你想要自由，那就乖乖闭上你的嘴。”

“明白。然后呢？”

“人们就乖乖闭嘴吧。假如很不幸，那胖女人的指控跨越了艾卡尔的边界，那就该为马萨尔担忧了。你知道在你的家乡，人们对那些人是怎么做的吗，差不多二百年来，对那些怀疑对象？”

“不妨说来听听吧。人们刚刚正好就说到那个地方了。”

“人们会剥开他们的肚皮，从喉咙口一直开膛到睾丸，来看看他们的毛是不是长在体内。随后，再要为自己的错误而哭泣，那可就太晚了。”

劳伦斯把自己搭在卡米叶肩膀上的双手捏紧了。

“千万别让这家伙走出他妈的羊圈”，他说着，扫视了一下四周。

“我可不相信人们会有你想象的那么多污点。人们不会朝马萨尔猛扑过去的。这里的人知道，是一头狼在屠杀。”

“你说得有理。在平时，你甚至还是很有道理。但是你忘记了这一点：这头狼不是一头普普通通的狼。我看到过它的牙齿印。你可以相信我，卡米叶，假如我对你说这是一只强大无比的野兽，一只我相信我从来都没有见过的野兽。”

“我相信你”，卡米叶低声说道。

“而很快地，我就将不是唯一一个相信这一点的人了，小子们可不是没长眼睛的，他们甚至还很精明能干，无论那胖女人会怎么说。很快地，他们就将全都知道了。他们将知道，他们面对的是一件非同一般的案件，是某种他们闻所未闻的事情。你明白吗，卡米叶？你明白到了危险吗？某种很不正常的东西。于是，他们将会害怕。于是，他们将会迷惘。于是，他们将会去拥抱偶像，他们将会去焚烧边缘者。而假如那胖女人煽起了阴风，点起了鬼火，人们就会猛扑到马萨尔身上，他们就会剥开他的肚皮，从喉咙口一直开膛到睾丸。”

卡米叶点了点头，紧张得颇有些不自然。劳伦斯从来没有这样说到过一次攻击。他毫不松开她，像是为了保护她。卡米叶感觉到他的手紧贴在她的背上，滚烫滚烫的。

“因此，人们无论如何都得找到这个畜生。死要见尸，活要见身。要它死的，就是他们，要它活的，就是我啦。从现在起，人们就乖乖闭嘴吧。”

“那苏珊娜呢？”

“明天我们就将去看她，命令她乖乖闭嘴。”

“她可不喜欢听从命令。”

“但他很喜欢我。”

“那她可以不对你说，而去对别人说。”

“我相信不会。真的不会。”

“为什么？”

“因为她认定，圣维克托村的所有人全都是他妈的傻瓜蛋。除了我，因为我是外乡人。她对我说，同样还因为我很了解狼群。”

“你为什么什么都不跟我说，星期三晚上，从艾卡尔回来时？”

“我还以为，人们搜山时会把野兽赶出来呢，我还以为一切都将被遗忘呢。我可不愿意为芝麻绿豆大的小事而在你面前毁了胖女人。”

卡米叶点了点头。

“她可是有点疯疯癫癫了，你的苏珊娜”，劳伦斯喃喃道。

“尽管如此，我还是很喜欢她。”

“我知道。”

九

第二天早上，七点三十分，劳伦斯发动了他的摩托车。几乎都还没有睡醒的卡米叶坐到了后座上，他们慢速行驶了两公里左右，离开了艾卡尔。卡米叶一只手抱在劳伦斯的肚子上，另一只手紧紧抓住那只空了的葡萄瓶。苏珊娜·罗斯林是不会再提供葡萄的，假如你不把她的广口瓶还回去的话，这是一条法则。

劳伦斯向左拐去，进入了通往那栋小房子的石子路。

“警察”，卡米叶叫了起来，摇了摇劳伦斯的肩膀。

劳伦斯做了个手势，表示他早就发现了，他关上了油门，下了车。两个人全都摘下了头盔，打量着停在羊舍前的蓝色车子，就像另一天那样，是同一拨宪警，一个小个子，一个中等个子，在汽车和房屋之间走来走去。

“上帝啊”，劳伦斯说。

“真他妈的”，卡米叶说。“又是一番攻击。”

“臭牛屎。这个可真不能让胖女人清心去火的。”

“苏珊娜。”

“苏珊娜。”

“最好还是让这一切落到别处去吧？”

“是那头狼作的选择”，劳伦斯说。“而不是偶然的命运。”

“它选择的？”

“当然。一开始摸索，然后发现。很容易进去的，孤零零的羊圈，锁了链条的狗。于是它就一来再来。将来还会来。一旦它养成了习惯，这就有助于我们来堵住它。”

劳伦斯把头盔和手套都放在了摩托车上。

“我们过去吧”，他说。“确认一下伤口。看看是不是同一类。”

劳伦斯摇晃着他那长长的金发，像是一个刚刚醒来的动物，在他遇到困难的时候，他常常这样做。卡米叶则把她的拳头紧紧地插到她的裤兜中。小路上散发出百里香和罗勒的气味，另外还有，卡米叶想到了，血的腥味。劳伦斯则觉得，他尤其闻到了绵羊毛的粗脂的臭味，而且到处都闻得到，另外还有发了酵的尿臊味。

他们握了握那个中等个子的宪警的手，他的神色颇有些恐慌不安。

“我们可以看一看伤口吗？”劳伦斯问道。

宪警耸了耸肩。

“什么都不能碰的”，他说，嗓音很是机械。“什么都不能碰的。”

同时，他伸出一只疲惫的手，向他们示意可以进去。

“小心，那很丑”，他对他们说。“那很丑。”

“当然了，那很丑”，劳伦斯说。

“你是为葡萄而来的吧？”他看到了卡米叶手上悬着的那个空广口瓶，问道。

“来要一点”，卡米叶说。

“那么，今天不凑巧。今天不凑巧。”

卡米叶心里直嘀咕，那个宪警说话时为什么总要重复两遍。凡事都要说两遍，岂不是要浪费很多时间，不知不觉地，日子可就少了一半。而劳伦斯，说话总是只说三分之一，便节省下了大量的时间。除非他会把它丢失，这可是一个很能自我辩解的看法。卡米叶的母亲说过，丢失的时间就是赢得的时间。

她把目光转向羊圈那边，但这天早上，索里曼也好，夜更佬也好，谁都没在门口守着。就在这时候，劳伦斯早已先她一步，走进了羊圈。他朝她转过身来。白白的身影就像阴影中的一块床单，伸开两条胳膊拦住了她，不让她再往里面走。

“别往前了，卡米叶”，他劝说道。“这可不是一头羊。耶稣基督。”

但卡米叶已经看到了。苏珊娜仰天躺在满是泥污的干草上，双臂张开，睡袍一直都撩到了膝盖上。喉咙口有一道可怖的伤口，还在汩汩地涌出血来。卡米叶闭上了眼睛，跑出了屋子。她撞上了那个中等个子的宪警，后者连忙一把把她抱住。

“出了什么事？”她叫道。

“是狼”，宪警说。“是狼。”

他抓住她的胳膊，把她一直拉到汽车前，让她坐在了前排座位上

“我也一样，我也很难受”，宪警说。“但是千万可别说。这可是不符合规定的。”

“可她对规定嗤之以鼻，苏珊娜！”卡米叶叫嚷道。

“我知道，我的姑娘，我知道。”

他从汽车的手套箱中掏出一瓶酒来，笨拙地递给她。

“我可不喝烧酒”，卡米叶带着哭腔说。“我要葡萄。我来是为了葡萄的。”

“好了，别耍小孩子脾气了，别耍小孩子脾气了。”

“苏珊娜”，卡米叶呻吟道。“我的胖苏珊娜哟。”

“她一定是听到了那畜生的叫声”，宪警说。“她一定是到羊圈里来，想看看到底是什么动静。那支长枪就在她身边。她一定是把

它给堵上了，那野兽便朝她扑了上来。扑了上来。她也太勇敢了，这苏珊娜。”

“那夜更佬呢？”卡米叶嘟囔道。“他在干什么呢，那夜更佬？”

“别耍小孩子脾气了”，宪警重复道。“夜更佬出门了。他发觉少了一只羊，一只当年生的小羊。他出去寻找了小半夜，当他发现已经走得太远了赶不回来后，就在一个牧场里睡了。他是七点钟回来的，他给我们打的电话。你请小心，我的姑娘。”

“小心什么？”卡米叶说，又抬起了脸。

“不要得罪夜更佬，他已经很痛苦了。不应该说什么‘那夜更佬呢？那夜更佬呢？他在干什么呢，这夜更佬？’不要说此类的蠢话。您不是这地方的人，那就什么都不要说，事先没有思考再三的话，就什么都不要说。苏珊娜，她可是夜更佬的圣母，再少是那样。那么，就别说蠢话。尤其不要说蠢话。”

卡米叶很有些感动，点了点头，用一只手的手背擦了擦眼泪。中等个头的宪警递给她一片纸巾。

“他在哪里”，她问道。

“在羊圈的一个角落里。他守候着。”

“那索里曼呢？”

宪警摇了摇脑袋，一个无能为力的动作。

“他把自己反锁在厕所里。在厕所里。他说他将要死在那里了。上级要给我们派一个心理专家同事过来。这会有用的，在这类特殊情况中。”

“他手中有武器吗？”

“不，他没有武器。”

“星期三那天，我刚刚修理好了那里头破裂的管子”，卡米叶用一种死气沉沉的语调说。

“是的。破裂的管子。您知不知道，那苏珊娜当年是如何收养小小的索里曼·梅尔希奥尔的?”

“是的。人们已经给我讲过这个故事了。”

宪警以一种理解的神态摇了摇头。

“这小家伙，他什么别的都不要，只要苏珊娜。他把他的小脑袋伸到苏珊娜那里，停止了哭叫。人们可都是这样说的。我当时并不在场。我不是这里的人。我们，宪警，从来就没有权利留在当地，为的是别沾亲带故地缠上。”

“我知道”，卡米叶说。

“但是，人们毕竟还是缠上了。苏珊娜，没有人不熟悉她……”

宪警停住了嘴，看到劳伦斯从那里过来，脸色阴沉，脑袋低垂。

“至少，您什么都没有碰吧?”他问道。

“您的那个同事眼珠不错地一直盯着我呢。”

“那么?”

“兴许是同一只野兽。但不可能确定。”

“那头大狼吗?”宪警问道，眯缝起了眼睛，严阵以待。

劳伦斯噘了噘嘴。他举起了手，使劲儿地张开着大拇指和小指头。

“很大。从裂牙到犬牙的距离，至少有这么长。人们看不清楚。一口咬在肩膀上，一口咬在喉咙上。应该根本就没有时间开枪。”

两辆汽车一颠一簸地开上了小路。

“技术员来了”，宪警说。“后面那个是医生。”

“来吧”，劳伦斯说着，把一只手搭在了卡米叶肩上，静静地摇撼着她。“我们别待在这里。”

“我想对索里曼说说话”，卡米叶说。“他被反锁在了厕所里。”

“当某个人被反锁在厕所里时，从他嘴里人们是掏不出任何东西来的。”

“可我还是要去。他太孤单了。”

“我在摩托车上等你。”

卡米叶走进了阴暗而又寂静的房子，爬上楼梯，停在了紧锁的门前。

“索尔”，她叫道，拍打着门扇。

“都给我滚蛋，傻瓜蛋！”年轻人号叫道。

卡米叶摇了摇头。索里曼接过了火炬。

“索尔，我不会非让你出来的。”

“你走开！”

“我也一样，我心里很难受。”

“你的难受顶个屁用！它顶个屁，你听到了吗？你甚至都没有权利待在这里！你不是她的女儿！你走开！见鬼的，你走开！”

“显然，它顶个屁。苏珊娜，我只不过是喜爱她而已。”

“啊！你明白了！”索里曼咆哮道。

“我为她修理管道，作为交换，我从她这里拿一些蔬菜，一些烧酒。而你，我才不在乎你从不从你的茅坑里出来呢。人们会把火腿肉从门底下给你递进去的。”

“就这样！”年轻人叫嚷道。

“情况就是这样，索尔。你，你从茅坑里再也出不来了。夜更佬从他的羊圈里再也出不来了，而布戴伊从他的棚屋里再也出不来了。再没有任何人能从任何地方出来了。羊群将全都死去。”

“我根本就不在乎那些可恶的羊毛团！那就是一些老弱病残！”

“但是夜更佬老了。他不仅再也出不来了，而且连动都不再动弹了，他连话也不再说了。他的身体僵硬得跟他手里的棍子一样。可别让他就这样倒下啊，最好还是把他送到养老院去。”

“真让我嗤之以鼻！”

“夜更佬就是这样的，因为当恶狼来进攻的那一刻，他还在外面。他根本就无法来帮助她。”

“而我，我竟然睡着了！我竟然睡着了！”

卡米叶听到索里曼爆发出了号啕大哭。

“苏珊娜总想让你多睡一会儿。你也总是听她的。这可不是你的错。”

“她为什么不推醒我呢？”

“因为她不想让你遭受不幸。你是她的王子。”

卡米叶把她的手靠在门上。

“她就是这么说的”，她补充道。

卡米叶重又上坡，去往羊圈那里，中等个子的宪警拦住了她的去路。

“他在干吗呢？”他问道。

“他在哭呢”，她说，语气中透出一丝倦意。“当一个人反锁在厕所里时，真的很难说话。”

“是的”，宪警赞同道，就仿佛他曾经跟成堆成堆关在厕所里的人争论过。“心理学都不管用”，他一边说，一边瞧了瞧自己的手表。“我真不知道他们在干吗。”

“医生吗？他说什么来的。”

“跟捕猎手说得一样。说她是被咬断了脖子。咬断了脖子。在清晨三点到四点之间。人们还无法看清楚牙齿的咬印。得先清洗干净。但是他说很模糊，并不是像什么东西直接印在黏土上那么简单，嗯？”

卡米叶表示同意。

“夜更佬一直还在那里面吗？”

“是的。人们担心他会僵化为木乃伊的。”

“你们总是可以对那些心理专家说，让他们来看看他。”

宪警直率地摇了摇头。

“不必了”，他肯定道。“夜更佬倔强得跟一口袋核桃似的。心理治疗对于他根本就是对牛弹琴，冲着树木撒尿。”

“啊，是吗？”卡米叶说。“麻烦您能不能告诉我一下您的名字？”

“勒米拉伊。朱斯丁·勒米拉伊。”

“谢谢”，卡米叶说，继续走她的路，胳膊始终低垂着。

她走到等在摩托车上的劳伦斯跟前，静静地戴上了自己的头盔。

“我都不知道我把那个广口瓶搁哪儿了”，她喃喃道。

“我相信，这已经不重要了。”劳伦斯说。

卡米叶点了点头，骑上摩托车，一把抱紧了加拿大人的腰。

十

劳伦斯把摩托车停在屋子前，一动不动地等着卡米叶先下车。

“你不来吗？”她问道。“我们来喝一杯咖啡，好吗？”

劳伦斯摇了摇头，双手紧握着车把。

“你马上就要返回高原去吗？你要去寻找这头肮脏的狼吗？”

劳伦斯犹豫了一下，摘下了头盔，摇晃了一下头发。

“要去看马萨尔”，他说。

“马萨尔？在这时候？”

“已经九点钟了”，劳伦斯说，看了一眼他的手表。

“我不明白。”卡米叶说。“你想跟这家伙说什么呢？”

劳伦斯做了个鬼脸。

“我实在弄不明白，狼怎么就进攻了呢？”他说。

“可是，它毕竟还是进攻了呀。”

“狼是怕人的”，劳伦斯继续说。“它不会当面攻击的。”

“好吧。可它还是攻击了。”

“苏珊娜那么胖，块头那么大，模样那么吓人。她意志坚强，还带有武器。她肯定先是把它逼得走投无路了。”

“很好，她正是这样做了，劳伦斯。她把它逼得走投无路。所有人都知道，狗急了会跳墙，狼急了要进攻。”

“这正是让我担忧的。胖女人很内行。应该不会冒险把一头狼逼急的。应该绕到后面去，应该从一个破窗口里把枪伸进去，然后开枪。胖女人本该这样做的。但是，直接进入羊圈，堵死狼的退路，上帝啊，我真无法想象这一切。”

卡米叶皱起了眉头。

“你再解释一下”，她说。

“没心情。不自信。”

“你还是解释一下吧。”

“臭牛屎。苏珊娜指责了马萨尔，而苏珊娜死了。完全可能先去见了马萨尔，向他唠叨那套关于人狼的陈词滥调。什么都不害怕。”

“之后呢，劳伦斯？既然马萨尔不是一头人狼。他又会做什么呢？他会嘲笑，不是吗？”

“并不一定会嘲笑。”

“马萨尔名声本来就不太好，孩子们全都躲着他。针对苏珊娜的那番揭示，他又会做什么呢？人们早就在说，他身上不长毛、性无能、同性恋、疯疯癫癫，还有另外我不知道的什么。人狼，这又能奈何他什么？他完全经受得起类似的指责。”

“上帝。你是不明白啊。”

“那你就好好地解释清楚吧。现在可不是吞吃句子的时候啊。”

“对种种闲话，马萨尔什么都不必做。很好。但是不妨设想一下，假如胖女人说得对呢？真的是马萨尔杀死那些羊的呢？”

“别瞎扯，劳伦斯。你说过，你不相信的。”

“不相信人狼。不。”

“你忘记了那些伤口，该死的。该不是马萨尔的牙齿咬的吧？”

“不是。”

“啊，你瞧你。”

“但是马萨尔有一条狗。一条很高很大的狗。”

卡米叶不禁浑身一哆嗦。她在广场上见到过那条狗，一条带明显花斑的高头大犬，大大的脑袋高达人的腰部。

“一条德国看门犬”，劳伦斯说。“狗类中最高大的。身材可以对抗或超越一头公狼的唯一的一种狗。”

卡米叶把靴子踏在摩托车的脚蹬上，叹了一口气。

“为什么就不会是一头狼呢，劳伦斯？”她口气温柔地问道。“简简单单的一头老狼呢？为什么就不是秃子克拉苏斯呢？你昨天不还在寻找它吗?”

“因为胖女人会朝它的屁股开上一枪。从窗口。我要去见马萨尔。”

“为什么不会是勒米拉伊呢?”

“勒米拉伊是谁?”

“中等个头的宪警。”

“上帝啊。太早了。只是要去聊聊天，马萨尔和我。”

劳伦斯发动摩托车，消失在了山坡上。

他直到午饭时分才回来。卡米叶稍稍有些厌烦，不等肚子饿，就往桌子上摆上了面包和西红柿，一边吃，一边随手翻弄着头一天的报纸，却没有认真去读。甚至连《职业工具名录》今天都对她无能为力了。劳伦斯一言不发地走了进来，把他的头盔和手套放到一把椅子上，往桌子上瞥了一眼，又添了一些火腿肉、奶酪和土豆，然后就坐下来。卡米叶如同往常那样，根本就不尝试第一个主动挑起对话。就这样，劳伦斯得以静静地吃饭，时不时地摇晃一下头发，朝她瞟去隐约带了点惊讶的目光。卡米叶心里在想，假如她就这样始终不挑起话头来，他们俩最后究竟又会怎么样。兴许，他们将在桌子前这么干坐着，坐上四十年，静悄悄地吃着西红柿，直到其中的一个人先死去。兴许。这样的前景似乎并不能打扰劳伦斯。二十分钟之后，卡米叶让步了。

“你见到他了?”

“消失了。”

“为什么说‘消失’了?那小子完全有权利上别处转上一圈的。”

“是的。”

“狗在那里吗?”

“不在。”

“你看，他是去转悠了。再说，今天是星期日。”

劳伦斯抬起了下巴。

“他似乎每个星期日都会去赶早上七点钟的弥撒”，卡米叶说，“去另一个村庄。”

“该回来了。我在棚屋周围转悠了整整两个小时，到处都找遍了。没见到他。”

“这大山，它那么大呢。”

“都转到了艾卡尔。索里曼已经从厕所里出来了。”

“那个女心理医生干的?”

劳伦斯点头赞同。

“他状态不太好”，他说。“医生给了他镇静药。他睡了。”

“夜更佬呢?”

“看来已经动了。”

“好的。”

“动了一米。”

卡米叶叹了一口气，撕了一块面包，心不在焉地嚼着。

“你，你觉得他如何，这个夜更佬?”她问道。

“烦人。”

“啊。我倒是觉得他给人印象深刻。”

“给人印象深刻的汉子总是很烦人。”

“这有可能”，卡米叶赞同道。

“今天晚上，我会回去看马萨尔，晚饭时。不能错过。”

但是晚上，劳伦斯并没有在马萨尔的棚屋中找到他。劳伦斯靠着他家的门，白白地等了一个半钟头，看着夜幕慢慢地降临到山上。劳伦斯是很会等人的，没有人能做到像他那样等人。他曾经等一头熊经过某处，足足等了二十个钟头。等到天色完全暗下来时，他这才转身走回村庄。

“我很担心”，他对卡米叶说。

“你太为这家伙操心了。没有人了解他的习惯。今天天很热。他白天兴许上山里瞎转悠去了。”

劳伦斯做了个鬼脸。

“他明天得干活。应该会回来。”

“别替这家伙操心了。”

“三种可能性”，劳伦斯说，伸出了三根手指头。“马萨尔是无辜的，就像那羊。他出门上山去了，结果迷了路。他靠着一个树桩睡着了。或者他一脚踏进了一个陷阱。或者他掉到了一个山谷中。甚至连狼都会掉入山谷中的。再或者……”

劳伦斯又陷入了一阵长长的沉思中。卡米叶摇了摇他的膝盖，就像人们晃动一盏灯，以便恢复电路的接触。这一招果然生效。

“或者马萨尔始终是无辜的。但苏珊娜过来找他说过什么。今天早上，他得知她死了。他害怕了。担心是不是整个村子的人都会来找他麻烦？是不是胖女人已经对别人说了？他害怕人们会来剥他的皮，从喉咙一直剥到睾丸。然后他就逃跑了，带着他的狗。”

“我不相信”，卡米叶说。

“最后，或者马萨尔就是一个杀手。是他杀死了羊，跟他的高头大犬一起。然后他杀死了苏珊娜。但苏珊娜可能已经对别的人说起过了——比如对我。于是他就溜了。他逃之夭夭。而他是疯子，他嗜血成性，他用他魔怪的獠牙来杀戮。”

“我还是不相信。这一切，只因为这可怜的家伙身上不长毛。这一切，只因为他长得丑陋，还孤僻成性。他应该已经很不开心了，孤零零地住在山上，身上不长一根毛。”

“不”，劳伦斯打断她。“这一切，只因为那胖女人有常识，因为那胖女人没有把一头狼逼上绝路。这一切，还只因为马萨尔失踪了。明天天一亮我就转回去。赶在他逃去迪涅之前。”

“我求求你了。就让这家伙安静安静吧。”

劳伦斯抓起卡米叶的手，握在自己的手中。

“你总是为所有人着想”，他带着一丝微笑，说道。

“是的。”

“世界可不是这样的。”

“不。是的。我不在乎。放过马萨尔。他什么都没干。”

“你什么都不知道，卡米叶。”

“你不认为最好还是先把马萨尔找到再说吗？”

“正是。兴许就是他有了克拉苏斯呢。”

“你这话是什么意思？你是说他杀了它吗？”

“不。驯服。”

“你为什么这么说？”

“差不多已经快两年了，没有人再见到过克拉苏斯。应该在某个地方。当他们丢失它的踪影时，那还是个小狼崽。可以驯服的。可以被人驯服的，被一个毫不害怕德国大看家犬的家伙。”

“那他把它弄到哪里去了呢？”

“在一个里面养了狗的木头棚屋中。没有人接近马萨尔，更没有人接近看家犬的那个窝棚。没有任何危险被人发现。”

“那他又怎么喂养它呢？一头狼，它是会大口吞噬的。这会被注意到的。”

“他的狗的饭量就已经一个顶十个了。你还别忘了：马萨尔是去迪涅采买的。几乎没人认识他。他还可以捕猎一些什么。而他就在屠宰场工作。完全可以稳稳当当地养大克拉苏斯而不冒任何风险。”

“养一头狼，做什么用?”

“那养一条看家犬，又做什么用？为了强大，为了复仇，还为了与众不同。我认识一个有毛病的，曾养了一头母灰熊。而这小子自认为是世界的主人。这会给予能量，一头属于你自己的灰熊。这让人陶醉。”

“一头狼也一样吗?”

“也一样。尤其是当它像克拉苏斯那样。他兴许就是跟它一起行的凶。”

卡米叶默默思索着劳伦斯的三条理论。一想到克拉苏斯在马萨尔的命令下趁着黑夜里发起进攻，她就觉得自己的脊背一阵阵发凉。

“不”，她说。“马萨尔一定是被困在了一个陷阱中。村子里尽有些小子漫山遍野地设置陷阱。”

“有可能你说得对”，劳伦斯突然说，晃了晃他的满头秀发。“那天晚上，胖女人兴许都让我变疯了。应该相信，她早已怒不可遏，她把恶狼逼到了绝境中。然后那狼才猛扑到她身上。而马萨尔就在山里呢。但是，这就留下了一个问题：秃子克拉苏斯在哪里呢?”

十一

6月21日星期日，巴黎下着倾盆大雨。雨从一大早就一直下个不停。警长让一巴蒂斯特·阿当斯贝格立定在他那位于马莱街区一栋破破烂烂的住宅楼六层楼上卧室的窗户前，楼房的外墙危险地向大街倾斜着，他就那么瞧着雨水哗哗地冲刷着倾斜的排水沟，把垃圾碎屑全都带走。有些垃圾还顽固地抵挡一下，而另一些则丝毫没有任何抵抗运动，被冲得稀里哗啦的。这就是生活的不公，即便在垃圾的陌生世界中也是如此。有些个抵抗一下，有些个不抵抗。

到现在为止，他已经抵挡了五个星期。不过，并不是雨水要把他带走，而是三个姑娘要他的性命。尤其是一个高大而又瘦削的棕红头发姑娘，差不多二十五岁的年纪，吸毒的，但并不总在吸，她有两个女奴的保护，两个被她迷住了的二十来岁的女孩，对她可谓言听计从，服服帖帖，仿佛是两个瘦弱的、坚定的、可怜兮兮的幽灵。只有棕发女郎才是真正危险的。十天之前，她在大街上朝他开过一枪，子弹从他左肩膀上方两厘米的空中飞过。总有那么一天，她会把一颗小小的子弹留到他的肚子里。这就是她，那个姑娘的固执想法。她已经在好几次打给他的电话中宣告了这一点，用一种低沉而又愤怒的嗓音。一颗小小的子弹留到他的肚子里，就像他六个星期之前把一颗小小的子弹留到了那个头目的肚子里一样，人们管那家伙叫迪克·D.，但他的真名实姓则叫热罗姆·朗丁。

他在迪克·D. 这个更为吓人的诨名下，指挥着一个小小的邪恶团体，里头有那么几个小子和姑娘，他们奴颜婢膝得几乎都站不起来，但竟然还声称敢当他的私人保镖。迪克是一个多少有些可疑的刺头，一个方法极其激进、手腕极其毒辣的家伙，足可以把一个家伙生生地折断在他的手指间，一个又肥胖又精干的男人，办起事来相当聪明，但又不够聪明到明白这个世上同样也存在着其他人。他的两个手腕上分别紧紧包了一个带尖钉的护腕，两腿紧紧地绷在皮裤子中。人们会猜想，他名字中的这个 D.，可能是指 Dictateur、Divin 或者 Démon①。出于命运的某种相当丑陋的打击，那个棕发女郎从心灵上和肉体上全都无条件地服从于迪克·D.。他是她的转卖商、她的男人、她的神、她的刽子手和她的保护者。正是他，在某天凌晨的两点钟，被警长阿当斯贝格一举击倒在一个地窖中。

当警察冲进来时，一番血腥的搏斗已经在迪克·D. 的那帮人和奥伯坎普夫的另一帮人马之间展开，警察破门而入，全副武装。不过那些人可不是吃素的，也全都武装到了牙齿。迪克瞄准了一个警察，阿当斯贝格则瞄准了他的腿。这时，一个蠢货朝警长扔过来一张生铁酒吧桌，把阿当斯贝格往后撞出了足足有三米的距离，而他自动手枪的子弹则朝前飞了四米，打进了迪克·D. 的肚子。

最终，一死四伤。其中警方伤了两人。

从那时起，警长阿当斯贝格的生活就变了样，一个男人留在他的意识中，一个女人则留在了他的背后。这是他在二十五年的职业生涯中第一次打死了一个男人。当然，他曾经打坏过一些胳膊，一些腿，一些脚，为的是保全自己的胳膊和腿脚，但是从来没有彻底打死过一个人。当然，那是一次误伤事故。当然，那是另一个家伙扔过来的生铁酒吧桌导致的事故。当然，不那样的话，迪克这个

① Dictateur、Divin 和 Démon 分别指“独裁者”、“神圣者”和“魔鬼”。

Dingue，这个Démon，这个Disgracieux[①]，就会把他们像耗子那样全都扫射死，那可是一个无赖。当然，这是一个事故，但它是致命的。

而现在，那姑娘总在他的后头。迪克死后，整个可怜的帮派土崩瓦解，除了这个执意复仇的姑娘，以及另两个始终紧贴在她身后的女孩。那个复仇女神拥有一大批武器，那是由帮派的残渣余孽保留下来的，但警方目前还无法弄清楚那些武器到底藏在哪里。每次当警察抓住她时，她还正好都位于阿当斯贝格的必经之路上，但还没等当场抓住她正犯下某桩轻罪，她早早地就把她的武器弄走了。她每次都会站定在一个垃圾桶边上，两手藏在背后。而当警察扑向她时，枪却不知被弄到了哪里。那情景实在也太邪性了，但你拿她始终就没办法。阿当斯贝格只好劝阻他的同事们：这样对起获枪支毫无用处。她还会出来的，还会开枪的，总有那么一天。人们就让她这样留在外头，让她有机会开枪，真该死。人们将看到，到底是谁，是她还是他，最终将占得上风。说到底，这个要他性命的复仇女神到头来一定会洗刷掉他的错。这并不是说，他已经决定那样地被动挨打。但是这一长久的围捕，日复一日地，会洗刷他，会擦干净他。

阿当斯贝格观察着她，她就站在那里，浑身水淋淋的，靠着对面住宅楼的大门。有时候，她就那么站立着，有时候，她也简单地化个妆，或者匆匆地伪装一下，就像在故事中那样。他不知道，当她就这样原形毕露地迎面过来时，她到底是带了枪还是没有。她常

---

① Dingue、Démon、Disgracieux分别可以译为“疯子”、“魔鬼”和“丑家伙”。

常就这样监视他，并不自我遮掩，那一定是为了耗费他的神经，他想。

但是，阿当斯贝格就不生气。他根本就不知道紧张、激动、挛缩是如何一回事，同样也不知道怎么才叫作放松。他的无动于衷是与生俱来的，这让他维持在一种始终如一、始终缓慢的节奏中，几近于一种超脱。因此，人们很难知道警长对某个东西是不是真正感兴趣，或者对它是不是就彻底不在乎。必须问了才知道。因此，也更是由于麻木不仁，而非出于勇敢，阿当斯贝格才表现得不知道什么叫害怕。

这样的一种恒定，对于其他人具有一种镇痛舒缓的效果，几乎还算得上很神秘，并在那些讯问中会创造出一些不可否认的奇迹。同时，它还具有某种刺激人的、不公正的、冒犯人的功能。而那些跟警官丹格拉尔一样屈辱地忍受着生活中所有打击的人，无论那些打击是威猛巨大的，还是可怜渺小的，就如同让屁股忍受自行车车座的摩擦，都巴不得有那么一天早早来临，可以让阿当斯贝格当场作出反击。无论如何，即便作出反击，也不会是世界末日。

棕红头发的女郎名叫萨布丽娜·蒙日，她对警长惊人的吸收能力是一无所知。她不知道的还有，从围捕的最初几天以来，警察已经通过地窖的网络，巧妙地为阿当斯贝格安排了一个出口，让他得以轻松地溜出去，走上后面的两条街。最后，她还不知道，他已经有了一个针对她的确切计划，并为此花费了颇多心思。

阿当斯贝格朝她瞥去最后的一眼，然后就出了门。有时候，萨布丽娜会让他觉得有些可怜，但萨布丽娜是一个女杀手，他想，她既是那么可恶，又是那么昙花一现。

他迈着平静的步伐，走向一个酒吧，那是他两年前发现的一个去处，离他家只有六百米远，在他看来，这地方构成了某种完美无缺。这是一个砖头结构的爱尔兰酒吧，叫作**都柏林黑水**，那里面总是人声鼎沸，嘈杂异常。警长阿当斯贝格喜欢孤独，在那里，他可以让自己的思维尽情地流向汪洋大海，但他也很喜欢人们，喜欢人流的运动，他像蚊子一样，从周围人们的在场中得到滋养。不过，随着人群而来的唯一碍人的东西，是他们毫无休止的说话，因为他们的谈话持续不断地打扰着警长的精神的自由游荡。因而，他不得不后退，而后退却意味着跟他本想打发走几个钟头的那种孤独重新结缘。

都柏林黑水为他左右为难的抉择提供了一个绝佳的环境，这个酒吧的顾客通常只有那些喝爱尔兰酒的人和大声嚷嚷的人，而对阿当斯贝格来说，他们说的是一种神秘的语言。警长有时候会认为，自己已经是这地球上最后一个连一个英语词汇都不懂的家伙。这种亘古如一的无知有助于他幸运地流动在这一片**黑水**中，享受着激越的湍流，而又不让这湍流以任何方式扰乱他一丝一毫。阿当斯贝格前来这个珍贵的庇护所，在这里泡上几个小时，又写又画的，连一根手指头都不抬，就那样等待着灵感闪现在他精神的表层上。

阿当斯贝格就这样寻找着他的思想：很简单，他等着它们来到。每当有一丝想法前来在他的眼底浮动，恰如一条死鱼浮上了水面，他就把它捞起来，仔细检查，看看他眼底这一刻是不是需要这个玩意，看看它是不是具有什么意义。阿当斯贝格从来都不深思，他只满足于遐想，随后就是分拣成果，恰如人们看到那些渔民在船舱中伸出一只沉重的手来，从渔网的深处掏捞，用手指头在砾石、海藻、贝壳和泥沙中找寻鱼虾。在阿当斯贝格的思想中，还真的有不少的砾石和海藻，他还时不常地把它们弄混淆。他应该丢弃很多，淘汰很多。他深深意识到，他的思维只能被他用作一处乱糟糟的砾石岩礁，内中隐含有种种良莠不齐的想法，而对所有其他人来说，它还并不一定会以相同方式来运作。他注意到，在他的想法和他助手丹格拉尔的想法之间，存在一种区别，而这种区别，跟杂乱无章的渔船舱底与鱼贩子井井有条的货摊之间的区别，实在是有得一比。他在这里又能做什么？总而言之，他到后来总能提取出什么东西来，假如人们愿意静心等待的话。阿当斯贝格就是这样使用他的脑瓜的，就像一片丰饶的大海，人们只需从中投入他们的信任，他们那很久以来就放弃了掌控的信任。

当他推开**都柏林黑水**的大门时，他就认定，时间应该离八点钟不太远。警长没有戴手表，根据他身内的生物钟做着自我调整，而他内心中的钟跟标准时间的误差最多只有十分钟，有时候甚至还更少，从来都不会超出。在酒吧中，飘荡着那股浓郁的酸溜溜的气味，是健力士啤酒或者健力士的呕吐物的那种酸味，他都已慢慢地喜欢上了，而天花板上那架大电扇从来都无法把这股味道吹散。涂了清漆的木头桌子黏渍渍的，满是啤酒倒翻后立即被擦干所留下的痕迹，很粘胳膊。阿当斯贝格把他的螺旋钉记事本放到一张桌子上，以表示他占了地方，然后随手就把上衣搭到了椅子背上。这是最好的一张桌子，位于一个巨大的招牌下方，招牌上笨拙地画着三座银城堡，堡顶已被火焰吞没，有人跟他解释过的，这正是盖耳人的都柏林城的城徽。

他向女招待爱妮德点了饮料，她是一个生气勃勃的金发女子，比任何人都扛得住健力士，他还请她允许他打开电视，让他瞧上一眼八点钟的新闻节目。这里的人全都知道他是警察，全都让着他，在必要的情况下，还让他有权使用那台卡在吧台底下的电视机。于是阿当斯贝格跪下来，打开了电视。

“有纷争吗？”爱妮德问他，带着一种浓重的爱尔兰口音。

“是一头狼吃了绵羊，但是离这里很远。”

“它跟您有什么关系？”

“我不知道。”

“我不知道”是阿当斯贝格平时最常给出的回答之一。并不是出于火一般的激情，或者为了分散注意力，他才求助这一回答，而是因为他确实不知道正确的答案，这才如此回答。这一被动的无知，常常会刺激和惹恼他的助手丹格拉尔，他不认为，人们在糊里糊涂的情况下会做出恰当反应。相反，这种漂浮状态却是阿当斯贝格最为自然，同时也最有成效的元素特征。

爱妮德走出吧台，满胳膊捧着盘子，到厅里照应去了，而阿当斯贝格则全神贯注地看起了刚刚开始的新闻报道。他把电视的音量开到最大，因为在**都柏林黑水**的一派嘈杂中，只有这样才能听到新闻报道主持人的声音，此外根本就没有别的办法。从星期四以来，他每天晚上都要看电视新闻，但人们已经不再提及梅尔康都的狼了。已经结束了。而这一突如其来的尾声让他颇为惊讶。他坚信，这一结尾只是一段简短的休战，故事还将继续，不会太滑稽，像是被一种命定的必然性推动着。为什么，他不知道。而为什么他对此感兴趣，他同样不知道。他对爱妮德就是这样说的。

因此，当他看到电视中又出现了他已经有些熟悉的圣维克托杜蒙村教堂前的广场时，他表现出的不过只是一种半惊讶。他把脸紧紧地贴在屏幕上试图听清楚。五分钟之后，他又站起身来，稍稍有些迷糊。他来这里寻找的就是这个吗？一个女人的死，在她羊圈中被割破了喉咙？在他的心底，他等待了整整一个星期的难道不就是这个吗？只是在这样的时候，当现实前来荒谬地与他心中最隐秘的期望相会合时，阿当斯贝格才会身子摇摇晃晃，几乎替自己担心起来。他的内心深底从来就没有完全自信过。他怀疑自己，就如一个巫师烧得焦煳焦煳的锅底。

他步履缓慢地回到自己那张桌子前。爱妮德已经给他端来了他点的吃食，他似看非看地切开盘子中的土豆，好一个搁了奶酪的老土豆，他每次来**都柏林黑水**几乎都要点这道菜。他心中暗想，为什么这个女人的死没有让他吃惊。真该死，狼们通常是不进攻成年人的，它们只有溜走的份儿，因为勇敢的狼往往也是十分机智的狼。它们至多只会进攻一个孩子，但不会进攻成年人。看来，她真的是把它给逼急了。而谁会那么愚蠢，竟然会去威逼一头狼？然而，这样的事看来还是发生了。同一位兽医，一开始起就保持了沉着冷静的那一位，又回到了屏幕前。让位给了科学。他还是在讲那些裂牙，瞧这里，瞧那里，第一个洞，第二个洞……这家伙太让人讨厌了。但是，看起来他对自己的本行特别熟悉，他几乎确定无疑地说，这是一头狼干的，梅尔康都的那头大狼，是它咬死了这个女人。是的，他本来应该会惊讶的。

阿当斯贝格眉头紧锁，一把推开吃空了的盘子，给他的咖啡加了糖。兴许从一开始起，一切在他看来就很奇怪。太精彩了，或者太诗意了，很难让人相信是真的。而当诗意令人意外地出现在生活中时，人们就惊讶了，人们就被迷惑了，但是过不了多久，人们就会发现，原来受骗了，这只是一个巧计，一个欺诈。兴许他会觉得这实在也太不现实了，一头巨狼会从黑暗中突然出现，向一个村庄发起进攻。但是真该死，那就是一头狼的牙齿。兴许还是一条疯狗的？不，在这一点上兽医已经说得再清楚不过了。当然，仅仅依据那些简单的咬伤痕迹，人们很难把它们给区分清楚，但是，这毕竟不是一条狗的咬痕。家养的驯化、野性的退化、体型的缩小、嘴脸的缩短、前磨牙的部分重叠，阿当斯贝格并没有全都辨认出来，但简言之，一条狗，带着人们测量到的牙齿间这样大的间距，那是不可能做到的。除非，在一条狗的体型非常非常之大的特殊情况下才有可能，很显然，比如说德国看门犬。难道真的有一条德国看门犬逃到了山里头？不，没有过。因此，那是一头狼，一头大狼。

而这一次，人们提取了地面上的一个脚爪印，是一只左前爪留下的，留在一摊羊粪中，在尸体右侧。差不多十厘米宽的一个印痕，一头狼的脚爪。当人们左脚踩到屎时，那算是一个好兆头。阿当斯贝格心里想，对一头狼来说，一爪子踩到屎不知道是不是也算一个好兆头。

太冒失了，威逼一只如此硕大的野兽，头脑未免就缺了一根弦。当人们一心只想着前进时，就会发生这样的事。总是走得太快，总是急急忙忙地做事。这达不到任何好的结果。不耐心之罪。或者，这不是一头平平常常的狼。它除了个头长得很大，还很有心机。阿当斯贝格打开了速写本，从衣兜里掏出一支铅笔，已经被啃得只剩短短的一截，他带着某种隐约的兴趣打量着它。铅笔应该是丹格拉尔的。这家伙喜爱啃吃地球上所有的铅笔。阿当斯贝格在手指头中转着铅笔，做梦一般地观察着笔杆上深深的咬痕，那是一个人的牙齿留在上面的。

十二

卡米叶一大早就听到了摩托车启动的声响。她甚至都没有听到劳伦斯起床的动静。这加拿大人是个轻手轻脚的家伙，他十分小心，生怕吵醒了卡米叶。他多少有些不在乎睡多睡少，但对卡米叶来说，睡好觉却是生活中的一件头等大事。她听到隆隆的摩托声渐渐远去，朝闹钟瞧了一眼，头脑中搜寻着这次匆匆出发的理由。

哦，对了，马萨尔。劳伦斯试图赶在他出门去迪涅的屠宰场之前要撞见他。她翻了一个身，马上又睡着了。

九点钟时，劳伦斯回来了，摇晃着她的肩膀。

“马萨尔没在自己家睡觉。他的车始终停在那里。没有出门去干活。”

卡米叶坐了起来，揉着她的头发。

“我们去通知警察吧”，他继续道。

“我们对他们说什么呢?”

“说马萨尔失踪了。必须上山去搜索。”

“你就不说苏珊娜的事啦?”

劳伦斯摇了摇头。

“人们将先去搜他的棚屋”，他说。

“去他家搜吗？你开什么玩笑?”

“得把他找到。”

“搜他的房间又有什么用呢?”

“兴许能告诉我们他去了哪里。”

“你相信会找到什么？他的人狼皮吗，整整齐齐地叠放在一个壁柜里?”

劳伦斯耸了耸肩膀。

“上帝啊，卡米叶。不要再说了。赶紧来吧。”

三刻钟之后，他们走进了马萨尔的那个小屋，半为砌石，半为地板。门没关，轻轻一推就推开了。

“我更喜欢这样”，卡米叶说。

棚屋只有两个房间，一个用作小客厅，相当昏暗，几乎没什么家具；一个是卧室。另外还有一个卫生间。在客厅角落，有一个很大的冷藏柜，构成现代性的唯一一个明显记号。

“好脏啊”，劳伦斯环视了一遍室内，喃喃道。“法国人真的是好脏啊。得打开冷藏柜。”

“你自己去打开吧”，卡米叶说，“在储藏柜上面。”

劳伦斯把冰箱上面的东西——鸭舌帽、手电筒、报纸、公路图、洋葱——清理干净，全都放在了桌子上，然后打开了盖子。

“怎么样?”卡米叶问道，她身子紧贴着对面的墙壁。

“肉，除了肉，还是肉”，劳伦斯解释道。

他一只手翻掏着，一直翻到了柜底。

“有兔子肉，有野兔肉，有牛肉，还有一块岩羚羊肉。马萨尔在偷猎。为了他，为了他的狗，或者为了两者。”

“有羊肉吗?”

“没有。”

劳伦斯放下了盖子。卡米叶恢复了平静，坐到桌子前，摊开了公路图。

“他兴许标记了他进山的道路”，她说。

劳伦斯一言不发，朝卧室走去，掀起了床绷子，还有床垫子，打开了床头柜和五斗柜的抽屉，检查着小小的木制壁柜。好一片脏污。

他又返回客厅，在裤子上搓着双手。

“这不是一张当地的地图”，卡米叶说。“这是一张法国地图。”

“上面有没有什么符号标记?”

“不知道。在这间屋子里什么都看不清楚。”

劳伦斯耸了耸肩膀，打开了餐桌的抽屉，把里面的内容全都倒到漆布上。

“满抽屉都是这他妈的破玩意，堆得跟小山一样”，他说。

卡米叶凑近一直敞开着的屋门，把地图放到了日光底下来看。

“他用红铅笔画了整整一条线路”，她说。“从圣维克托一直到……”

劳伦斯匆匆检查了一下零散的物品，又把它们装回到抽屉中，朝重又落到桌子上的灰尘吹了一口气。卡米叶展开了地图的另一半。

“一直到……加莱”，她结束道。“然后，它跨越了拉芒什海峡，登陆到了英国。”

“旅行”，劳伦斯解释道。“没什么意思。”

“从小路走的。要走上好几天呢。”

“喜欢小路呗。”

“不喜欢人。他去英国打算做什么呢?”

“忘了吧”，劳伦斯说。“没什么可看的。兴许已经很久了。”

卡米叶把那一半地图又叠了起来，重新查看起梅尔康都的那片角落来。

“快来看”，她说。

劳伦斯抬起了下巴。

“快来看”，她重复道。“铅笔画的三个十字。”

劳伦斯赶紧俯身到了地图上。

“看不清。”

“这里”，卡米叶说，用手指头指着。“几乎难以注意到。”

劳伦斯拿过地图，走出屋子，在阳光下查看那些红色标记，皱起了眉头。

“三个羊圈吧”，他从牙齿缝里说。“圣维克托、旺特布吕讷、皮埃尔佛。”

“那倒不一定。比例也实在太大了。”

“当然是”，劳伦斯说，摇晃了一下头发，“就是羊圈。”

“然后呢？这表示，马萨尔对攻击很感兴趣，就像你一样，就像其他人一样。他想看到打击是如何活动的。你们也一样，在梅尔康都，你们也在地图上做标记的。”

“在这种情况下，就会标记出其他的那些攻击，去年的那几次，还有前年的那几次。”

“那假如他只对重大的打击感兴趣呢？”

劳伦斯匆匆地收起地图，把它塞进了他的上衣口袋中，重又关上了门。

“咱们走吧”，他说。

“那地图呢，你不把它放回去吗？”

“咱们把它带走。更仔细地看看它。”

“那么警察呢？假如他们知道了这个？”

“你到底想让他们拿这地图做什么呢，那些警察？”

“你说话可真像苏珊娜。”

“我对你说过。它让我头脑发热。”

“它太让你头脑发热了。快把地图放回去。”

“是你，卡米叶，是你想保护马萨尔的。而对他来说，咱们最好还是拿走那张地图。”

回到家里后，卡米叶把窗户彻底打开，劳伦斯把那张法国地图摊开在木头桌子上。

“它有一股臭味，这张地图”，他说。

“它没有臭味。”卡米叶说。

“它有一股肥油的臭味。我不知道你们的鼻子是不是有毛病了。你们这些法国人，倒是从来不嫌臭啊。”

“我们的鼻子里有两千年的历史，充满了肥油的气味。而你们，加拿大人，你们还太年轻，明白不到这一点。”

“应该是这样”，劳伦斯说。“应该就是因为这个，古老的民族才时时刻刻在发臭。喏”，他又补充道，递过去一个放大镜，“仔细地查看一下。我这就下山去找警察。”

卡米叶俯身趴在地图上，目光死死地粘在了公路上，手举着放大镜，慢慢地移动在整个的梅尔康都地区。

劳伦斯一个钟头之后才返回。

“他们把你留了好长时间啊”，卡米叶说。

“是啊。他们不明白我为什么要替马萨尔担忧。我又怎么会知道他失踪了。在这个地方，没有人担心他的安危。无法对他们谈到人狼。”

“那你都说了什么呢？”

“说马萨尔星期日跟我有个约会，要给我看一个很大的脚爪印，那是他在旺斯山附近发现的。”

“不错嘛。”

“说早上那里没有任何人，晚上也没有。说我担忧起来，说我今天早上又去了一下。”

“这样说倒是靠谱。”

“他们也很担忧，总之。给迪涅的屠宰场打了电话。刚刚派去了比奇隆小分队，为的是去棚屋附近好好搜一搜。假如两个小时后他们还是找不到他，那就再派昂特尔沃小分队去增援。我想吃点东西，卡米叶。我都快饿死了。把地图叠起来吧。你有没有发现别的什么东西？”

“另外的四个十字记号，很浅的。始终位于 202 国道和梅尔康都之间。”

劳伦斯抬起了下巴，目光疑虑。

“正好位于安代尔和阿内利亚斯，在圣维克托的西边，在吉罗斯边上，往北十公里的地方，还有拉卡斯蒂伊，几乎到了国家公园的边界。”

“别难为了”，劳伦斯说。“在那些羊圈中，从未有过进攻。你肯定没弄错地方吧？”

“差不多吧。”

“别难为了。应该意味着别的什么。”

劳伦斯深思起来。

“兴许他在那里设置了陷阱”，他猜想。

“为什么要在地图上标记出来？”

“记录下他的捕获。标出确切的地点。”

卡米叶点了点头，把地图叠起来。

“我们去广场的咖啡店吃午餐吧”，她说。“这里可是什么吃的都没了。”

劳伦斯做了个鬼脸，证实了一下冰箱中的内容。

“你瞧”，卡米叶说。

劳伦斯是一个孤独的男人，他不喜欢把自己淹没在大庭广众之中，尤其是不喜欢在咖啡馆里吃饭，满耳听着餐具碰撞和咀嚼食物的嘈杂声，在他人眼前张口吃饭。卡米叶却喜欢嘈杂的声响，一有可能，就会拉着劳伦斯来广场上的那家咖啡店，而当那加拿大人消失在梅尔康都时，她几乎每天都要来这里。

她凑到他跟前，在他的嘴唇上吻了一下。

“来吧”，她说。

劳伦斯把她搂紧了。假如他想把卡米叶跟世界的其他部分隔绝开来，那她就会使劲挣脱掉。但她这是要付出代价的。

拉尔凯，养路工的兄弟，在午餐快结束时走进了咖啡店，满脸通红，气喘吁吁。人们立即停止了谈话。平日里，拉尔凯的脚从来就不踏进咖啡店半步，他总是带上一个饭盒，在路边吃午餐的。

“你这是怎么啦，老爹？”老板问他道。“你见到圣母马利亚啦？”

“我没有见到圣母马利亚，可怜的傻蛋。我看到兽医他女人啦，她从圣安德烈那边过来的。”

“情况肯定正好相反”，老板说。

兽医的女人是个护士，给圣维克托附近所有地方的人的屁股打针。总是供不应求，因为她的手法总是那般温柔，打针时人们一点儿也感觉不到疼。还有的人说，这正是因为她跟所有那些同意让她打屁股针的家伙都睡觉来的。还有人，更为仁慈些，则说，假如她给人打屁股针，那可不是她的错，这本来就不是一份那么好玩的工作，谁若是不相信，谁就来替她干上一分钟试试。

“怎么回事?”老板问。“她在山沟里把你给强办啦?”

“你可真是有毛病，可怜虫”，拉尔凯说着，轻蔑地抽了抽鼻子。“你想让我对你说吗，阿尔贝?”

“说吧说吧。”

“她拒绝给你打屁股针，你无法忍受的就是这个。你会把一切全都搞脏，因为你除了这个，其他什么都不会。”

“你有完没完了?”老板问，眼睛里充满了愤怒的火花。

阿尔贝长了一双很小的蓝眼睛，几乎消失在他砖红色的大脸中。他确实属于那种其貌不扬的人。

“我讲完了，是的，仅仅是因为我尊重你的女人。”

“够了够了”，吕茜说，把一只手搭在她丈夫的胳膊上。“到底出了什么事，拉尔凯?”

“兽医的女人，她从吉罗斯那边回来了。又有三只羊被弄死了。”

“吉罗斯?你敢肯定吗?那里可是很远很远啊!”

“是的，我根本就没有瞎说。就是在吉罗斯。这就是说，那畜生在到处流窜。明天，它可能就会去红土地，而后天，说不定就是弗达伊。只要它想去，还有去不成的地方吗?”

“那些羊都是谁的呢?”

“是格雷蒙的。他家已经乱得天翻地覆了。”

“但是，光是那些羊就已经够了”，一个嗓音叫嚷道，“你们还要去添乱吗?”

所有人全都转过身去看布戴伊那张变了色的脸，他是艾卡尔的管理人。真该死啊，苏珊娜。

“没有人为苏珊娜的死流过一滴泪，她甚至都还没有下葬！而现在倒要为咩咩叫的牲口哭哭啼啼了！你们全都是狗娘养的！”

“我们可没有哭哭啼啼，布戴伊。”拉尔凯说着，伸出了胳膊。“有可能大家伙全都是狗娘养的，尤其是阿尔贝，但没有人忘记苏珊娜。但是，杀死了她的那个畜生，那该死的，必须把它找到。”

“是的”，另一个嗓音响起。

“是的。而假如吉罗斯的小子们在这之前发现它的话，人们就将是一副可怜兮兮的模样了。”

“人们首先将逮住它。吉罗斯的小子们太软弱了，他们都不会做别的啦，只会弄弄薰衣草。”

“别指望那些小子能有什么出息了”，邮局职员说，这是一个神经相当衰弱的家伙。“吉罗斯的小子们也好，别的地方的小子们也好，全都是一个德性。人们的嗅觉已经不再灵敏了，人们已经闻不出畜生的踪迹来了。那畜生，只有等到它自己跑到这里来，来柜台上喝上一杯的那一天，才能把它抓到。还有，必须等到它吃饱了肚子，才能抓到它。从现在起到那时，它会吃遍整个地区。”

“说得好，这下子你可痛快了，你。”

“这个故事真是彻头彻尾的扯蛋，什么话，狼还会过来喝上一杯吗?”

“该去要求派一架直升机来”，一个嗓音建议道。

“一架直升机？在大山里转来转去地看吗？你是懦夫还是怎么来的?”

“当然要求他们派了，更何况我们还丢失了马萨尔呢”，另一个嗓音说。“让警察们在旺斯山那边搜寻搜寻他。”

“好的，这可不是我所说的一次失踪”，阿尔贝说。

“可怜的傻蛋”，拉尔凯说。

“够了”，吕茜说。

“是谁对你说的，马萨尔没有被一头野兽抓去？他总喜欢深更半夜地出去，谁能保证？”

“是啊，人们会发现他被撕得粉碎，这马萨尔。是我对你们这样说的。”

劳伦斯一把抓住了卡米叶的手腕。

“我们走吧”，他对她说。“他们都快把我逼疯了。”

一来到广场上，劳伦斯就恢复了气息的吞吐，就仿佛他终于从一团毒云中逃了出来。

“一大堆有病的人。”他嘟囔道。

“这可不是一大堆什么东西”，卡米叶说。“这是一群人，他们害怕，他们遗憾，或者他们吃饱了撑的。同意。阿尔贝真的有病。”

他们走上了热浪滚滚的街道，走向住所。

“你是怎么认为的？”卡米叶问。

“什么？他们是吃饱了撑的吗？”

“不。发生了攻击的村子。吉罗斯。这是在地图上标明了的地点。”

劳伦斯停下脚步，认真地打量着卡米叶。

“马萨尔又怎么可能知道呢？”她喃喃道。“他又怎么可能知道呢，这之前？”

他们听到远处传来一连串的狗叫声。劳伦斯僵在了那里。

“那些宪警正在寻找他呢”，他冷笑道。“这天夜里在吉罗斯，明天将在拉卡斯蒂伊。是他杀的。是他杀的，跟克拉苏斯一起，卡米叶。”

卡米叶做了一个动作，想说话，最终又放弃了。她不知道该说些什么来支持马萨尔。

“跟克拉苏斯一起”，劳伦斯重复道。“逃走了。将杀死绵羊，女人，孩子。”

“但是，为什么呢，老天爷？”她喃喃道。

“因为他不长毛。”

卡米叶朝他瞥去疑虑重重的一眼。

“这让他变得疯狂”，劳伦斯把话补全。“我们去警察那里吧。”

“等一等”，卡米叶说，拉住了他的胳膊。

“什么？你还想让他去攻击其他的苏珊娜吗？”

“我们还是等着明天吧。看一看是不是还能找到他。我求求你了。”

劳伦斯点了点头，静静地走上了街道。

“奥古斯都从星期五起就什么都没有吃呢”，他说。“我得上高原去了。明天中午我得赶到那里。”

第二天中午，马萨尔还是没有找到。在十三点的新闻节目中，人们宣布说，有两头羊在拉卡斯蒂伊被杀死。狼直奔北方而去。

在巴黎，让一巴蒂斯特·阿当斯贝格记录了新闻。他找到了一张梅尔康都地方的军事地图，那是从他办公桌最底下的一个抽屉里找寻出来的，一只移归给了疑难问题和未定材料的抽屉。他在拉卡斯蒂伊这个地名底下加画了红线。昨天，他在吉罗斯底下画了红线。他一手托着腮帮子，久久地注视着地图，思绪万千。

他的副手丹格拉尔瞧着他这么做，颇有些遗憾。他实在不明白，阿当斯贝格何以会对狼的故事感兴趣到这一程度，而眼下，正好有一桩复杂的杀人案件落到他们头上，盖－吕萨克街的杀人案——一次实在过于理想化而不像是真的合法自卫——而且，一个疯狂到必须捆起来的女杀手信誓旦旦地说，要给他的肚子开上一枪。但是，他向来就是如此：丹格拉尔从来就无法弄明白引导阿当斯贝格做出选择的那个奇特逻辑。此外，对他来说，任何情况下都谈不上有什么逻辑，有的只是一种从梦幻和本能中编织而成的永恒的无政府状态，但是，它却能够通过一些无法解释的道路，走向不可否认的成功。然而，要想一路跟随阿当斯贝格的思维过程，实在是超越了他神经兮兮的能力。因为，这些思想不仅属于很不确切的性质，可说是位于气态、液态和固态之间的旅途，而且，它们不断地堆积成另外的思想，而由根本没有理性的连线把它们串联结合起来。结果往往是，正当丹格拉尔用他敏锐的精神作着分拣、归类、选择，提取出很规矩的处理方案时，阿当斯贝格却已经混淆了分析层次，颠倒了推理阶段，打乱了和谐，随风而动去了。而到最后，他却会以他那无比精彩的缓慢，从混沌中提炼出一种真相。丹格拉尔由此猜想，警长拥有——如同人们说到那些倒霉蛋或者那些大英雄时那样——一种“他所独有的逻辑”。多年以来，他一直在竭力地顺从警长的习惯，但心中对他的情感却是分裂的，既敬佩无比，同时又恼怒得很。

因为丹格拉尔是一个心理分裂的人。而阿当斯贝格，他曾是一次性地浇铸成的——而且无疑还稍稍有些过于匆忙——但那是用单质材料做的，自动的和流动的，给现实只提供一些临时的把手。令人好奇的是，这是一个很容易相处的家伙。当然啦，除非是对所有那些一门心思地想要抓住他的人。这样的人有的是。始终会有那样一些人，一门心思地要把你们抓住。

警长用手指头比划着，测量吉罗斯和拉卡斯蒂伊之间的距离，然后把它挪出去，以拉卡斯蒂伊为出发点，寻找着这头四处游荡的嗜血之狼的下一个攻击点，看它到底会转向哪个方向。丹格拉尔一言不发地瞧着他这样做，一连好几分钟。阿当斯贝格很有能耐，即便是在迷雾腾腾的世界中，有时甚至是在其思绪的幻象中，依然能保持一种令人颇感疑惑的技术严谨度。

“关于这些狼，有什么东西不对头吗？”丹格拉尔试探着问道。

“这头狼”，阿当斯贝格纠正道。“它孤独一身，但它一个抵十个。一个无法抓获的害人精。”

“可这跟我们有关系吗？以什么样的方式呢？”

“没有关系，丹格拉尔。您怎么会想到它跟我们有关系呢？”

丹格拉尔站了起来，从警长的肩膀上望过去，查看那地图。

“然而”，阿当斯贝格又轻声补充道，“必须得有人去管，总该有那么一天吧。”

“那姑娘”，丹格拉尔打断他，“萨布丽娜·蒙日已经通过地窖发现了出口。我们被盯死了。”

“我知道。”

“在她还没来得及找到您之前，就得先掐住她。”

“我们不能逮捕她。必须要等她先朝我开枪，让她打不准我，才可以抓捕她。这之后，我们就可以放开手干了。那孩子有消息吗？”

“在波兰有一丝线索。兴许依然还要很长时间。它把我们堵死了。”

“不，我要走一趟，丹格拉尔。这将会给我们时间找到那孩子，而不等到她朝我的肚子打上一枪。”

“朝您哪里开枪？”

“我们很快就会知道了。告诉我，盖－吕萨克街杀人案的那家伙住在哪里，假如你们真的认为就是他？”

“在阿维尼翁。”

“那好，我就去那里跑一趟。我就去阿维尼翁。除了您，这件事不要让任何人知道。司法警察已经开了绿灯。我应该可以安安静静地行动，不用担心萨布丽娜会跟在我屁股后紧追不舍。”

“明白”，丹格拉尔说。

“当心，丹格拉尔。当她发现我失踪时，她就将布下陷阱。这可是个很能干的姑娘。不要对任何人透露一个字，即便是我的亲娘哭求着亲自打电话找您。要知道我的亲娘是从来不会哭求的，而我的五个姐妹也都不会。只有您一个人，丹格拉尔，才知道我的电话号码。”

“当您不在的时候，我应该继续关注那张地图吗？”丹格拉尔问道，用手指向桌子。

“哦不，我的老兄。我根本就不在乎这头狼。”

十三

在比奇隆的宪警队里，劳伦斯坚决要求跟警队中警衔最高的那一位交谈。负责接待的小警察却有些老大不情愿。

“他到底是什么，您的上司？”劳伦斯问道。

“是一个会快快地打发您走人的家伙，假如您惹他麻烦的话。”

“不，我问您的，是他的警衔。他的职务？你们都怎么称呼他来的？”

“我们都叫他队副。”

“好的，这正是我愿意叫的：队副。”

“请问您要见我们队副究竟有何贵干？”

“因为我有一个可怕的故事要讲。它是那么可怕，如果我直接对您讲的话，您就会让我去见您的警官，而当您的警官听到它，他就会把我转给你们的小头儿。而你们的小头儿会认定，这超出了他的能耐，他就会让我去见队副。但是我，我有我的工作。我不会把这个故事一连讲上四次，我要直接去见队副。”

对方不由得皱起了眉头，颇有些尴尬。

“那故事，它到底有什么，那么可怕来的？”

“听我说，这位老兄”，劳伦斯说，“你知道一头人狼是什么吗？”

宪警露出一丝微笑。

“是的”，他说。

“先别笑，因为这是一个人狼的故事。”

“我认为这就超出了我的职能范围”，那小警察终于承认道。

“恐怕是的”，劳伦斯说。

“我甚至不知道，这是不是会在队副的职权范围之内。”

“听着，老兄”，劳伦斯耐心地说，“我们过一会儿就能知道，什么会落在队副的职权范围之内，什么会在之外。但我们总归得去试一试，明白吗？”

那宪警消失了，五分钟之后才回来。

“队副在等您。”他说着，指了指一道门。

“还是你一个人去吧”，卡米叶对劳伦斯说。“我可不喜欢揭露什么。我就在这大厅里等着吧。”

“上帝啊。你算是把我丢弃在混蛋这样一个角色中了，不是吗？你肯定不打算跟我分担吗？”

卡米叶耸了耸肩膀。

“这可不是什么揭露”，劳伦斯说。“这关系到死死地堵住一个疯子。”

“我知道。”

“那么，你就来吧。”

“我不能够。别让我这样了。”

“这就如同你放弃了苏珊娜。”

“不要讹诈我，劳伦斯。你自己一个人去吧。我在这里等你。”

“你不赞同我吗？”

“没有。”

“那么你是软弱了。”

“我是软弱了。”

“你一直明白这一点吗？”

“真该死，当然是这样啦。”

劳伦斯微微一笑，跟随小警察走了。在队副办公室的门前，小警察拉住了他的袖子。

“不开玩笑吧”，年轻的宪警悄声道，“一头真正的人狼？一个家伙，当人们把他开膛……”

“我们还不知道呢”，劳伦斯说。“不到最后那一刻是无法确认的，你明白吗？”

“我百分百地明白。”

“这就好。”

队副是一个举止相当优雅的人，清瘦而又有些松弛的脸，带着一丝诡诈的微笑，微微后仰地坐在他的塑料椅子上，双手交叉，放在肚皮上。在他旁边，那张小桌子前，面对着一台打字机，还坐着一个宪警，劳伦斯立即认了出来，此人正是朱斯丁·勒米拉伊，那位见过面的中等个头宪警。见他进来，勒米拉伊点了点头，算是打过了招呼。

“一头，那个怎么说来的，一头人狼，嗯?”队副以一种轻松的语气说。

“别以为这里头有什么好笑的”，劳伦斯干巴巴地说。

“瞧瞧”，队副接着说，用的是人们想缓和一下气氛时常用的那种和解的口吻，像是要避免冒犯疯疯癫癫的对手。“在哪里呢，这头人狼?”

“在圣维克托杜蒙村。上个星期，有五只羊被咬断了脖子，就在苏珊娜·罗斯林家的羊圈中。您的这位同事当时赶去了那里。”

队副把自己的手伸给了加拿大人，做出一种友好的动作，更为世俗化，而非军人化。

“姓甚名谁，身份证”，他问道，始终保持着微笑。

“劳伦斯·唐纳德·约翰斯通。加拿大国籍。”

劳伦斯从上衣衣兜里掏出一沓证件，放到办公桌上。护照，签证，居留许可。

“您就是那个正在梅尔康都国家公园作研究的科学家吗?”

劳伦斯点了点头。

“我看到，这里有，这话应该那个怎么说呢，延长签证的申请。有什么问题吗？”

“没有问题。我延期了。我滞留不走了。”

“为什么这样？”

“狼群，昆虫，一个女人。”

“为什么不呢？”队副说。

“确实”，劳伦斯答道。

队副示意勒米拉伊可以开始打字记录了。

“您知道苏珊娜·罗斯林是谁吗？”劳伦斯问。

“当然知道，约翰斯通先生。就是那个被弄断了脖子的可怜女人，那个怎么说呢，星期日那天。”

“您知道奥古斯特·马萨尔是谁吗？”

“从昨天起，人们就在寻找这个人。”

“上个星期三，苏珊娜·罗斯林就在指控马萨尔是一头人狼。”

“在证人面前吗？”

“在我面前。”

“一个人吗？”

“一个人。”

“很遗憾。您看得出来吗，罗斯林家的这个女人是否有一个很充足的理由把您当作唯一的一个知心人？”

“有两个很充足的理由。对苏珊娜来说，全圣维克托村的人都是没有教养的笨蛋。”

“我证实”，勒米拉伊插嘴道。

“我是外乡人，我还了解狼群。”劳伦斯补充说。

“这一那个怎么说来的指控，到底建立在什么基础上？”

“建立在这样一个事实上，即马萨尔身上不长毛。”

队副皱起了眉头。

“在星期六到星期日的那个夜里”，劳伦斯继续说，“苏珊娜被弄断了脖子。第二天，马萨尔就失踪了。”

队副微微一笑。

“他可能在山里迷路了”，他说。

“如果说，马萨尔会迷路，会掉入陷阱，会遭遇上帝才知道的什么不幸”，劳伦斯反驳道，“那条德国看家犬，它，它是绝不会迷途的。”

“那德国犬肯定就守在了他的身边。”

“那人们也会听到它。它会叫的。”

“您的意思是，一头名叫马萨尔的人狼咬死了罗斯林家的女人，然后又那个怎么说的逃之夭夭吗？”

“我的意思就是，他杀死了苏珊娜，是的。”

“您真的建议人们把这个家伙抓起来，然后把他开膛，从喉咙口一直……”

“他妈的”，劳伦斯说，“真是见鬼。这是一桩严肃的案件。”

“很好。那么请提交并证明您的指控。”

“上帝啊。我认为，苏珊娜并不是被一头狼杀死的，因为她并没有威逼一头狼。我认为，马萨尔并没有在山里迷路，他是逃走了。我认为，马萨尔不是一头人狼，而是一个不长毛的疯子，他跟他的狗一起，或者是跟秃子克拉苏斯一起，杀死了羊。”

“这秃子克拉苏斯又是谁？”

“是一头很大很大的狼，人们已经有两年不见它的踪影了。我认为，马萨尔在它很幼小的时候就驯服了它。我认为，马萨尔的疯狂谋杀恰好发生在狼群来临梅尔康都的时候。我认为，他驯化了那头狼，他训练它攻击人。我认为，他现在已经让它杀了一个女人，阀门已经打开。我认为，它还会杀死其他人，尤其是女人。我认为，克拉苏斯这头狼的个头异乎寻常地巨大，它是十分危险的。我认为，必须停止在旺斯山上的搜寻，转而向北去找马萨尔，从拉卡斯蒂伊开始，因为昨天夜里他还在那里。”

劳伦斯停下来，喘了一口气。这一下子就有很多句子了。勒米拉伊飞快地打着字。

“而我，我认为”，队副用一种始终很有和解意味的语气说，“事情要更为简单。我们在这里对付那些狼，事情就已经够多的了，就不要再虚构什么驯狼的故事了。这里，约翰斯通先生，人们可不喜欢狼。这里，人们是不杀羊的。”

“马萨尔杀它们，在屠宰场。”

“您混淆了屠杀和屠宰，这是两回事。您不相信苏珊娜·罗斯林的死亡是意外事故，但是我相信。罗斯林家的人是那样一类人，他们会挑逗一头狼，却根本不考虑那个怎么说来的后果。她还是那种人，无端地听信任何一种传说。您不相信马萨尔在山里迷路了，而我则要说，你太不了解这地方了。十五年里，三个很有经验的人在这个地区遇难，悲剧性地坠落山谷。其中一人的尸体再也没有找到。我们已经搜索了马萨尔的家：发现他的行路鞋、他的棍子、他的背包、他的枪、他的弹药盒，还有他那个怎么说的猎装，全都不见了。他没有带上他的换洗衣服，也没有带上他的洗漱用具。这就意味着，约翰斯通先生，马萨尔这个家伙不是逃走了，像您假设的那样，而是趁着星期天的好时光，出门去那个怎么说的远足了。甚至还可能是去狩猎了。”

“一个要逃跑的人是永远不会带上他的牙具的”，劳伦斯打断他说。“这可不是一次惬意的旅行。家里有没有发现钱?”

“没有。”

“他为什么要带上他的钱，去作一次狩猎呢?”

“没什么能证明他身上带了现金。没什么能证明他带走了钱。”

“那么那条看家犬呢?”

“看家犬总是跟着主人的，它跟着它的主人一起滑下了某个山谷。或者看家犬滑了下去，而主人则尝试着去救它。”

“臭牛屎，就算是这样吧。那克拉苏斯呢？这头狼，那么的年轻，又是怎么从梅尔康都消失的呢？哪里哪里都找不到它的踪影。”

“克拉苏斯肯定是死了，死得漂漂亮亮，它的尸骨就在森林公园的什么地方白森森地裸露着。”

“上帝”，劳伦斯说，“就算是这样吧。”

“您有那么一点点头脑发昏，约翰斯通先生。我不知道在你们那个怎么说的家乡，事情是怎么发生的，但在这里，你得知道，能够或不能够导致一个人死亡的罪恶暴力只有四个来源：夫妇间的背叛，家庭遗产的破裂，烈酒的滥饮，邻里财产的纠纷。但是，狼的驯服，女人被割脖子，不，约翰斯通先生。请问，在您的家乡，您的具体职业究竟是什么?”

“灰熊”，劳伦斯说，声音是从牙缝中挤出来的。“我研究灰熊。”

“您是说，你跟那些那个怎么说的熊生活在一起吗?”

“哦，上帝，是的。”

“一种团体性的工作，总之?”

“不。绝大多数的时候，我独自一人。”

队副摆出那样一副神态，似乎意味着“我这一下就更明白了，我的老兄，您是怎么能够胡说八道到这个份上的”。劳伦斯有些被惹怒了，从衣兜中掏出马萨尔的那张公路图，放到办公桌上摊开。

“瞧，我的队副”，他开始一字一顿地说，“这是昨天早上我从马萨尔的家里找出来的一份地图。”

“您是趁着奥古斯特·马萨尔本人不在家，蓄意进入他家的吗?”

“大门没有关。我有些担心。可能会死在他的床上。想证实一下没有人有危险。我有一个证人。”

“而您是故意拿走这份地图的吧?”

“不是。我瞧了瞧它，没怎么在意就塞进了衣兜。只是在此后，回到家里时，我才发现了这些记号。”

队副把地图拿过去，仔细地察看了一会儿。几分钟之后，他又把它塞回给劳伦斯，不带一句解释。

“五个十字标志着最近发生羊群屠杀案的地点”，劳伦斯解释说，用手指头指着它们。“表示吉罗斯和拉卡斯蒂伊的十字，是在昨天白天和夜里的攻击之前就画上去的。”

“然后还有一直到英国的线路”，队副注意到。

“兴许就是他为了离开这地方要走的路程。线路避免了所有的交通大干道。他早就想到了这一显然性。”

“怎么!”队副冷笑道，一仰身子，靠到了椅子背上。

“就是说?”

“就是说，约翰斯通先生，马萨尔有某个那个怎么说的兄弟在英国，他经营着曼彻斯特最大的屠宰场。祖传的职业。马萨尔很久以来就打算去那里找他了。”

“您是怎么知道的？”

“因为我是这里的队副，约翰斯通先生，而这是众所周知的事，在这里，家喻户晓。”

“这样的话，为什么非得从小路上走呢？”

队副依然还在笑，而且笑得更厉害了。

“真疯狂，约翰斯通先生，真应该告诉你一声。在你们家乡，人们毫不犹豫地就会穿越五百公里的高速公路，去喝上一杯啤酒。而在这里，人们可不会像一支箭那样，说移动就随便移动的。在整整二十年期间，马萨尔转悠遍了整个法兰西，来回在各个集市上修理软垫椅子，这一天在东，那一天到西。他熟悉好多好多的村庄，认识好多好多的人。走小路，那是他的家常便饭，是他最初的家。”

“那他当年为什么要离开家？”

“他想返回老家。他在屠宰场找到了现在的这份工作，他在六年前回来了。另外，人们也不能说，村庄热烈地欢迎他。在这里，马萨尔的仇恨是强烈的。那还要追溯到一个丑陋的老故事，涉及他那个怎么说的父亲，或者是祖父，我实在无法肯定到底是哪个。”

劳伦斯摇晃着脑袋，以表示他的不耐烦。

“那些十字呢？”他问道。

“这整个长方形”，队副重又微笑着说，并且用手指尖敲打着那张地图，打在高原、国道、达路易斯峡谷和提内河之间，“都是马萨尔为迪涅的屠宰场而做的收购范围。在圣维克托、皮埃尔佛、吉罗斯、旺特布吕讷、拉卡斯蒂伊，都有了更为重要的羊圈作为供货商。所以，才有您所谓的那些‘记号’。”

劳伦斯一言不发地收起了地图。

“真是这种无知，约翰斯通先生，才导致了那些更为疯狂的想法。”

劳伦斯把地图收好了，从桌子上收回他的那些证件。

“因而，没有任何机会再做任何调查啦？”他说。

队副摇了摇头。

“没有任何机会了”，他肯定道。“我们将依照通行的做法，继续寻找马萨尔，一直到错过种种的幸存运气，但我真的担心那个怎么说的大山早已经吞噬了他。”

他把手伸给劳伦斯，却并没有站起来。那加拿大人一句话都不说地握了握他的手，转身朝房门走去。

“请稍等一下”，队副叫住了他。

“怎么啦？”

“问一下，刚才的话里头，‘Bullshit’到底是什么意思？”

“它的意思就是‘牛屎’，‘野牛拉的屎’，‘滚你妈的蛋’。”

“谢谢这一说明。”

“不客气。”

劳伦斯打开门，走了出去。

“不太礼貌了，这家伙”，队副评价道。

“他们全都是这个德性，那边的人”，勒米拉伊解释道。“全都是这个德性。倒不是一些坏人，但是太粗野。他们根本就不会来优雅。不会来优雅。”

“无知，总之”，队副总结道。

十四

卡米叶没有开亮灯。在半昏半暗中，劳伦斯匆匆地大口吃着东西，然后就准备出门，去梅尔康都。梅尔西埃在等他，奥古斯都、厄勒克特拉，全都在等他。他还想捕猎几只兔子，给那个狼老爹，拂晓时再去看望一下其他的。然后，他就将重新下山，来参加胖女人的葬礼，他就是这样说的。他静悄悄地吃着，悔恨而又忧郁。

“这个他妈的队副也实在太傲慢了”，他喃喃道。“他无法宽恕别人知道得比他更多。他忍受不了一个无知的加拿大人——因为加拿大人都是无知的，他们身上涂抹的尽是狗熊的油脂——肚子里竟然有关于当地一个小子的任何什么情况，还可以教上他一教。另外，他浑身都是臭汗味。”

“这样兴许就可以心里平静了”，卡米叶尝试道。

“根本就不可能会平静。等到马萨尔让他的狼再扑倒十几个女人，如若他自己已不再可能亲自扑上去的话，那时候，他们最终就将决定，要挪一挪屁股了。”

“我认为，他将只局限于扑杀绵羊”，卡米叶说。“他杀死苏珊娜是为了保护自己。兴许他要逃往曼彻斯特，那时他就将住手了。是这个村子让他变疯的。”

劳伦斯瞧着她，抚摩着她的头发。

“真是令人困惑”，他说，“你任何地方都看不到有恶的存在。我担心你会太离谱。”

“有可能”，卡米叶说着，耸了耸肩膀，稍稍有些恼怒。

“实际上，你没有听明白吧？你没有真正明白。”

“我跟你一样明白。”

“根本没有，卡米叶。你没有明白。你不明白，马萨尔只弄断母山羊的脖子。不是绵羊，不是羊羔，不是脾气暴躁而又性格固执的老公羊。一些**母山羊**而已，卡米叶。但是这些，这些彻底地被你给忘记了。”

“有可能”，卡米叶重复道，她确实意识到了，**这些**完全彻底地被她给忘记了。

“因为你不是一个男人，这就是原因。你注意不到羊群中的雌性。你注意不到咬杀它们时的性侵犯。你认为马萨尔将会住手。我的小卡米叶。但是，马萨尔无法停止下来。你没有明白吗，这混账的割脖子者首先是一个强暴者？”

卡米叶点了点头。她开始看出了一点苗头。

“而现在，他已经从母羊过渡到了女人，你还天真地想象，他会在曼彻斯特乖乖地平静下来，是吗？上帝啊。他根本就不会平静下来的。他根本就不可能会平静哪怕一秒钟。他已经脱了缰。他兴许是不长毛，也不带刀，但是他的狼替他拥有了这一切，更强一百倍。他将让这野兽扑倒那些女人，他将瞧着**他的**狼替代他来消费她们。”

劳伦斯站了起来，猛地晃了一下头发，像是为了驱赶走这整个的暴力，他微微一笑，伸出胳膊抱紧了卡米叶。

“就是这样”，他低声说，“这就是野兽的生活。”

等劳伦斯消失在了大路上之后，卡米叶还在那里静静地坐了十好几分钟，神情凝重，被一些难以忍受的形象所紧紧围绕。

音乐，因此。她启动了电脑合成器，把耳机戴在耳朵上。还剩下两个主题要编曲，然后就可以完成情感连续剧的第八集了。

为了创作这一订制的音乐，她没有别的选择，只能一股脑儿地沉浸在连续剧人物的情感世界中，而他们错综复杂的相互关系使得这一任务变得很繁重，以至于搞得她直流汗。电视剧的整个情节推进建立在进退两难的两大困境的迎面碰撞上：一方面，是一个成熟男子，没有工作，却是个贵族，在一个并未被解释清楚的悲剧之后，这位男爵曾经起誓，绝不再婚；另一方面，则是一个依然很年轻的女子，她是希腊语教师，在一个同样未被解释清楚的悲剧之后，发誓不再投入于爱。男爵一心照顾自己的两个孩子，让他们在他安茹城堡的围墙之内得到教育——人们不知道，小孩子们为什么不去学校。由此，他结识了那个女教师。好的。于是，不知不觉地，默默地，却又不可避免地，男爵和希腊语女教师之间产生了一种突如其来的爱情，让当初把两位主人公跟他们莫名其妙的往昔紧紧束缚成一体的道德誓言经历了严峻的考验。

卡米叶正好工作到情节中的这一阶段，经常地，她感到费劲。男爵和希腊语女学者整天在那里来回踱步，一个面对着木柴生的火，另一个面对着一块黑板，紧握着自己充满了渴望的拳头，这已经开始让她恶心了。她恨死他们了。她所找到的最好的窍门，既能成功地谱写出一种情感剧的好音乐，同时又能把他们给彻底忘却，就在于用一个田鼠爸爸和一个田鼠妈妈来代替男爵和希腊语教师，就像当她还相信爱情时在她的儿童书中那样。她闭上眼睛，召唤田鼠爸爸的形象来到眼前，想象他强壮而又自信，穿着乡下人的背带裤，带着两个蹦蹦跳跳地学习希腊语的小田鼠，还深情地注视着穿红色罩衫的田鼠妈妈。这样做效果更好。悬念，紧张，田鼠们莫名其妙的失踪，重新找到时的激动心情。到目前为止，制片方宣称，他们对她已经寄送过去的音乐带相当满意。很贴近主题的，他们这么说。

自从苏珊娜死后，照料这个田鼠之家就成了对她的一种真正考验，它们总是在拿一些无关紧要的小破事，不断地搞乱她的生活。

卡米叶常常停下来，手指头静静地等在键盘上。在她想来，在马萨尔事件中，特别让劳伦斯震惊的，远远在那些恐怖的攻击之上的，是他竟然利用了一头狼，马萨尔玷污了狼的名声，他污蔑了它们，他贬低了它们。在短短的八天时间里，他给它们带来的伤害要比那些牧羊人在六年时间里的所有呼吁书远远大得多。而这个，劳伦斯是无法原谅马萨尔的。

但是，无论现在发生了什么，一切似乎全都无能为力。马萨尔已经在路上，宪警们则在旺斯山的沟壑里寻找他的遗体。劳伦斯再度出发去了梅尔康都，而她，卡米叶，则继续面对着激情高涨的田鼠一家四口。

时间才刚到凌晨一点钟，但她已经摘掉了头盔式耳机，合上了乐谱，去到大床上躺下，并打开了那本《名录》，翻到有粉碎机 125 毫米 850 瓦双边把手每遇电刷磨损便能自动停止的那一页。这个兴许就能解决希腊语女教师的忧虑，万一她也会屈尊对此感兴趣。

有人轻轻地敲响了门，两下。卡米叶惊得一哆嗦，从床上坐起。她一动也不动，就那么等待着。又是两下敲门声，然后，木板后面传来一阵窸窸窣窣声。没有说话声，没有叫门声。又是一阵短暂的等待，然后，又是两下。卡米叶看到门把手低了下来，复又抬高。她跳下床来，心跳得怦怦响。她已经拿钥匙在门锁上转了一圈，但是，谁要想进来，完全可以随便地那么一跳，就从窗户中跳进来的。是马萨尔吗？马萨尔完全可能看到了他们进入到他的棚屋中。甚至，进到宪警队里。谁说马萨尔不会等到加拿大人出门之后再来跟她做解释呢，深夜里，孤男对寡女？还有狼？

她强迫自己作深呼吸，一声不响地走近她的那个工具袋。好一个陈旧的工具袋，装满了锤子、老虎钳、改锥，还有金属喷油壶，里面满是润滑油。她用左手拿起油壶，右手拿起打锤，悄悄地走向电话。她想象着那个浑身无毛的男人正待在那门后，悄无声息地寻找着一个入口。

“卡米叶在吗?”索里曼的嗓音突然响起。“是你吗?”

卡米叶的胳膊放松下来，前去开门。在黑影中，她分辨出一个年轻男子的身影，还有他惊恐万分的脸。

“你还在修什么东西吗?”他问道。“都这么晚了?”

“你为什么不说是你自己这么晚了还在忙呢?”

“我不知道你都睡觉了。你为什么不回答呢?”

索尔仔细打量了一下那油壶，那锤子。

“我让你害怕了，是真的吗?”

“有可能”，卡米叶说。“进来吧，现在。”

“我不是一个人”，索尔迟疑道。“夜更佬跟我在一起。”

卡米叶抬起眼睛，瞧着年轻人的身后，在四步远的地方，发现了古老牧羊人笔直的身影。夜更佬原来就在村里，不在羊圈中，这说明，有一件异乎寻常的事正在发生。

“出了什么事，见鬼了?”她喃喃道。

“还没有。我们想见你。”

卡米叶侧身一闪，让索尔和夜更佬进屋，夜更佬身子僵硬地走进来，向她微微点了点头，算是打过了招呼。她放下了油壶和锤子，示意他们坐下，双手还在微微颤抖。老人的眼光落到她身上，让她觉得颇为尴尬。她拿出三个玻璃杯来，满满地倒上不带葡萄的烧酒。自打苏珊娜死后，她这里就再也没有葡萄了。

“你怕谁呢?”索里曼问道。

卡米叶耸了耸肩膀。

“没什么。我只是有些心虚，仅此而已。”

“你可不是什么胆小鬼。”

“有时候也会。”

“那你都害怕什么呢?”索里曼坚持要问。

“狼。我害怕狼。你满意了吧?”

“狼会敲你家的门吗，还笃笃地来两下?”

“好了，索尔。这到底跟你又有什么关系呢?”

“你是害怕马萨尔。”

“马萨尔?旺斯山的那个家伙吗?”

“正是。”

“为什么我会害怕那家伙?看来，他早已经在大山中摔碎了他的嘴脸，警察们正在寻找他呢。”

“你害怕马萨尔，没错，这是这个。”

索里曼吞了一口烧酒，卡米叶眯缝起了眼睛。

“你是怎么知道的?”她问道。

“今天晚上，在广场上，人们谈论的只有他”，索尔回答道，以一种很紧张的嗓音。“听说，你跟那个捕猎者一起去过比奇隆，对那些警察讲过，说马萨尔是一头人狼，是他咬死的那些羊，他还杀死了我的母亲，他畏罪潜逃了。”

卡米叶一直默默无语。他和劳伦斯绕过了当地人，指控了其中的一个。显然，他已经早早逃逸了。他们将为他付账。她喝了一大口烧酒，抬起了眼睛瞥向索里曼。

“并不一定就是逃逸[①]。”

---

① “逃逸”的原文为“fuite”，这个词也可以指管道的跑水、漏水，或者跑气、漏气。

“就是逃逸了。那种逃逸，你可就不会修了。”

“那可就活该了，索里曼”，她说着就站了起来。“这就是真相。马萨尔是一个杀手。是他把苏珊娜拉进了那个圈套。我才不在乎你觉得这事靠谱还是不靠谱呢。这就是真相。”

“是的”，夜更佬突然开口道。“这就是真相。”

他的嗓音很低沉，嗡嗡地发出回声。

“这就是真相”，索里曼重复道，身子俯向了卡米叶，她又坐了下来，心绪茫然。“他看得很准，那捕猎者”，他又语气急促地说。“他很熟悉野兽，他也很熟悉人。狼是不会攻击我母亲的，我母亲也是不会去逼迫狼的，而马萨尔的看门犬也会从山里回来的。马萨尔是跟他的狗一起走的，因为马萨尔杀死了我母亲，因为她知道他究竟是什么人。”

“一头人狼”，夜更佬说，用手心啪啪地拍着桌子。

“而且”，索里曼继续手舞足蹈地说，“人们说，警察们将不会开展侦查，他们对捕猎人所说的话一句都不相信。这是不是真的，卡米叶？”

卡米叶点头示意。

“那么这是真的啰？他们什么什么都不会做了吗？”

“不会”，卡米叶认可道。“他们在旺斯山上寻找他的尸体，认为他死了，或者至少也是受了伤，假如从今天起再过几天他们还是找不到尸体，他们就将放弃。”

“那你知道他将会做什么呢，现在，卡米叶？”

“我猜想，他会在路上再杀死几只羊，他会一直逃往英国。”

“而我，我猜想，他将会杀死远比羊更大的。”

“啊。你也这么想？”

“还有谁来的？”

“劳伦斯也这么猜来的。”

“劳伦斯猜得有道理。”

“因为马萨尔是一头人狼”，夜更佬宣布道，手又啪啪地敲起桌子来。

索里曼喝干了杯中的酒。

“你是不是相信，卡米叶”，他说，“我就长了那么一个脑袋，会让杀害我母亲的凶手就这么轻轻松松地逃走，一直逃往英国？”

卡米叶认真地注视着索里曼，他褐色的眼睛在闪闪放光，他的嘴唇在微微颤动。

“不完全”，她承认道。

“你知道，那些没有人来替他们报仇的被杀害的可怜人会怎么样吗？”

“不知道，索尔，你怎么会认为我该知道呢？”

“他们会腐烂在鳄鱼出没无常的发臭的洼地中，而他们的精灵也永远无法从淤泥中挣脱出来。”

夜更佬把一只手搭到年轻人的肩膀上。

“这个，人们还没有确信呢”，他低声地说。

“同意”，索里曼回答他道。“我甚至都不相信，那会是在一个洼地中。”

“别再发明什么非洲故事了，索尔”，夜更佬说，用的还是同一种语调。“对这个年轻女人来说，这样会把事情搞复杂了。”

索里曼的目光重又转向卡米叶。

“那么，你是知道我们会做什么的啦，夜更佬和我？”他继续道。

卡米叶抬起了眉毛，等着话里的下文。她并没有从索里曼焦躁不安的行为中得到确切的安慰。通常情况下，索尔是一个相当文静的小伙子。上个星期日，他还蜷缩在厕所里，而今天晚上，她发现他已经解脱了，但几乎有些怒不可遏。苏珊娜的死把小家伙的重负彻底卸了下来，并震撼了老汉。

“我们将出发去跟踪他”，索里曼宣布道。“既然警察都不想那样做，而我们就出发去跟踪他吧。”

“我们将撵上他”，夜更佬肯定道。

“而我们将逮住他。”

“然后呢？”卡米叶问道，满脸的疑惑。“你们把他移交给警察吗？”

“想得美”，索里曼说，他的确是苏珊娜自豪话语称职的继承者。“假如我们把他交给警察，警察就会把他还给大自然，那就该重新再来一遍了。夜更佬和我，我们可不愿意把我们一辈子的时间都用来没完没了地追踪这个吸血鬼。我们想做的，没有别的，就是为我母亲报仇。因此，我们就逮住他，而一旦把他逮住后，我们就灭了他。”

“灭了？”卡米叶重复了一下。

“我们就把他给宰了，就这样。”

“等他死了个干净后”，夜更佬明确道，“我们就给他开膛破肚，从喉咙口一直剥皮到睾丸，来看看那些毛，他们是不是都长在里面了。我们没把他活剥皮，就已经算他运气够好的了。”

“这就是进步啊”，卡米叶喃喃道。

她遇上了夜更佬的目光，那美丽的眼睛中有着威士忌的色彩。

“你们又在整那个什么毛的故事了吧？”她问他道。“你们真的又在整那个故事了吧？”

“那个长毛不长毛的故事吧？”夜更佬用他低沉的嗓音重复道。

他做了一个鬼脸，并没有回答。

“马萨尔是一头人狼”，过了好一会儿，他嘟囔道。“你的那位捕猎人也是这么说的。”

“劳伦斯可从来没有这样说过。劳伦斯说过，所有那些相信人狼的人都是傻瓜。劳伦斯说过，所有那些谈到要给一个小子开膛，从喉咙一直开到睾丸的人，都会在他们的路上找到他，带着一把猎熊的长枪。劳伦斯最后还说过，马萨尔是跟一条看家犬一起干的屠杀，或者是跟一头大狼，秃子克拉苏斯，人们不见这头狼的踪影已经有两年了。那是那头狼的牙齿印，而不是马萨尔的牙齿印。”

夜更佬卷起他的嘴唇，挺直背脊，没有再说一句话。

“不管怎么说”，索里曼打断道，“他就是杀死我母亲的凶手。因此，夜更佬和我，我们要出发去追踪他。”

“我们会撵上他的。”

“当我们抓住他之后，我们就杀了他。”

“不”，卡米叶说。

“为什么不？”索里曼说着，噌的就站了起来。

“因为这样一来，你们可就不会比他更值钱了。但是，无论如何，人们根本就不会在乎这个呢，因为，这样一来，你们就将默默无闻地隐身在你们剩下的笨蛋生活中了。苏珊娜兴许还会走出她那发臭的泥洼地，那是有可能的，而马萨尔将得到他的那一份，无论被开膛破肚，还是不被开膛破肚，无论身体内长毛，还是不长毛，但是你们，你们将一辈子就那样过着杀人犯的日子，像鼹鼠一样藏在地洞里，夜里头一只又一只地数着绵羊。”

“我们是不会被人抓住的”，索里曼说，以一个自豪的动作抬起了下巴。

“怎么不会，你们会被抓住的。但那就不关我什么事了”，卡米叶突然这样说，轮番地瞧着他们俩。“我不知道你们为什么要来跟我说这些，但是我根本就不想知道它，我是不会跟复仇者、杀人凶手，还有开膛者讲什么道理的。”

她走向屋门，打开它。

“好了，请便吧。”她说。

“你没有明白”，索里曼说，嗓音重又变得迟迟疑疑的。“你都没怎么明白我们的意思。”

“我不在乎。”

“我们真是遗憾。”

“我知道。”

“他会去杀别的人。”

“那是警察们的事情。”

“警察们连屁股都不带会动一下的。”

“我知道。这些，我们都已经说过了。”

“那么，夜更佬和我……”

“你们将撵上他。我真的明白了，索尔。我真的明白了整个的行动。”

“不是整个，卡米叶。”

“还缺少什么小玩意吗？”

“还缺少你呀。我们还没有跟你解释呢，你也属于这行动的一部分。你跟我们一起去。”

“总之……”夜更佬礼貌地补充道，“假如您愿意的话。”

“不是开玩笑吧？”卡米叶说。

“快给她解释一下吧”，夜更佬命令索里曼道。

“卡米叶”，索里曼说，“你不愿意松手放开这道该死的门，回来坐下吗？跟我们一起，像朋友一样地坐在这里吗？”

“我们之间谈不上什么朋友。我们之间，是杀人犯和管道工之间。”

“但是你真的不愿意回来坐下吗？就算是在杀人犯和管道工之间？”

“就算如此”，卡米叶说。

她啪嗒一下关上门，回来坐在了一把凳子上，面对着那两个男人，胳膊肘撑在桌子上。

“是这样的”，索里曼说。“我和夜更佬，我们会撵上他。”

“好的”，卡米叶说。

“但要做到这一点。就应该早早地提前，快快地向前。我们总不应该步行前去吧，对吧？”

“你们爱怎么去就怎么去吧。步行去，滑雪去，骑着绵羊去，你想要什么，跟我又有什么关系？”

“马萨尔”，索里曼继续道，“一定是开了一辆汽车。”

“无论如何，开的都不是我的那一辆”，卡米叶说。“那辆小货车还留在那上边呢。”

“他可并不傻，那吸血鬼。他开的是另一辆车。”

“很好。他开了另一辆车。”

“那么我们，我们也要开车去追他，你明白了吗？”

“我明白了。”

“但我们没有汽车。”

“没有”，夜更佬说。“我们没有。”

“那好，就去找一辆吧。比如说，马萨尔的那一辆就行。”

“但是我们没有驾照。”

“没有”，夜更佬说。“我们没有。”

“你到底想要什么，索尔？我也一样，没有汽车。劳伦斯也只有一台摩托车。”

“但是我们，我们有一辆卡车”，索里曼说。

“你说的是那辆运牲口的车子吗？”

“是啊。你兴许不会认可，但那是一辆卡车啊。”

“那就好极了，索尔”，卡米叶说，叹了一口气。“开上你的牲口运送车，撵上他，一路顺风。”

“但是，就像我已经对你说过的那样，卡米叶。我们没有驾照。”

“没有”，夜更佬说。

“而你，你却有的，那驾照。你都已经开过载重卡车了。”

卡米叶瞧着他们俩，简直不相信自己的耳朵。

“你费了那么长时间才算听明白了我的话”，索里曼说。

“我根本就不想明白你的意思。”

“那好，我就彻底地给你解释清楚吧。”

“就别再解释了吧。我都不想再听你说什么了。”

“好好听着，至少听我说完这一句：你来驾驶这卡车，别的任何事你就不用再操心了，你明白吗？只要开好那卡车。我和夜更佬，我们来负责剩下的一切。开车，卡米叶，我们只求你干好这个，开车。你完全可以对其他一切装聋作哑。”

“甚至装疯作傻。”

“那也可以。”

“假如我明白了你们总体上的意思”，卡米叶简要地小结道，“我开上卡车，而你和夜更佬，都将坐在我的边上，来鼓励我，我们将赶上马萨尔，我会不经意地从他身上开过去，夜更佬将剖开他的肚子，好让心里弄他个明明白白，我们将把那些零碎玩意都交到一个宪警队里，然后我们将全都再回到这里，喝上满满的一大碗腊肉汤，来好好恢复一下元气。”

索里曼乐得手舞足蹈起来。

“并不完全是这样，卡米叶……”

“但我们还得说，确实有点是这样的”，夜更佬结束道。

“找到某个人来开那辆牲口运送车”，卡米叶说。“通常，是谁来开它的呢？”

“布戴伊。但是布戴伊将留在艾卡尔，他要照料牲畜。而且布戴伊有妻子，还有两个孩子。”

“而我，我就什么都没有，无牵无挂了。”

“可以这么说。”

“那你就去找别的人，为你见鬼的 road－movie 去吧。”

“你说什么来着？”夜更佬问道。

“你的公路影片”，索里曼解释道。“这是英语。它的意思是在公路上的某种流动。”

“好”，夜更佬说，有些晕头转向。“我很喜欢弄个明白。”

“村子里没有人愿意给我们提供一下帮助，卡米叶”，索里曼又说。“所有人全都不在乎苏珊娜的死。可是你，你是那么的喜爱她。宪警勒米拉伊也是，但是我们又不能请求勒米拉伊来做这个，不是吗？”

“我们不能”，夜更佬说。

“不要玩什么情感了，索尔”，卡米叶说。

“那你到底愿意我玩什么呢？我是真诚的，卡米叶：我在玩你的情感，我在玩你B类驾照。假如你不帮我们的忙，苏珊娜的灵魂就将被死死地囚禁在那该死的发臭的洼地中。”

“就别再拿这臭洼地来伤我的脑筋啦，索尔。再给我们倒一点酒，让我好好地想一想。”

卡米叶站了起来，走到已经熄了火的壁炉前，停在那里，背朝着那两个男人。苏珊娜的灵魂留在洼地中，马萨尔带着他赤裸裸的疯狂上了路。而警察们却一动也不动。把马萨尔带回来，拔掉他的獠牙。是的，为什么不呢？开上那卡车，四十立方米的空间，到蜿蜒曲折的公路上去。显然。

“那卡车，究竟是什么来的？”她问道，转身朝向了索里曼。

“一辆508D”，索尔说，“载重不到三点五吨。你不需要有重型卡车的驾照。”

卡米叶又把目光转向了壁炉，寂静重又回归。就这样，驾驶卡车。把索里曼和夜更佬拉出煎熬，让劳伦斯和他的狼群得到平静。把卡车开得飞快。滑稽可笑。没有任何机会，一个纯粹的蠢举。那又怎么啦？留在这里，等待着消息，吃着，喝着，关注着田鼠们不被解释的戏剧，等着劳伦斯。等待，等待。烦透了。害怕。锁住那夜晚，生怕会看到马萨尔突然出现。等待。

卡米叶又走回到桌子前，拿起她的杯子，放到了嘴唇上。

“我对卡车很感兴趣”，她说。“我对苏珊娜很感兴趣，对马萨尔也感兴趣，但对他的遗体没有兴趣。我要把他全须全尾地带回来，要不然，我就不把他带回来了。该你们来弄明白了。假如我来开这卡车，马萨尔就会完好无损地回来，假设我们还有那一点点的机会能找到他。不然的话，你们就只能带回来连毛发都全部稀巴烂的他，假如这样还能让你们轻松一下，但那就没我什么事了。”

“你是想说，我们将乖乖地把他交给警察吗？”索里曼说，神情略显为难。

“那全都是一样的。把一个家伙一劈为二，就远远地超越了乡里乡亲之间能容忍的暴力的门槛。”

“我们，我们才不在乎什么法定的界限呢”，那年轻人说。

“我都听说了。那可不是什么法律的问题。那可是马萨尔是死还是活的问题。”

“到头来还是同一回事。”

“一部分吧。”

“我们，我们才不在乎马萨尔是死是活呢。”

“我也不。”

“你要求得太多了。”

“这是一个趣味的问题。有我在，马萨尔必须全须全尾，没我在，马萨尔方可稀巴烂。我可不愿意沾手什么稀巴烂。”

“我们都明白的”，索里曼说。

“当然”，卡米叶说。“我现在就让你们好好想一想。”

卡米叶坐在她的音乐合成器面前，戴上了她的头盔式耳机。她弹奏着音乐样式，脑子还是那么火烫，离身穿罩衫的田鼠们有十万八千里之远。跟在马萨尔后面猛追？仅仅三个人如同三个迷途者？除了是三个迷途者，他们还会是什么别的吗？

索里曼做了一个手势，卡米叶摘掉了耳机，回到桌子前。这一回是夜更佬先开口说的话。

“姑娘”，他说，“您可踩烂过蜘蛛吗？”

卡米叶握紧了拳头，放到桌子上，就放在索里曼和夜更佬之间。

“我踩烂过满满一列车的蜘蛛”，她说，“我砸烂过好几百个马蜂窝，我消灭过整整好几窝蚂蚁国，连同五公斤的水泥块一起扔到了河里。我不跟两个你们这样有毛病的人争论死刑问题。我说不，永远都说不，你们死后一千年也同样是一个字，不。”

“两个有病的，你说的？”索里曼说。

“是她说的”，夜更佬说，“你就别再重复了。”

“你敢再重复一遍吗，卡米叶？”

“两个傻瓜蛋，两个有病的。”

索尔就要站起身来，但夜更佬一把揪住了他的胳膊。

“放尊重些，索尔。这个姑娘说得没错。这你可是看清楚了，她说得没错。一言为定”，他说着，转身朝向卡米叶，向她伸出手来。

“不要稀巴烂？”卡米叶问道，还有些疑虑，并没有伸出手来。

“不要稀巴烂”，夜更佬回答道，嗓音低沉，放下了他的手。

“不要稀巴烂”，索里曼重复道，老不情愿地。

卡米叶点了点头。

“我们什么时候出发？”她问。

“我们明天为母亲下葬。我们明天下午就走。布戴伊会把卡车准备好的。你就明天上午过来吧。”

两个男人站起身来，索里曼很灵敏柔软，而夜更佬则十分僵硬。

“还有一件事”，卡米叶说。“一个合同细节要澄清。没有任何条文规定我们非找到那人不可。假如十天之后，三十天之后，我们还是一事无成，那我们怎么办呢？我们总不能一辈子都要跟在他屁股后面死撵吧，是不是?”

“一辈子，姑娘”，夜更佬说。

“哦”，卡米叶说。

十五

整整一夜，卡米叶都没有熟睡，只停留在睡梦的那层薄薄的表层上，精神始终保持着警觉，意识中总有一个什么小玩意儿不对劲儿。睁开眼睛后她才知道，原来是一个大玩意儿不对劲儿。头一天晚上，她本来已经同意了开上苏珊娜的牲畜运送车，去跟在一个杀人犯的屁股后面。可是她今天早上隐约发现了这一行动的重大缺陷：计划的愚蠢，实施的危险，跟两个几乎不怎么认识的家伙一起杂处的麻烦，再怎么看，她都看不出这两个家伙是什么平静安宁之流。

然而很奇怪，她的决心却始终没有动摇过一丝一毫，她根本就没想过要取消头天晚上的承诺。相反，她却带着明知山有虎偏向虎山行的人才有的严谨和警觉，认真地做起了准备。这一行动，在其本身略略笨拙的简单性中，体现出一种唯一的却又具有决定意义的优越性，它的优点就是让人动起来。跟在马萨尔屁股后面穷追不舍，这样做即便有些天真，却总比在这里一动不动地死等要好得多，尽管死等在此也还算得上是聪明的举动。这一走向运动的吸引力——走向一种很理性的运动，因为卡米叶不是那种毫无理由就会上路的人——在头一天促使她下定了决心。她在圣维克托纹丝不动的逗留几乎都已开始禁锢了她的精神，并开始结出了果实，稍稍有些平淡乏味的果实。最后，还有苏珊娜的灵魂被牢牢囚禁在洼地中这样一个故事。卡米叶并不会比索里曼本人投入更多的信念在其中，但苏珊娜的被害，还有马萨尔的逃亡，会在她身上吹入气息，恰似在两道洞开的大门之间，会有一股痛苦的穿堂风吹过。她似乎觉得，通过发动卡车来跟踪那人和那只狼的脚步，就会有办法来止住这一股气息。

卡米叶准备完毕她的背包，把她的乐谱塞到右边夹层，把那本《职业工具名录》塞进左边夹层，并把背包背上肩。她一把拿过她的工具袋，最后核实了一遍家中一切都算正常，然后就关上了门。

整个艾卡尔都笼罩在葬礼之前的那种一切都放慢了步伐的生活气氛中。布戴伊和索里曼在卡车周围慢腾腾地忙活着，动作颇有些拖拉。卡米叶把背包放在他们旁边，加入到他们的工作中。走近仔细一看，那卡车的的确确更像是一辆牲畜运送车，而不是别的什么专门用途的车。布戴伊正举着一把滋水枪，给那车子冲洗车厢板和栅栏，把一团团又黑又厚的干草和粪便全都冲到了地面上。索里曼正在展开雨布，它应该覆盖住这辆载重车的骨架。因为——卡米叶直到现在才明白，这一点意味着什么——这辆卡车将被他们用来作带卧室的房车。

“您就用不着担心啦”，布戴伊冲她嚷嚷道，提高了嗓门以压住强力水束的吱吱声。“这辆卡车，就如同美女与野兽的故事，它会变样的。用不了两个小时，我就会把它变成一个三星级旅馆。”

“布戴伊”，索里曼对卡米叶解释说，“常常驾驶这辆牲畜运送车，举家出去旅游。你就相信他好啦，你将得到一切应有的舒适，您有一个单独的卧室。”

“既然你都这样说了”，卡米叶说，心里还是有些犯嘀咕。

“唯一的麻烦，是气味”，索里曼承认道。“我们还无法把它彻底驱除掉。它都牢牢地渗进了木头纹里。”

“是的。”

“甚至在铁里头。”

“是的。”

突然，滋水声戛然而止。索里曼瞧了瞧他的手表。十点三十分。

“该去换衣服了”，他说，嗓音有些颤抖。“时间快到了。”

两个男人与劳伦斯交叉而过，后者正慢速地从土路上爬坡上来呢。这加拿大人，穿了一身深色衣服，支住了摩托车，一把搂住了卡米叶。

“没在家里找到你”，他说。“在艾卡尔还这么紧迫啊？”

“葬礼后，我要陪同索里曼和夜更佬出趟远门。他们要去追踪马萨尔，而他们没有驾照。”

“这又有什么关系？”劳伦斯一边说，一边连连后退，瞧着卡米叶。

“我会驾驶卡车呀。”

劳伦斯摇了摇头。

“你这是故意的吧？”他问道，勉强控制住自己的嗓音。“当一个卡车司机？你就不能够约束一下你自己吗？”

卡米叶耸了耸肩膀。

“本来就是这样的嘛”，她说。“早在德国巡回演出时，乐队监督不愿意夜以继日地开车。他就现学现干地教会了我开卡车。”

“上帝，卡车司机呀”，劳伦斯说，他如此困惑全是因为卡米叶，仅仅只是因为卡米叶，她在他的种种理想上凿刻下了巨大的伤痕。

“这又没有丝毫不光彩的”，卡米叶说。

“这也没有丝毫可光彩的。”

“同样。”

“到底是怎么回事，跟索里曼和夜更佬一起，去当司机？你要把他们捎到哪里去啊？”

“这正是问题所在，劳伦斯，我不会把他们捎到什么地方放下，我要开车把他们带到世界的尽头，直到他们抓住马萨尔。”

“你是说，那两个家伙当真决定要去寻找马萨尔吗？”劳伦斯问道，开始有所警觉起来。

“是这样啊。”

“那么是你将把他们带回来啰？你这就要出发？”

“是的。不太长时间”，卡米叶说，稍稍有些犹豫。

劳伦斯伸出两只手，搭在她的肩上。

“你这就要出发？”他重复道。

卡米叶抬起眼睛。一丝转瞬即逝的痛苦在加拿大人的脸上悠然流过。他摇晃了一下头发。

“但不要马上走”，他说，手指头紧紧抠在她的肩膀上。“留下跟我在一起，今天晚上留下来。”

“索尔打算葬礼之后就出发。”

“就一夜。”

“我会回来的。我到时候给你打电话。”

“没有意义的”，劳伦斯喃喃道。

"警察们全都不动，而那个人会杀死更多的人。你自己都这么说的。"

"上帝。我可没说让你出发啊。"

"可他们谁都不会驾驶。"

"我希望你能留下来"，劳伦斯坚持道。

卡米叶轻轻地摇了摇头。

"他们在等着我"，她低下嗓音说。

"耶稣基督"，劳伦斯边说边向远处走去。"一个孩子，一个老人和一个女人，要去追踪一个像马萨尔那样的家伙。你们自以为你们仨都是谁啊？"

"我什么都不自以为，我开车。"

"你还以为你自己有多高明。想抓住马萨尔？"

"这也不是没可能。"

"你开玩笑吧。这可不是儿童游戏。得有所侦查。"

"假如他杀死了别的羊，我们就追随踪迹跟下去。"

"跟下去。那可不是抓捕。"

"我们可以打听，知道他开的是一辆什么车。等我们知道这一点后，我们就有机会定位他。兴许，几天时间的事。"

"这就是他们要对他做的一切？"劳伦斯问道，很是疑惑不解。

"索里曼应该杀死他，而夜更佬应该给他开膛，从喉咙一直开到睾丸，当然，这要等他死后，出于人道嘛。我说了，假如我们不把马萨尔全须全尾地带回来，我就不给他们开这见鬼的卡车了。"

"危险"，劳伦斯说，"剥夺已让他变得疯狂。既残暴，又危险。"

"我知道。"

“那么，你为什么还要干？”

卡米叶犹豫了。

“就这么卷入进去了”，她说，算是做了解释。

确实，眼下这一刻，她实在没有什么更好的可说。

“臭牛屎”，劳伦斯嘟囔道，又朝她走回来。“你只要从里头挣脱出来就成。”

卡米叶耸了耸肩膀。

“总有些东西会因一大堆糟糕的理由而卷进来，而你是怎么摆脱都摆脱不了的，即便你有一大堆很说得过去的理由。”

劳伦斯垂下了胳膊，有些丧气。

“好吧”，他说，调子很阴沉。“那你们开哪一辆卡车走啊？”

“这一辆”，卡米叶说，抬起下巴，指了指那辆牲畜运送车。

“这”，劳伦斯坚定地说，“这是一辆牲畜运送车啊。这是一辆散发着屎臭味和尿臊味的牲畜运送车。这可不是一辆卡车啊。”

“看起来还算是吧，的确。布戴伊说，一旦冲洗干净，擦干，铺上雨布，安置好，它就是一座移动的豪华旅馆。”

“这实在也太脏污不堪了，卡米叶。你认真想过了没有？”

“想过了。”

“跟这两个家伙睡在一起？”

“是的。已经卷入了，仅此而已。”

“你有没有想过，马萨尔会定位你们？”

“还没想到。”

“那好吧，他会的。到时候，夜里头，就不会由这片该死的雨布来保护你们啦。”

“我们将听到他前来。”

“那之后呢，卡米叶？你们三个人，你们将做什么呢，一个孩子，一个老人，一个女人？”

“我不知道。我猜想，我们会想到的。”

劳伦斯以一个无可奈何的动作，松开了胳膊。

十六

苏珊娜·罗斯林的葬礼之后，在艾卡尔举行了一个招待会。这里有很多事情应该好好说明一下，因为整个入葬过程进行得十分简单，不免令人颇感困惑，而其实，这一切全都是根据苏珊娜四年前对公证人作的叮嘱而安排的，根据她的嘱咐，“她根本不在乎要有鲜花和金把手，她更愿意那小家伙留存下那些积蓄，好去看一看他祖宗的那片土地。最后，当老母羊莫莉塞特去世后，人们得把它跟她安葬在一起，因为莫莉塞特曾是一个老朋友，当然，它不太聪明伶俐，但对她却恋恋不舍，忠心耿耿。另外，还要请神甫在葬礼仪式上就此发表几句演讲”。公证人则对她表明，这些世俗的要求根本就没有可能实现，而苏珊娜却说，她根本就不在乎什么正统的教义，她要亲自去见一下那个傻瓜蛋神甫，来解决莫莉塞特的问题。

神甫显然回想起了当年的那些嘱咐，还稍稍有些笨拙地回顾了苏珊娜对她养的那群羊的眷恋。

大约四点钟时，村里的最后一辆车离开了艾卡尔。卡米叶脑袋嗡嗡地直响，来到卡车前跟布戴伊会合。她越是多想，就越是为这辆牲畜运送车的状态担忧。

布戴伊正坐在卡车后面的蹬阶上，一边忧郁地抽着烟，一边等着他们。

“一切准备就绪”，看到年轻女郎走过来，他说。

卡米叶检查了一番车子，眼下，它的整个顶棚以及侧边从半高处起已经全都覆盖了雨布。它灰色的车身也已部分地去除了污垢。

布戴伊用手掌拍打着车子的侧边，让铁皮发出砰砰的响声，就像是在作介绍。

“它有二十岁了，正是美丽花季啊”，他宣布道。“一辆508，那真叫一个壮实，但还是有缺陷。刹车片有问题，下坡时必须十分小心，方向盘咬得不紧，转弯时得狠狠给上一下子。另外，它还时不时地会来个小脾气。踏板很软。这是这辆卡车中唯一一个乖乖听你话的玩意儿。”

布戴伊转身朝向卡米叶，从头一直打量到脚，以一个医生的眼光来测量她的躯体，长长的身影，细细的胳膊，窄窄的手腕。

“对于一个女人，兴许算是很漂亮”，他说，舌头发出一记响声，“但作为一个卡车司机那可就差点劲儿了。我甚至都不知道你究竟能不能控制得住它。”

“我已经驾驶过这一类的车子啦”，卡米叶说。

“但是在这里，一路上转弯太多。得使劲儿绷住弦。”

“到时候，我会绷住的。”

“上来吧，我带您参观一下。我始终把它安排得跟我带孩子们出去旅游的时候一样。”

布戴伊哗啦哗啦地打开了后门的栓把，爬进了卡车。车厢中笼罩着一团令人窒息的热气，卡米叶立即就被一股浓烈的羊毛油脂气味攫住了。

“车子开起来后，气味就会减轻”，布戴伊解释道。“它已经发动了一下午了。”

卡米叶点了点头，管理人内心颇感振奋，以大幅度的动作为她介绍车内的设施安排。牲畜运送车的长度超过六米，布戴伊在里面安置了四张折叠床，沿前后方向安放，两张在后，两张在前，之间有一块横向的雨布相隔。

“这就是带窗户的两个独立房间”，他满意地解释说。“我们可以把正对着栅栏的雨布掀起来。假如人们想从那里看外面，或者，假如想从那里看里头，都可以如法炮制，我们可以把它拉起来，恰如我们在剧院里拉幕时所做的那样。当我们想安静一会儿时，我们把它放下来就可以了。”

布戴伊又一次掀起雨布，来支持他的演示，于是，整整一长条光线就通过栅栏照进了卡车中。“这里”，他继续道，一直走向车厢尽头，撩开一块很重的布，“是浴室。”

卡米叶检查了一下自家制造的淋浴间，那上面安装了一个旧的热水器，改装后用作了储水箱，有差不多一百五十升的容量。

“水泵呢？”她问道。

“在那里”，布戴伊说。“每隔两天重新加一次水。而这里，是厕所。属于早先列车上的那种系统，把一切全都遗撒在身后。另一端”，他说着，扭转了身体，“是煤气灶，煤气罐充得满满的。大箱子里，是炊事工具、布条、手电筒，所有杂七杂八的东西。这里，是折叠凳。每张床底下，都有装个人私有用品的抽屉。一切都预料到了。一切都想到了。一切都很顺利。”

“是的”，卡米叶说。

她坐到了后面一张床上，是左边那一张。她的目光浏览了一通大约十三平方米的热气扑面的空间。布戴伊已经在床垫上安放好了白色的床单和枕头，这跟黑色的地面、鱼鳞般剥落的铁架子、褪色的雨布形成了鲜明对照。她慢慢地开始习惯了气味。她开始建立起了她对自己屁股底下柔软床垫的所有权，她开始拥有了整个卡车。布戴伊观察着她，骄傲而又不安。

“一切都很顺利”，他重复道。

“完美极了，布戴伊”，卡米叶说。

“尤其别为气味忧虑。车一开起来，它就会消失的。”

“那么车不开的时候呢？当我们睡觉的时候呢？”

“至于我们睡觉的时候嘛，那我们就感觉不出来了。因为我们睡着了嘛。”

“我毫不忧虑。”

“您愿不愿意试一下？”

卡米叶点了点头，跟着布戴伊一直来到驾驶舱。她爬上两级阶蹬，安坐到了司机的座位上，调整了一下座椅，把两条胳膊摊放在滚烫滚烫的方向盘上。布戴伊把车钥匙递给她，然后退下。卡米叶点火，开始忙活起来，慢慢地操纵车子，在羊圈中的道路上动起来，向前，转弯，后退，转弯，向前。她熄掉火。

“可以的”，她说着，跳下车子。

布戴伊仿佛已被她刚才的操作征服，只顾着把种种证件递给她。索里曼这时正好赶到，他步履缓慢，拉长着脸，眼睛红红的，眼光凝定不动。

“你一准备好，我们就出发”，他说。

“我们甚至就不先在这里吃一点东西吗？”

“我们在车上吃。我们越是晚出发，那吸血鬼就逃得越是远。”

“我准备好了”，卡米叶说。“带上你的东西，领上夜更佬吧。”

十分钟之后，正跟布戴伊一起坐在卡车后面抽烟的卡米叶，看到索里曼走上山坡来，他背上背了一个包，胳膊底下夹了一本词典。

“你就睡前头那张床，靠右边的”，布戴伊命令他说。

“好的”，索里曼说。

“索尔是个仔细人”，布戴伊说。“他肯定会用上一大把时间来整理他的抽屉的。”

“布戴伊”，索里曼从卡车里头叫道，“这辆破牲畜车怎么还是有一股臭味呢？”

“你说得倒是轻松，我又能怎么样呢？”管理人说，神情有些咄咄逼人。“这里，我们装的又不是丝瓜。我们装的是羊群啊。”

“你别动火。我只不过对你说了一句这里有臭味。”

“等我们开起车来后，气味就都跑了”，卡米叶插嘴说。

“确实如此。”

正在这时候，劳伦斯朝他们走来，背后跟着夜更佬。

“‘爱情’”，索里曼宣布道，身子靠在卡车的出气孔上，双手叉在腰上。“‘对某个人或某个事物产生的强烈情感。听从大自然的法则而流露的情感倾向。对一个异性人物的激奋的情感。’”

卡米叶转身朝向索里曼，稍稍有些困惑。

“这是词典”，布戴伊解释说。“他这里头什么都有”，他补充了一句，指了指他的头脑。

“我这就要说再见了”，卡米叶说，从踏蹬上站了起来。

夜更佬也爬上来，钻进了牲畜运送车，一下子就把背包中的所有内容全都倒进了抽屉，抽屉是布戴伊给他指定的，进去后右手第一个。然后，他就在踏蹬边上站立着等待，就在索里曼的身旁，用粗大的烟草卷了一支烟卷。葬礼结束后，夜更佬立即就又换上了他的那条皱皱巴巴的绒布长裤，还有那件已经走了形的上衣，套上了上山专用的鞋子，把一顶带有黑布条的帽子扣在自己头上，那布条因年头长久早已变得很脆，被灰尘染得有些发灰。他理了发，刮了脸。在贴身的背心上还套了一件干净的、稍稍有些僵硬的白衬衣。他身子挺得笔直，烟卷叼在嘴唇上，左手紧握着他那根棍子。他的那条狗就躺在他脚边。他掏出一把小折刀，把刀刃在他的腿上蹭。

“什么时候能启动啊，这一次公路上的移动?”他嗓音低沉地问道。

“这一次什么?”索里曼问。

“这次 road-movie，这是英语。这次移动。”

“啊。就单等卡米叶跟那个捕猎人告完别了。”

“在我那时代，年轻女郎是不会在路上当着我们的面吻别男人的。”

“都是你想出来的主意，要让她来的。”

“在我那时代”，夜更佬继续说，放下了手中小折刀的刀刃，“年轻女郎是不驾驶卡车的。”

“假如你自己会驾驶的话，我们也就不会落到这般地步了。”

“我没有说我反对这样，索尔。甚至，我还为此而很开心。”

“什么?”

“这姑娘的胳膊搭在卡车的方向盘上。这让我很开心。”

“她很漂亮”，索里曼说。

“她还不仅仅只是漂亮呢。”

劳伦斯，胳膊绕住卡米叶的身子，远远地打量着他们。

“这老头为了你可是不惜代价了”，他说。“洁白无瑕的衬衣都塞进了脏污的裤子里。”

“它可并没有脏污”，卡米叶说。

“就差没有恳求老天爷别不让他带上那条狗了。它身上应该有臭味，那条狗。”

“这很可能。”

“上帝。你肯定你想出发吗？”

卡米叶瞧了瞧那两个男人，他们忧虑、紧张，正在阶蹬上等着她。布戴伊最后一次伸出手来，整理车内的装备，在左边车厢板上，悬挂了一辆轻便摩托车，在右边车板上，则挂了一辆自行车。

“当然啦。”

她拥吻了劳伦斯，劳伦斯则把她久久抱在怀中，然后放开了手，送出一个手势。她上了卡车，从车上瞧着他走回他的摩托车，发动了马达，在道路上扬长远去。

“那么现在？”她对那两个男人说。

“我们去撵他的屁股”，夜更佬说，抬起了下巴，身子僵硬，目光中透出一种迫不及待。

“朝哪里？星期一夜里他在拉卡斯蒂伊。这让他差不多有了四十八小时的提前量。”

“我们先走起来再说”，索里曼说，“到路上我再给你们解释我的想法。”

索里曼是一个轻盈得如空气一般的年轻人，身条清瘦、优雅，总是在朝天空挺拔，微微驼背，四肢修长，手很轻。他的脸很光滑，稚气未脱，几乎清澈透亮。但是在这张脸上始终飘荡着一丝嘲讽的或者仅仅只是逗乐的微光，似乎这个家伙很费劲儿地才控制住一个巨大的笑话，或者一种高级的睿智，又似乎这家伙是在自言自语，在对自己说，“你们就等着瞧吧，会看到一个好的”。卡米叶想象着，词典和非洲故事的混合影响兴许给予了索里曼精细内行人的这一奇特的微笑，它以一种暧昧的方式让他容光焕发，为他涂抹上了对比性表达的色彩，有时候很乖巧，很仁慈，有时候却又多疑。她心里在想，《职业工具名录》的持恒查阅最终究竟会给予她一种什么样的微笑，兴许不会是某种让人很渴望的东西。

卡米叶把自己的包递上卡车，把里面的内容倒进她那张床——尽头里的那张，靠左，布戴伊早就说过了——底下的抽屉，关上了后面的挡板，登上了驾驶员的座位。而那两个男人则早已经安坐在了她的边上，索里曼在中间，老羊倌靠着窗。

“最好还是把棍子放在地上”，她身子俯向夜更佬，对他建议道。“要不然，急刹车的时候，它会敲破你的下巴。”

夜更佬迟疑了一下，又想了想，然后就把棍子横放在了他的脚边。

“还有安全带”，卡米叶补充道，嗓音很柔和，心里不禁在想，这个夜更佬是不是从来就没有坐过汽车。“得把这玩意系上。急刹车时你就知道了。”

“这就把我捆死了”，夜更佬说。“我不喜欢被人捆得死死的。”

“这是规定”，卡米叶说。“必须系上。”

“我们”，索里曼说，“我们才不在乎什么规定不规定。”

“知道了”，卡米叶说着，点火发动了车子。“总的是往什么方向？”

“一直往北，朝向梅尔康都。”

“经过哪里？”

“从提内河河谷那里走。”

“好的。这也是我的方向。”

“哦，是吗？”索尔说。

“是的。我到路上再给你解释好了。”

牲畜运送车隆隆地开出了满是砾石的土路。布戴伊背靠着陈旧的木栅栏，举起一只手，向他们示意告别，满脸的忧郁，仿佛他是那样一个小子，看到自己的家正穿过田野渐渐地远去。

十七

卡米叶把卡车慢慢地开上了路。

“必须带上那条狗吗？”她问道。

“您就别抱怨了”，夜更佬答道，“这可是一条牧羊犬。它能攻击狼、狐狸，以及各种各样肮脏的货色，还有人狼，但它不会碰女人的。英脱洛克很尊重女人。”

“我可不需要它来尊重”，卡米叶温和地说。“只不过它的气味也太浓烈了。”

“它散发的就是狗的气味。”

“我说的就是这个意思。”

“我们可没法阻止一条狗散发出狗的气味。英脱洛克会监护我们。要在方圆五公里之内嗅闻到那该死的人狼的踪迹，我们就放心指望它好了。没有人非得去知道，它的牙齿可是锋利无比的。”

“锋利无比？”

“这是一条牧羊犬。不应该指望让它来杀死野兽。不应该指望让它来嗜血，不然就该宰了它。但是英脱洛克的鼻子灵敏极了。它已经闻过一遍马萨尔的房子了，它将一定会找到他。”

卡米叶点了点头，不停地监视着路面。她已过了三挡，眼下，她稳住卡车。一路行驶时总是很喧闹。每一次颠簸，总会让车厢栅栏上的金属条抖动不已。得提高嗓门使劲儿嚷嚷才能让边上人听清你到底在说什么。他们摇下了窗玻璃，掀开了雨布，给自己吹吹风。

“英脱洛克？是它的名字吗？”她问道。

“它刚刚出生时，我是从一本词典中很偶然地抽取出来的”，索里曼解释道。“Interlock。阳性名词。用于编织一种带网眼的织物的机器。由这一机器编织出来的针织内衣。”

“哦，原来如此”，卡米叶说。“几点了？”

“六点已过。”

“说说你的想法吧，索尔。”

“这也是夜更佬的想法。”

卡车现在已经驶入省道，沿着一条河一直向北。卡米叶稳稳地驾驶着，从容不迫，同时还抽时间熟悉了种种仪表和操纵杆。转弯时不太容易操作。

“马萨尔把他的带篷小货车留在了旺斯山”，索里曼开始说。“不得已而为，假如他想要人们相信他在山里迷了路。但这样一来，那吸血鬼就不得不步行走上一段了。”

“还有骑自行车”，夜更佬补充说。

“请他说话说得更响一点，索里曼，卡车这样地抖，我什么都听不清。”

“说得更响一点”，索里曼对羊倌说。

“骑自行车”，夜更佬重复道，提高了他的底音。

“他有一辆自行车吗？”

"是的"，夜更佬说。"反正，早在几年前，他有过一辆的。他把它放在狗窝里。昨天夜里我去看了一下，那自行车没有了。"

"真新鲜，马萨尔骑自行车漫步，还带着一条看家犬和一头狼？"

"他不是在漫步，姑娘"，夜更佬说。"他在行军，他在屠杀。"

"这也实在太邪乎了吧"，卡米叶反驳道。"还没等他走近羊圈，他就被人发现一百次了。"

"正因为如此，他才在夜里前行"，索里曼说。"他白天就停下来，只在夜里走，带着他那些畜生。"

"瞧你说的"，卡米叶说。"带着这样一班人马，他根本就走不远。"

"他走不远的，姑娘。他会去卢巴，就在若西埃附近。"

"我没听清"，卡米叶说。

"去了卢巴"，夜更佬嚷嚷道。"有八十公里路，在梅尔康都的另一边。他去的是那里。"

"在卢巴有什么特殊的东西吗？"

"当然。"

夜更佬从车门窗框中伸出脑袋，啪的一声，飞了一口痰。卡米叶一下子就想到了劳伦斯。

"他有一个表兄弟住在那里"，他接着说。"你来给解释一下，索尔。"

"他必须得到一辆车"，索里曼说。"他不能就那样带着他的畜生在乡下溜达。如果说他留下了他的带篷小货车，那是因为他心中有个计划。马萨尔在卢巴有个表兄弟，一个破烂家伙，开了一家破烂车行，专卖二手车。那个表兄弟肯定会默不吱声的。"

“好的”，卡米叶说，全神贯注于狭窄公路上不时冒出来的转弯处。“马萨尔会去卢巴找一辆汽车。很好。那他为什么不租它一辆呢，干脆?”

“为了不让人轻易定位。”

“真该死，他还未被追捕。没有人能阻止他去他想去的地方。”

“他还没有被追捕，不过那也快了。尤其，马萨尔想假装已经死去。”

“为的是能安安静静地干他的那份人狼的活儿”，夜更佬说。

“的确如此”，索尔说。

“假如这是真的”，卡米叶说，“他就将需要假证件。”

“他表兄弟是个破烂”，夜更佬说。“车行就是个盖子。”

“心里真是这样想的”，索里曼肯定道。

“他表兄弟做假证件吗?”

“他可能会有。”

“靠什么呢?”

“靠钱呗。”

卡米叶减慢了车速，把车子停在了公路边的一个隐蔽处。

“怎么就停车了呢?”夜更佬问道。

“我要放松放松胳膊”，卡米叶说着，跳下车来。“方向盘涩得很，路也不好走。”

“是的”，索里曼说。“我也看出来了。”

“我去给你找一张地图来”，她说。“那是我们在马萨尔家里找到的，上面有整整一系列的线路。你就给我指一指那个叫卢巴的地方究竟在哪儿。”

“在若西埃附近。”

“那么，你就给我指一指那个若西埃又是在哪儿。”

“你连若西埃在哪儿都不知道吗？”索里曼很是惊讶。

“不知道”，卡米叶承认道，身子倚在车门上。“我不知道若西埃在哪里。直到去年为止，我还从来没有来过这个沸腾的地方，我从来就没有驾驶过一辆三吨的卡车，在这见鬼的山区小路上走过，我不知道梅尔康都会是什么样。我只知道，地中海就在那下面，而那是一片既不会前进也不会后退的海洋。”

“好吧”，索里曼说，很诧异，“既然你都生活在那里了，怎么竟然会连这一切都不知道？”

卡米叶去她的抽屉里翻腾，然后又关上卡车后面的门，再爬上来重又坐到索里曼旁边，手里拿着地图。

“听我说，索尔”，卡米叶说，“你是不是知道，在这个世界上，有一些地方，有千万个地方是没有知了的？”

“我听人说起过这个”，索里曼说，做了个表示疑问的鬼脸。

“那好，我就曾住在那个地方。”

索里曼摇了摇头，半为赞叹，半为同情。

“因此”，卡米叶继续道，摊开了马萨尔的那张地图，“指给我看这个叫卢巴的地方到底在哪里。”

索里曼伸出一根手指头，放到地图上。

“这条红色的线是什么？”他问道。

“我对你说过的，是马萨尔的线路。所有的十字记号相当于他曾杀死过羊的羊圈，除了安代尔和阿内利亚斯，那里什么都没发生。依我看，他还来不及进攻那些地方就匆匆逃跑了。太偏东了。现在，他沿这条路向北而去。他沿着提内河，他穿越了梅尔康都，要去卢巴。”

“然后呢?”索里曼　　　了眉头。

“瞧。他在小路上　　　　一直要到加莱港，然后就去英国。”

“去那里干吗?”

“他有一个兄弟在曼彻斯

索里曼摇了摇头。

“不”，他说。“马萨尔并不　　　种新的生活，就像某个亡命逃窜的家伙会做的那样。他已　　　，他已经进入了黑夜。对警察，对圣维克托的人，对所　　　都已经死了，甚至包括对他自己。他不想再要另一种生　　　另一种状态。”

“你知道的东西还真不少呢”，卡米叶

“他想要另外一张皮”，索里曼补充道。

“长着毛的皮”，夜更佬说。

“是这样的”，索里曼说。“既然现在那人已经死了，狼就可以随心所欲地杀戮了。我看他根本就不是在寻求去曼彻斯特找一份好工作。”

“那么，为什么要穿越拉芒什海峡呢?假如他哪里都不打算去，为什么还要画这样一条线呢?”

索里曼用手托住自己的脑袋，思索起来，一只眼睛死盯着地图。

“这是一条逃亡的线路。他在向前走，他无法停在原地。他将去往英国，他兴许会在那里寻找什么支援。但在那里也一样，他将继续向前，围绕整个大地。你知道‘人狼’意味着什么吗?”

“劳伦斯说，在这个话题上我远远不够聪明。”

“这是一头四处游荡的狼。马萨尔将并不藏身在一个什么洞里，他将不断地走动，这一夜在这里，那一夜在那里。他熟悉所有那些小路，他的爪子哪里都会去探一下。他知道他会在哪里停住。”

“但是马萨尔又不是一头人狼”，卡米叶说。

卡车的驾驶舱顿时陷入一阵短短的沉默。卡米叶感觉到，夜更佬正作着一番努力，不打算开口作答。

“至少，他相信自己是狼”，索里曼说。“这就已经够了。”

“无疑。”

“捕猎人已经把这地图给警察看了吗？”

“显然。他们从中看出了一种去曼彻斯特的普通旅行。”

“那么，那些十字记号呢？”

“在他们看来，那只是关于工作的简单问题。这也很站得住脚，假如你坚信，苏珊娜是遭到了一头狼的攻击，仅仅只是被一头狼。而警察们对此坚信不疑。”

“傻瓜蛋”，夜更佬语气坚定地说。“一头狼是不进攻成年人的。”

又是一阵沉默。苏珊娜被割断脖子的形象又浮现在了卡米叶的眼前。

“不会的”，卡米叶喃喃道。

“一定是有人把它逼到了绝路”，夜更佬说。

卡米叶打火启动，把卡车从隐蔽处开出来。她就那样静静地开了几分钟，胳膊一直搭在方向盘上。

“我都计算过了”，索里曼说。“马萨尔每天夜里可以走上十五到二十公里，而毫不拖累畜生。他现在应该在梅尔康都的北方，差不多在伯奈特山口附近。今天夜里，他将走下来去若西埃，二十五公里。我们天亮时分将在那里等他，假如在此之前我们在山上碰不上他的话。”

“你是想让我们整夜都在梅尔康都跑吗？”

“我只是建议，在山口暂时歇息一下。我们夜里还要继续走，要好好地监视道路，但我什么都不期待。他很熟悉关口和小道。到清晨五点半时，我们就下山去卢巴，我们将在那里揪住他。”

“你说的‘揪住’一词是什么意思？”卡米叶问。“你已经尝试过揪住一个像马萨尔那样的家伙吗，还带了一条看家犬和一头狼？”

“我们将好好地准备。我们将定位他的汽车，我们就跟踪他，一直到他去屠杀一群羊。现行犯罪。在那里，我们把他抓住。”

“用什么抓呢，索尔？”

“我们将走着瞧。你连若西埃都不认识，这还真的很烦人。”

“为什么会这样？”

“因为这就意味着，你连道路都不认识。它需要一路蜿蜒曲折地爬坡，直到爬到几乎三千米的高处。这路窄得就像我的胳膊，一边是一条深深的沟壑，另一边是一条保护性的矮墙，每隔两米就有被撞破的洞洞。我们刚刚所做的，就是在一旁打趣。”

“好的”，卡米叶说，若有所思。“我没想到，梅尔康都原来是这样的。”

“那你想象它应该是怎么样的呢？”

“我想象它是某种很热乎的东西，某种适可而止的山路。有一些橄榄树。总之，一个此类的玩意。”

“实际上，它很冷，山路险恶异常。有一些落叶松，而当你上得太高时，就什么树都长不了，就什么都没有了，只剩下我们三个人，还有这卡车。”

“好让人开心啊”，卡米叶说。

“你难道不知道吗，橄榄树到海拔六百米以上就不再长了。”

“什么以上六百米？”

“海拔呀，真该死。橄榄树到海拔六百米以上的地方就不再生长了，这是谁都知道的。”

“在我以前生活的那个地方，是没有橄榄树的。”

“是啊。那么，你们都吃什么呢？”

“甜菜。甜菜是很勇敢的植物。它不会停止长开去，它会绕上世界一圈。”

“假如你在梅尔康都的高山上种你的甜菜，那么，它是会死掉的。”

“好的。无论如何，这可不是我想做的。还有多少公里才能到那个该死的山口？”

“大概五十来公里吧。最后的二十公里是最凶险的。你认为你可以赶到吗？”

“一点儿都不知道。”

“你的胳膊还撑得住吗？”

“是的，我的胳膊还撑得住。”

“你认为你可以脱身吗？”

“快别烦她了，索尔”，夜更佬嘟囔道。“让她安静安静。”

十八

已是晚上七点钟，热度慢慢地降了下来。卡米叶趴在 508 型车的方向盘上，眼睛一秒钟也不离路面。她倒是还能不太困难地跟对面驶来的一辆车子交错而过，但是不断出现的很难的拐弯却把她的胳膊累得筋疲力尽。只因为，这本来就不是一件大概齐就可以的差事。

路是上山道。卡米叶不再说话，而索里曼和夜更佬，也跟她一样把嘴闭得很紧，目光片刻不离山路。他们已经离开了榛子树和橡树丛那令人心安的茂密枝叶。暗色的松树林密集排列在岩石的山坡上，一眼望不到尽头。卡米叶发现，它们死气沉沉的，跟一支流动中的身穿黑色军装的部队一样令人不安。远处，显现出一大片落叶松地带，颜色稍稍更浅，却也同样整齐划一，同样威武雄壮，然后，就是梅尔康都绿中带灰的高山牧场了，而更高处，裸露出光秃秃的岩石尖峰。他们一路走向巍峨壮观。下山奔向圣艾迪安方向时，她稍稍有些气喘，这可是离开山谷和开始上高原爬坡路之前的最后一个村子了。最后一个有人居住的岗位，最好还是赖在那里不走了，卡米叶这样想。二十五公里的历程中要爬坡两千米，可不是闹着玩的小游戏。

卡米叶在圣艾迪安的出口处停了下来，抓起了一瓶水，慢慢喝着，然后任由自己的胳膊就那样耷拉下来，让它们稍稍歇息一下，她不太肯定自己在如此艰难的条件下一直还能控制住卡车。她实在是不那么喜欢陡坡，感觉自己的体力已快到极限了。

索里曼也好，夜更佬也好，谁都不说话。他们注视着高山，而她却不知道他们究竟是在那里寻找人狼的扭曲身影，还是担心卡车会在那里倾翻。他们的神情似乎充满了信任，卡米叶由此推断，他们是在窥伺马萨尔。

她朝索里曼瞥去一眼，他则向她报以微笑。

“‘固执’”，他说。“‘顽固地专注于某件事情的行为。执拗。’”

卡米叶发动牲畜运送车，车子离开了村子。路边一块牌子告诉他们，已然进入了欧洲海拔最高的公路，另一块牌子则提醒他们多加小心。卡米叶深吸了一口气。车里散发着狗毛、羊绒油脂、汗液的臭味，但是这一令人作呕的混杂气味却让她坚强起来。

两公里后，卡车驶入梅尔康都。路况几乎就如卡米叶猜想的那样，既狭窄，又曲折，恰似山腰上镶嵌的纤细网络，如一道轻微的伤疤。牲畜运送车慢慢地滑动在这一陡坡上，在一种巨大的铁器撞击声中，在重复不断的如发卡一般的急转弯中，每每发出喘息声。卡米叶的右翼微微擦过几乎垂直的峭壁，而她的左翼，则俯瞰着临空的悬崖。她把目光从空无中拉回来，注视着公路边的海拔高度标志。到了两千米的高处，树木开始稀疏起来，马达则越来越烫，只因缺氧。由于要使劲儿，卡米叶就紧咬着牙关，同时密切监视着温度表。看不出啊，这卡车还能扛得住。很结实的，布戴伊担保过，他曾毫不费劲儿地驾驶过这牲畜运送车，从一个高山牧场，溜达到另一个高山牧场。她不应该拒绝他的帮助，来完成攀上山口的这段路程。

两千两百米了，最后那些佝偻病一般的落叶松渐渐消失，高山牧场开始显现，青草如一层地毯，覆盖在灰色的山坡上。苦涩的美，当然，但又是巨人与寂静的荒芜世界，在那里，人甚至还不如他的羊，似乎得不到保护。越来越远地，露现出一些带白铁皮屋顶的陈旧羊圈，孤零零地矗立在长满青草的山坡上。卡米叶朝夜更佬瞥去一眼。在他浅色帽子的遮阴中，他迷迷糊糊地像是在打瞌睡，跟一个守候在航船甲板上的水手一样平静。她欣赏着他。五十年期间，他能在这片空旷无际的地方生活，这让她大为惊讶，他简直就像是一只虱子，在一头猛犸象的背上跑，除了这个，就没什么别的可做了。人们总是以一种很糟糕的调子说，马萨尔没有过女人，但夜更佬也一样，从来就没有过女人，而没有人谈到过这一点。始终孤单一人在这高山上。两千六百二十二米。卡米叶缓缓地超过了两个筋疲力尽的自行车骑手，又没有人迫使他们那样的，超过他们后，先行经过最后的那一系列拐弯处，到达了山口。肌肉的疼痛几乎烧到了她的胸。

“‘顶峰’”，索里曼这时候宣布道，打破了寂静。“‘高端，最高的部分。最高点，完美，至高点。’停到顶峰上去吧，卡米叶”，他补充道。“那里有个停车场。”

卡米叶点了点头。

她把卡车停在阴影处，熄了火，垂下了胳膊，闭上了眼睛。

“‘停歇’”，索里曼对夜更佬说。“‘一项工作、一次练习中的停顿。休息，间歇。再现的暂时悬置。’下车吧，在它稍稍喘口气的当儿，我们将要吃晚餐了。”

要走出卡车，可不是一件很容易的事，索里曼伸出手来，帮助了牧羊倌一把，几乎是抱住他的身子，扶他走下了两级阶蹬。

“别把我当成一个没有用的老头子”，夜更佬干巴巴地说。

“你可不是没有用的人。你是一个很老的、很僵硬的、损坏得很厉害的家伙，假如我不帮你一把，你会把脸都磕破的。完了回头，整整一路上，我们就得把你背在肩上了。”

“滚你的蛋吧，索尔。快放开我。”

一个钟头之后，卡米叶过来找这两个露天吃晚餐的男人，只见他们坐在折叠凳上，面对面地冲着一个木头箱子。天光已经开始暗淡。她举目扫视了一番四周，山峰和松林，在远处平行地会聚到一点。没有一所茅舍，没有一个棚屋，没有一个人在这狼的领地中活动。两个自行车手这时候已经经过了山口那边的路。

“瞧”，他说，“就只有我们这几个人。”

“一共三个人”，索里曼说，递给她一个菜盘子。

“外加英格波德”，卡米叶补充了一句。

“英脱洛克”，索里曼纠正道。“意思就是一种能编织带网眼的织物的机器。”

“是的”，卡米叶说。“请原谅。”

“我们就是四个了”，夜更佬更正道。

他端端正正地坐在凳子上，伸出一条胳膊来，指着高山牧场的方向。

“我们，还有他”，他说。“他就在那边。他藏起来了，他在等待。过一个钟头，等天完全黑下来时，他就将带着他的畜生上路。他将会找肉，为了它们，也为他自己。”

“你认为，他也会吃被杀死的羊的肉吗？”索里曼问。

“当然，至少他会喝那血”，夜更佬肯定道。“我们都忘了把葡萄酒拿出来了”，他又立即补充道。“快去找一下，索尔。我带了整整一箱呢，就放在厕所的雨布后面。”

索里曼拿着一瓶不带标签的白葡萄酒走了回来。夜更佬在卡米叶的眼珠子底下滔滔不绝地介绍起它来。

“本村出品的酒”，他解释道，同时从自己的衣兜里掏出一个开瓶器，“圣维克托的白葡萄酒。无法运输的。它维持着你的生命，实在是一种奇迹。好脚，好腿，好眼睛。别的我们也就什么都不需要了。”

夜更佬把酒瓶拿到自己的嘴边。

“你可不是一个孤独的牧羊人，在这里”，索尔说着，拉住了他的胳膊。“你是有伙伴的。别像一个肮脏的醉鬼那样喝酒。从今天晚上起，我们都用杯子来喝。”

“无论如何，我是会跟人分享的”，夜更佬说。

“不是这个意思”，索里曼说。“我们都用杯子来喝。”

年轻男子给了卡米叶一个杯子，卡米叶则把它递给了夜更佬。

“当心”，夜更佬一边说，一边倒上了酒，“他是很狡猾的。”

这是一种味道令人不太习惯的葡萄酒，甜味，稍稍起泡，它在卡车里一定大大地热坏了。卡米叶实在无法判定，它究竟是能在整个路程中都让他们始终兴奋到底，还是会在三天之内就把他们杀死。她把手中的杯子伸出来，为的是让他们再给她添一杯。

“很狡猾”，夜更佬重复道，举起了一根手指头。

“我们将轮流安顿在那里”，索里曼说，用胳膊指向他们右边的一个岩石山峰。“从那里，人们看得到整座大山。卡米叶值第一班，一直到午夜十二点半，然后是我。我到五点差一刻时来叫醒你们。”

“姑娘应该去睡觉”，夜更佬说。“明天，她还要开车呢，开下整整一座山去呢。”

“这话不错”，索里曼说。

“会好的”，卡米叶说。

“我们没有枪”，夜更佬说，朝卡米叶投去记恨的一瞥。“假如我们看到他了，那我们该做什么呢？”

“他将不会从山口那条路走的”，索里曼说，“他会走岔开去的那条小路。我们所能希望的一切，就是发现他，听到他。在这种情况下，我们就将提前一个小时知道，应该什么时候在卢巴等他。”

夜更佬站起来，稳稳地扶定了他那根大棍子，折叠起那把布面凳子，把它夹在胳膊底下。

“我把这条狗留给您了，姑娘”，他对卡米叶说。“英脱洛克会保卫妇女的。”

他握了握她的手，身子笔挺，像是一个双打选手，在一场比赛后跟配对的伙伴分手，然后爬进了卡车。索里曼朝他瞥去疑问的一眼，跟上了他。

“哎”，他说，跟在他屁股后面上了车。“别脱光了睡。你想到这一点了吗？别脱光了睡。”

“在我自己的床上，我爱怎么做就怎么做，索尔。”

“你将不是在你的床上，你将是在你的床的上面，我们在这见鬼的牲畜运送车里，实在是窒息得很。”

“这又怎样？”

“怎样，她还得穿过卡车去睡觉的。她可没有义务非得看到你光着身子。”

“那你呢？”夜更佬问他，满心疑惑。

“我也一样”，索里曼高傲地说。“我会穿上点什么的。”

夜更佬叹了一口气，在床上坐下。

“假如这会让你高兴的话”，他说。“你真是一个好复杂的小子，索尔。我还真不知道你都是在哪里学来的这些习惯。”

“‘文明’”，索尔说。

夜更佬用一个动作止住了他。

“给我关上两分钟这婊子养的词典吧。”

索里曼跳下卡车。卡米叶就站在几米远处，眺望着正渐渐黯淡下来的地平线。她正好侧着脸，双手卡死在她裤子的屁股兜里。清晰的脸部线条，尖尖的下巴，长长的脖子，暗色的头发齐后脖颈剪平。他始终觉得卡米叶微妙、纯真，几乎完美。一想到自己会睡得离她那么近，他就情不自禁地心如乱麻。出发之前他本没有想到这一点。卡米叶将是司机，而索里曼甚至连一秒钟都没有想到，司机会跟他们睡在一起。但是，一旦卡车停了下来，卡米叶停止了司机的角色，变回一个女人来，就睡在离您两米远的床单上，中间只隔了一帘雨布，而那本不是什么大东西，一帘雨布。而当一个像卡米叶这样的女人就躺在离您两米远的一张床上，它可就变得巨大无比了。

卡米叶转过脑袋来。

“你知不知道，这附近有水或者类似的东西吗？”她问道。

“你想要多少就有多少”，索里曼说。“左侧五十米，就有一处水泉和一个蓄水池。在你睡觉的时候，我们已经去那里洗了洗。赶紧去吧，趁天气还没有真的凉下来。”

一想到，卡米叶会脱下这件衣服，这条牛仔裤，还有这双靴子，他就觉得小肚子一阵阵发紧。他想象着她就在那条河里洗澡，离这里只有五十米，在黑暗中是那么苍白，被裸露弄得那么纤弱。没了靴子，没了衣服，没了 T 恤衫，还没了卡车。卡米叶似乎变得那么容易受伤，一块本来保护着她的岩石假如突然移动一点点，那就会伤到她。去除了武装，因此，唾手可及。五十米，根本就算不了什么。

几乎唾手可及。一切，永远，都在这个几乎中。假如人们不顾一切地穿越这把您和那位在河里赤裸裸地洗澡的姑娘隔开的五十米距离，假如那姑娘会很高兴看到您，那么这地球上的不少问题就会变得十分简单了。但是，那是行不通的。绝不。这最后的五十米具有一种无法设想的复杂性，在起点、在终点、在中途。怎么着都不行。

卡米叶从他面前走过，一条毛巾搭在肩上。索里曼，席地而坐，把膝盖紧紧抱在胳膊中。

几乎唾手可及。最后的五十米，世上最复杂的五十米。

十九

让－巴蒂斯特·阿当斯贝格头天晚上来到了阿维尼翁，找到了一个理想的隐蔽地，就在罗讷河的另一边，那地方清静得很，可以让他自己的思想好好地颠簸一阵。无论他来到什么地方，某种决定性的本能都会帮他在几个小时内便找到幸存下去所必需的角落。当他旅行时，他从来都不担心会找不到将要落脚的地方。他知道他一定会找到的。幸存所需的这些隐蔽角落彼此全都有那么一点相像，无论它们的外表如何、气候如何、植被如何，无论是在这里、在阿维尼翁，还是在世界的另一端。关键在于找到一个相当空旷、相当荒野、相当隐匿的地方，好让他的精神世界能够不受束缚地松弛下来，但那地方同时还得相当简朴，让人不必非得特地来瞧着它，来对它说它很美。让你忍不住屏息凝神的风景，对思想而言往往会很碍事。人们不得不注意到它们，反而不敢坐在那上面而不带丝毫的分神。

整整一个白天，阿当斯贝格都用来待在了阿维尼翁的警察分局中，死缠烂打那个顽固的商人，即在盖－吕萨克街案件中被杀死的那个小子的姻亲兄弟。警长还没有最终摊牌，火候还不到。他把那小子带入到一场流畅、热忱的谈话中，它让那家伙比他所希望的还偏离得更远，就像一艘小皮艇，一拨接着一拨，不知不觉地就远离了河岸。而当那家伙放眼再瞧的时候，就已经太晚了，已经太远了，他再也不能返回岸边来了。而当讯问进展得很艰难时，阿当斯贝格常常就是这样行事的，采用这一动人的方法，只不过对此方法，他从来就不知道该怎么说才能说清楚，也不知道该如何命名，甚至当一个像丹格拉尔那样珍贵的同事向他询问其基本原理时，他也都不知道。

他不知道。他只是实施，仅此而已，因为对待某些家伙，是没有什么其他可行办法的。什么样的家伙？这个嘛，比方说，阿维尼翁的那个家伙之类的人。

眼下，那男人还是隐隐约约地意识到，警长把他带到了危险的地步，他尤其不能再迈步走了，到了危险的水中，他的脚已经探不到底了。他在反抗。他在断断续续地开溜。阿当斯贝格认定还需要十二三个小时，才能让他丧失心理平衡，从而打败他。而当他听他承认自己如何杀害年轻人时，他就将体验到每当本能与理性发生接触时都能从他心底诞生的那种简短的快乐。阿当斯贝格莞尔一笑。他经常怀疑，但在这个案子上却不。那家伙总将会呛水，那只是个时间问题。

阿当斯贝格坐在罗讷河边的草地上，就在一条沿河岸延伸开去的小路旁边，那是某种林中小空地，越过一道杨柳的树篱，就是远方的地平线。他把一段长长的树枝插入水中，用这根树枝的顶梢与水流相斗。水波遇到了障碍，先是破碎在了树枝的前面，但在之后又重新合拢，枯叶则在树枝的上面或下面流动。当然了，这个将不会整整一生地都占据他。

他给巴黎打了电话。萨布丽娜·蒙日目前还没有做出任何尝试，来探测他的庇护地。头一天没看到警长返回自己家，她就留下她的一个年轻女奴坚守岗位，并在离从地窖走的第二个出口不远的地方安置了岗哨。另一个女奴则为她们俩提供给养。但是，丹格拉尔这样告诉他说，由于阿当斯贝格今天早上还是没有露面，既没有从第一个出口，也没有从第二个出口出来，她似乎就开始有些忐忑不安了。

“她甚至焦虑到了极点”，丹格拉尔说。“我们甚至都不再知道，她如此的执着，到底是想杀死您，还是想嫁给您。”

阿当斯贝格，他，则根本就不为自己担忧。萨布丽娜·蒙日想杀死他。

他把树枝从河水中拉出，看了一眼他的怀表。在八点二十分到八点半之间。他都忘记了收听八点的新闻广播节目。

因此，他没有听到关于大狼的消息。

他把树枝扔在河堤上，稍稍隐藏在了草丛中。他兴许会很高兴明天再看到它，谁知道呢。这是一根又长又结实的树枝，用来跟河水作静静的抗争十分称手。他站起身来，随手搓了搓有些发皱的裤子，抖落沾上去的青草。他要去城里吃些东西，重新找到嘈杂、人声，兴许还有一桌子的英国人，假如运气好的话。

他摇了摇头。他稍稍感到有些遗憾，竟然错过了那头大狼。

二十

卡米叶叉腿坐在一大块平平的岩石上，大狗就躺在她的靴子上。她瞧着夜幕渐渐地包裹住梅尔康都。她的目光寻到之处，高山全都投下了影子，黑黑的、密集的、昏暗的，杳无希望。

早也好，晚也罢，都得走出大山。早也好，晚也罢，马萨尔都将得不到大山的保护。无疑。卢巴的车行的假设很有意思。但他们兴许全都弄错了。兴许马萨尔没有顺着任何一条公路走，也不会去寻找任何汽车。兴许他就将永远深深地躲藏在梅尔康都。既然卡米叶眼前展现着这一大片辽阔的领土，跟世界开创初期一般荒凉，那么，她就相信那是可能的。七十公里的岩石和几乎为原始状态的森林，但是，假如要算上所有的上坡路和下坡路，算上所有的山坡和所有的侧面，那又会多出多少公里啊？多出一百倍，多出一千倍。对马萨尔来说，这里曾经有一个巨大而又空旷的地方，他只要伸出他的利牙来，就能够汲取到水，获取到肉，还有大量的牺牲品。

但这里有过寒冷。卡米叶在衣服里缩紧了身子。现在，夜幕已然降落，气温下降到只有十度，而到清晨四点钟，还会下降到六度，夜更佬都宣布过了。而我们眼下是在六月底呢。她把胳膊伸向了那一瓶圣维克托的白葡萄酒，给自己倒了一杯底。马萨尔能不能扛得住这寒冷？整整几个月都在雪底下？没有任何栖所，只有狼皮裹身？他可以生火啊，但是一生火就会暴露目标。

因此，他会冻得够呛的。因此，早也好，晚也罢，他会走出梅尔康都高原自然公园的。但并不一定在明天，在卢巴，就像索里曼和夜更佬如此坚信的那样。他们的担保让卡米叶惊讶。他们似乎既不怀疑他们的成功，也不怀疑他们行动的质量。而在她看来，这一追踪有时候似乎有一定道理，可以自圆其说，而有时候则显得站不住脚，毫无洞见。

马萨尔兴许要等到第一股寒潮来临时，要到十月份才会走出高原。从现在起到那时，整整四个月，他们将始终宿营在这辆牲畜运送车中，留在卢巴的城门外吗？没有人说到这个，没有人提及这一围捕的不确定性。他们兴许在追捕一头装备了一个信号发射器的狼，但他们对此并不确信。卡米叶在夜色中摇了摇头，把上衣的衣领向上拉了拉，吞咽了一大口特爱上头的葡萄酒。她的心里根本就没有底，她看不到那故事会以老人与孩子所展示的方式轻松地来临。她看到了某种更为阴沉、更为混沌的东西，某种说到底更为可怕的东西，而他们，却全都在那里，手里拿着地图，要为这预定的跟踪摸索着搭上一切。

某种很危险的东西。卡米叶把望远镜架到眼睛上。在这墨一般黑的岩石山坡上，她什么都没看到。马萨尔可能就溜到了离她只有十步远的地方，带着那头狼，而她却根本就发现不了对手。狗让她略略放心了一点。如果他们逼近过来，狗是会嗅出来的，远在他猛扑上来之前。卡米叶把手指头伸进了狗的毛丛中。这是一条浑身散发出狗味的狗，当然，但是，她心里还是很感激它就那样乖乖地趴在她的靴子上。这狗到底叫什么名字来的？英伯波脱？英斯脱洛克？真奇怪，它的这一狂热习惯，非得睡在人们的鞋子上。

她摁亮了手电筒，朝手表瞥去一眼，然后又熄灭了灯光。再过一刻钟，她将叫醒索里曼。

左手搂住了狗，右手握住了酒杯，她凝视着大山，但见它笔挺地矗立。大山，它，根本就不来瞧她一眼。它高傲地不把她放在眼里。

二十一

去梅尔康都的下山路，半明半昏的拂晓时分，并不比上山的路更容易走，而且它几乎也有同样长。清晨六点钟快到却还未到的时候，卡米叶的胳膊和脊背已经疼得很厉害了，便把牲畜运送车停在了卢巴，离那位表兄弟的车行只有三十米的地方。只需要等待就行了，等待着马萨尔露面。

没有人在山上发现过他的踪影，狗在夜里也没有哼哼过一声。马萨尔肯定远远地走开了，夜更佬这样猜想。

卡米叶跳下车，去后车厢准备咖啡去了。她的眼睛有种扎刺一般的生疼感。夜更佬一定是，她觉得，在五个小时的共同睡眠期间，打了很多呼噜，但是，这倒并没有太妨碍她。无论怎么说，她睡得并不太坏，在那张旧的弹簧床上，在这充满了羊毛油脂味的卡车中。天气凉快时，那气味也就不那么冲了。这个臭气的故事一旦就此烟消云散，剩下的就只有一个见布戴伊的梦了，一个寓言，就像飞毯的那个寓言。这一夜给她留下的记忆，就是一个咄咄逼人的梦，还有卡车周围的撞击。有人在碰撞卡车。但是在这牲畜运送车中，却什么都没有动，而就在二十步开外处值夜的索里曼，则什么都没有看到。英沃特托尔也没有，不管它叫什么名字吧，反正它也没有发现什么。兴许夜更佬曾经起过夜，他偶尔会夜游。他曾经说过，某些个夜晚，他就那么站立着，站在他的羊群中，一直到天亮。卡米叶端来了满满一壶咖啡，还有三个铁杯子，以及糖。

“透过那些绵羊的‘油脂’气味，你们到底听到了什么？”她一边问道，一边又登上了驾驶舱。“那叫汗脂？还是叫脂油？”

“叫‘羊毛油脂’”，索里曼当即回答道。“‘从长有绒毛的牲畜身上分泌出来的油腻的体液。’”

“啊。谢谢”，卡米叶说。

索里曼闭上了嘴巴，恰如人们闭上了一本书。于是，这三个人，全都手拿杯子，重新把目光凝聚在了车行的白铁皮大门上。索里曼希望能有六只眼睛在监视，而不是仅仅只有两只。假如有那么一辆汽车猛地蹿出来的话，要截取基本的细节，它们可就不能算是太多了。索里曼甚至还分配了观察区域：卡米叶应该去盯驾驶者的脸，别的什么都不用管，夜更佬应该记住车型和车身的颜色，而他自己则来记车牌号码。然后，大伙儿再来把所有的情况一起汇总。

“在世界的最初阶段”，索里曼开始说，“男人长有三只眼睛。”

“就别拿你的那些破故事来烦我们了。安静一会儿吧。”夜更佬说。

“男人能看到一切”，索里曼继续说，镇定自若。“他能看得很远，看得很清楚，他能在黑夜里看到，他能看到红色以下的光彩，看到紫色以上的光彩。但他却看不透自己女人所想的东西，这一点让男人很是忧伤，有时甚至还很疯狂。于是，男人去求沼泽大地之神。一开始，大神提醒他不要那样做，但男人一再恳求，后来，神的心一软，就同意了男人的要求。从那一天起，男人就只有两只眼睛了，却能看透他女人的想法。而他在女人心中所发现的一切让他如此吃惊，以至于他不再能看清世界的其余部分了。正因如此，今天，男人们往往看不太清东西。”

卡米叶转身朝向索里曼，稍稍有些慌乱。

“这些都是他瞎编的”，夜更佬用一种带有敌意的厌烦的腔调说。“他瞎编了一些倒霉的非洲故事，来解释世界。而它们却什么都没解释清楚。”

“谁又知道到底是怎么一回事”，卡米叶说。

“什么都没解释清楚”，夜更佬重复道。“不但没解释清楚，反而还弄得更复杂了。”

“眼珠子都别离开车行的门，卡米叶”，索里曼说。“它并没有复杂化”，他补充说，转身朝向夜更佬。“这恰恰说明了，人们为什么应该分身为三，为了独独看清楚唯一一件事。是为了看得更清。”

“你以为呢”，夜更佬说。

十点钟时，没有任何汽车出现。卡米叶感到背部很酸疼，就下车在小路上自由地走了几步。到了中午十二点，夜更佬本人开始沉不住气了。

“我们错过他了”，索里曼调子阴沉地说。

“他已经过去了”，夜更佬说。“或者，他依然还在山上。”

“他可能会在山上停留好几个星期”，卡米叶说。

“不”，索里曼说。“他会动的。”

“假如他有一辆汽车，他就不必非得在夜里行路。他可以在大白天行驶。他可以在晚上五点钟从这车行中出来，就如同他完全可以等到秋天才出来。”

“不”，索里曼重复道。“他是夜里行路，白天睡觉的。不然的话，我们就会听到他的畜生叫，听到狼叫。这样就太冒险了。再说，这人真是个夜猫子。”

“那么，我们在这里等什么呢，瞧这大中午的?”卡米叶说。

索里曼耸了耸肩膀。

“希望”，他说。

“打开收音机”，卡米叶打断他说。“星期二到星期三的那一夜，他没有发动进攻，那今天夜里，他兴许就会进攻了。你找一个地方电台听听。”

索里曼拨旋着收音机的摁钮，拨了好长一段时间。声音来了又去，去了又来，电波嗞啦嗞啦的。

“这见鬼的山区”，他说。

“请尊敬大山”，夜更佬说。

“好的”，索里曼说。

他捕捉到了一个电台，静静地听了一会儿，然后调高了音量。

“这是给我们的”，他喃喃道。

……曾对前几次攻击的牺牲品做过检查的兽医，认为有充分理由可以相信，此次还是同一只动物，一头个头非同一般的狼。人们还记得，在过去的一段日子中，它曾经进攻过许多羊圈，并造成了苏珊娜·罗斯林的死亡，该女子是圣维克托杜蒙村的一位居民，当时试图舍命跟它搏斗来的。而这次，昨天夜里，恶狼再次行凶的事件发生在骑士头村，属福尔镇，上普罗旺斯的阿尔卑斯地方，羊群中有五头羊遭难，梅尔康都自然公园的保安人员一致认为，那是正在征服新领地的一头年轻的公狼，他们预计，从现在起……

卡米叶猛地伸出了胳膊，一把夺过地图。

“快指给我看，那个骑士头村在哪里”，她对索里曼说。

“在梅尔康都的另一侧，正北方。它过了高原。”

索里曼以一个大幅度的动作，把地图打开，把它摊展在卡米叶的膝盖上。

“那里”，他说，“在高山牧场上。就在红色的道路上，他画出的那条红线，离省道要后缩大约两公里。”

“他就在我们前面”，卡米叶说。“真该死，他在我们前面八公里。”

“真他妈的”，夜更佬说。

“我们怎么办?”索里曼说。

“我们撵上他的屁股”，夜更佬说。

“稍等一秒钟”，卡米叶打断他。

她皱起了眉头，又把收音机的音量调大，它还是嗞啦嗞啦地乱响。索里曼想说话，但卡米叶伸出手来。

“稍等一秒钟”，她重复道。

……没有见到他回来，就报了警。牺牲者名叫雅克一让·赛尔诺，国民教育系统的退休人员，年龄六十六岁，在拂晓时被找到，就在一条乡野小路上，离伊塞尔省的索特雷村不远，已被可怕地残害致死。凶手割开了他的喉咙。按照家人和熟人的说法，雅克一让·赛尔诺是一个性情平和的人，悲剧的原因眼下尚无法解释。一场调查已经由格勒诺布尔的检察机关展开，他们认为，种种情况表明……

“这不是给我们的”，索里曼跳下了卡车。“索特雷，那是世界尽头的一个偏僻小乡村。在格勒诺布尔的南面。”

“你是怎么知道的，好像整个国家你都了解？”

“从词典上呗”，索里曼说，站了起来，毫不费力地就摘下了挂在卡车壁板上的那辆沉重的轻便摩托车。

“在地图上指给我看”，卡米叶说。

“这里”，索里曼说，伸出了手指头。“这不是给我们的，卡米叶。我们将不为发生在这个国家中所有的谋杀案负责。那里离我们至少有一百二十公里的路程。”

“兴许吧。然而它毕竟还是在马萨尔的那条路上，而且那家伙同样被割了脖子。”

“然后呢？割断脖子，扼杀，当人们手里没有枪时，这依然是最好的办法。先别说这个赛尔诺了，不要分散精神，我们感兴趣的是那些羊。他经过的地方是骑士头。他们也许看到了他的汽车，那里。”

索里曼推着轻便摩托车走了几步，准备发动它。

“到村子的出口来接我吧”，他说，“我要去买三样东西。水、油、食品。我们将在路上吃饭了。”

“‘预见’”，他边说边扬长远去。“‘提前看到的能力。有预谋的行动。’”

一点三十分，卡米叶把牲畜运送车留在了普莱斯村的入口处，这是离骑士头的那些牧场最近的一个小村子，就在900省道边上。普莱斯村有一个老教堂，白铁皮的屋顶，有一家咖啡店和二十来栋破败的房屋，早先用石头和木板建造，后来又用混凝土块修过。全靠了居民们的资助，咖啡店依然在营业，反过来说，也正是靠了咖啡店的神奇存在，居民们得以幸存。卡米叶希望，一辆夜里停靠在路边的汽车能很幸运地被人发现。

夜更佬神情高傲地推开了咖啡店的门。自从他们越过了伯奈特的山口，而且真诚的情感不再合时宜以来，他就到达了他那个领地的边界。在作出任何可能的接触之前，他都会跟陌生人拉开距离，并有所戒备。他跟咖啡店老板打过招呼，目光扫视了一圈那昏暗的小小厅堂，只见那里有六七个人正在吃午餐。他走到一个角落里停住，面对着一个头发跟他一样白的男人，此人戴了一顶鸭舌帽，微微有些驼背，目光凝滞，一只手紧紧地握着一杯葡萄酒。

“去卡车里找一些白葡萄酒来”，夜更佬对索尔说，微微一点头。“我认识这家伙。他是米什莱，塞尼奥尔地方的羊倌，他常常转到骑士头这边来放牧。”

夜更佬庄严地摘下帽子，拉起了卡米叶的手——这是他第一次碰她的手——显得稍稍有些高傲，走向了羊倌的那张桌子。

“一个羊倌，一旦有了一只牲畜被咬断脖子”，他对卡米叶说，一直没有松开她的手，“就不再是原先的同一个人了。他将永远都不再是同一个人。他变了，对此，你根本就没有办法。它让他的内心变糟了。”

夜更佬坐在了驼背的羊倌面前，把手伸给了对方。

“五头牲畜，嗯？”他说。

米什莱朝他投来一道空洞迷茫的目光，卡米叶从这道蓝莹莹的目光中，读出了一种真正的绝望。他只是举起了他左手的五根手指头，像是为了认可一下，而这时，他的嘴唇形成了一些寂静的字词。夜更佬一只手搭在他的肩膀上。

“羊吗？”

羊倌点了点头，紧咬住嘴唇。

“惨重的打击”，夜更佬说。

索里曼这时候走了进来，把酒瓶放在桌子上。夜更佬一言不发地拿起了米什莱的酒杯，以一个坚定不移的动作，把杯里的内容从敞开的窗口倒了出去，并打开了那瓶白葡萄酒。

“你就好好地喝上两杯吧”，他说。“然后我们再聊。”

“因为你想好好聊一聊？”

“是的。”

“不是每天都能这样的。”

“不是的。不是每天都能这样的。喝吧。”

“那是圣维克托的吗？”

“是的。喝吧。”

羊倌一口气喝下两圆球杯的酒，夜更佬又给他倒上了第三杯。

“这一杯，你就慢慢喝吧”，他说。“索尔，你去给我们找些杯子来。”

米什莱以一种不以为然的目光伴随着索里曼走过去。他属于那样一类人，还实在无法理解，一个黑人怎么会掺和到普罗旺斯的乡野生活和绵羊群里来。假如情况就是这样，是所谓的轮班接替，它就应该是很特别的。但是米什莱相当小心谨慎，当着夜更佬的面会闭口不言，因为方圆五十公里范围内，人们都知道，谁要是敢批评索里曼，恐怕就会尝到夜更佬刀子的滋味。

夜更佬倒了一圈酒，把酒瓶放回到桌子上，跟他一样直挺挺的。

“你看到什么了吗？”他问道。

“就是今天早上。当我上山去牧场时，我发现它们全躺在了地上。那个肮脏的家伙甚至都没有去吃它们。只是咬断它们的脖子，仅此而已。似乎这样它就很开心了。这是一头残忍的野兽。夜更佬，十分的残忍。”

“我知道”，夜更佬说。“它咬死了苏珊娜。就是它吗？你敢保证就是它吗？”

“以我的脑袋保证。伤口就如我胳膊这么长”，羊倌说，撸起了他的袖子。

“昨天，你是几点钟从高山牧场上下来的？”

“十点钟。”

“你在村子里看见什么人了吗？一辆汽车？”

“你是说，外乡人吗？”

“是啊。”

“没有啊，夜更佬。”

“公路上什么都没有吗？”

“什么都没有。”

“你认不认识马萨尔？”

“旺斯山的那个驼背吗？”

“是啊。”

“我随处都看到过他，还有做弥撒时。他不去你们那里的教堂。他总是来参加圣约翰的迎神游行。”

“虔信的人吗？”

米什莱转移开了目光。

“在艾卡尔，你们什么都不尊重，连夏娃与亚当都不尊重。你为什么要寻找马萨尔？”

“他失踪已经有五天了。”

“这有什么关系吗？”

夜更佬点了点头。

“你是想说什么？那野兽吗？”米什莱说。

“我们不知道，的确。我们在寻找。”

米什莱咽了一口白葡萄酒，从嘴唇缝里嘘了一声。

“你没看到他来过这里吗？”夜更佬问道。

“从上个星期日的弥撒之后，就没有看到过。”

“说一说迎神游行吧。这是个虔信的人吗？”

米什莱做了个鬼脸。

“应该说，远非如此呢。迷信，简直是。虔敬，简直是。我们彼此都明白的。”

“我们彼此还不是那么明白。但我知道人们说的是什么。他们会说，能上升到他头脑中来的只会是肉。他们会说，屠宰场的那份活儿，会如此啃噬他，使得他落到如此崇拜的地步。”

“我能对你说的是，这小子最好还是去当僧侣。人们说，他从来就没有碰过一个女人。”

夜更佬又斟了一巡酒。

“我从来都没有见他错过一次弥撒”，米什莱继续道。“每个礼拜都要花十五个法郎的香烛钱。”

“香烛钱，有那么多吗？”

“大大的五支”，米什莱说着，伸出来五根手指头大大张开的一只手，就像方才提到被杀死的羊时那样。“他把这些蜡烛构成为 M 的形状，就这样”，他一边说，一边在桌子上描画出了字母，“作为‘马萨尔’、‘我的上帝’和‘慈悲’的 M①，到底是哪个，我还真的不知道，我没有问过他。我根本就不把它挂在心上。反正，是膜拜上供之类的。他在祭台周围的回廊中来回走动，步子十分复杂，一会儿向前，一会儿往后，真不知道他脑子里到底在转着什么念头，我觉得，应该是某些不太基督教的东西，这个你就相信我好了，然后，他在圣水缸里摸弄一番。没完没了的膜拜。这个我们都懂的。”

“你的意思是说，他有些疯疯癫癫的？”

“不是疯疯癫癫，但是，毕竟还是中邪了。还是中邪了。不过他这个人是很亲和的。平时连只苍蝇都没打死过。”

“但也从来没干过什么好事，嗯？”

“倒也没有”，米什莱承认道。“他从不跟任何人交谈，无论如何都不。你怎么会那么关心他到底是失踪了，还是没有呢？”

“我们才不在乎他失踪了还是没失踪呢。”

“是这样吗？那你为什么还要找他？”

“是他吃掉了你的羊。”

米什莱顿时就睁大了眼睛，而夜更佬伸出手，紧紧地抓住了他

---

① 法语中，“马萨尔”、“我的上帝”和“慈悲”分别为“Massart”、“Mon Dieu”和“Miséricorde”，都以字母“M”开头。

的胳膊。

“这事你自己知道就行了，别乱说。它只能留在我们牧羊人之间。”

“你的意思是？一头人狼？”米什莱喃喃道。

夜更佬点头示意。

“对了。你什么都没有注意到吗？”

“注意到了一点。”

“什么呢？”

“他不长毛。”

两个男人之间顿时出现了一阵沉默，这时刻，米什莱正要好好地消化一下他刚听到的消息。卡米叶叹了一口气，喝空了杯中的白葡萄酒。

“而你就跟在他后头？”

“是呀。”

“跟他们俩一起？”

“是啊。”

“我不认识这姑娘”，米什莱说，一脸冷淡的神态。

“她是一个外乡人”，夜更佬解释说。“她来自北方。”

米什莱动了动他的鸭舌帽，算是向卡米叶远远地打了个招呼。

“是她驾驶的牲口运送车”，夜更佬又补充了一句。

米什莱瞧了瞧卡米叶，然后又瞧了瞧索里曼，若有所思。他发现夜更佬身边的那两个人有点怪怪的，但他却又什么都说不上来。关于索里曼，关于苏珊娜，关于女人们，或者关于别的任何什么，从来就没有人曾对夜更佬说过什么。因为他有刀。

米什莱瞧着他重又戴上帽子，站起身来。

“谢谢”，夜更佬对他说，微微咧嘴一笑。“通知一下牧羊人。告诉他们，那头狼正向东移动，去了加普和维纳那边，然后它还将重新北上，奔向格勒诺布尔。让他们夜里都守着羊群。让他们都带上枪。”

“明白了。”

“兴许很好。”

“你对他怎么会知道得那么多？”

夜更佬根本不在意要回答什么，就走向了吧台。索里曼出了门，去水池那边打水。已经是两点钟了。卡米叶回到卡车上，坐到她的位子上，打开了收音机。

一刻钟之后，她听到索里曼在卷动卡车尾部水泵的管子，而夜更佬则在那些白葡萄酒瓶子中乱翻一气。她离开了驾驶舱，爬上了卡车，坐到了索里曼的那张床上。

“我们离开这村子”，夜更佬说，一屁股坐到了卡米叶的对面。“谁都没有见到过谁。没有马萨尔，没有汽车，没有狼。”

“一点儿也没有。”索里曼赞同道，紧接着就坐到了卡米叶的旁边。

牲口运送车里热度在增升。雨布被掀起，撩到了栅栏上，让一丝丝微风灌了进来。索里曼瞧着卡米叶的一绺绺头发飞扬在脖子上，像是气息在一呼一吸。

“真的会有一个什么玩意儿的”，索里曼说。“米什莱都说了。”

“米什莱是个土老帽儿”，夜更佬轻蔑地说。“他对年轻女子根本就没有礼貌。”

他掏出他的烟草盒，准备卷三支烟卷。他舔了好几次烟纸，粘上，给卡米叶递上一支。卡米叶把它叼在嘴唇间，心中生出对劳伦斯的一丝思念。

“他说的关于马萨尔的虔敬举止”，索里曼继续道，“关于他的香烛那件事。很有可能这个马萨尔无法摆脱教堂和香烛，尤其是当他杀了人之后。很有可能他把香烛插在了什么地方，作为赎罪。”

“你又怎么会知道那是不是他奉献的香烛?”

“米什莱说了，他是五支香烛合在一起插的，构成一个字母M。”

“你计划去路上的每一个教堂吗?”

“这会是把他死死定住的一个办法。他离这里应该还不会太远。撑死了不过十公里，十五公里的样子。”

卡米叶静静地思索着，胳膊抱住膝盖，吸着卷烟。

“我”，她说，“我认为他在很远的地方。我认为是他杀死了索特雷村的那个退休者。”

“真该死”，索里曼说，“他不是这地方唯一一个疯疯癫癫的。你又想他会对那个退休者做什么呢?”

“做他当时会对苏珊娜所做的那些个。”

“苏珊娜当时曾捅了他，于是他就把她套住了。你为什么会希望伊塞尔地方的一个退休者会去捅人狼呢?”

“他可能就那么冷不丁地撞上了它。”

“吸血鬼只杀雌性”，夜更佬嘟囔道。“马萨尔对老家伙们也应该不会感什么兴趣。根本就不会，姑娘。”

“是的。劳伦斯也曾这样说过的。”

“那样的话，就解决了”，索里曼说。“我们就去搜寻教堂。”

“我，我去索特雷”，卡米叶说，把手中的烟卷掐灭在牲口运送车那黑乎乎的地板上。

“哎”，索里曼说。“别就地这么掐啊。”

卡米叶从地上捡起烟蒂，从栅栏的缝隙中扔了出去。

“我们不去索特雷”，索里曼说。

“我们要去的，因为是我在开车。我已经听了两点钟的新闻报道，赛尔诺被人以一种特别的方式杀死，喉咙被不知道什么东西撕开了。他们说到了一条游荡的狗。他们还没有把这个跟梅尔康都的狼联系到一起。”

“这样一来，可就改变了不少东西”，夜更佬喃喃道。

“那是在几点钟?”索里曼问道，站了起来。“不会早于三个小时的。羊在这里是凌晨两点左右被杀死的，这是兽医的原话。”

“他们可并没有明确。”

“那家伙呢？他在外面做什么呢?”

“我们这就去问一下”，卡米叶说。

二十二

想要到达索特雷，卡米叶就得让牲口运送车爬山，走一个新的山口。不过，那条道路却不那么陡峭，而且更宽、更直，转弯也更缓。高山早已失去了它最后的那些普罗旺斯地质外露层，不到高十字山口之前十公里，他们就进入了一个雾气浓密的冷雾地带。索里曼和夜更佬钻入了陌生的土地中，他们怀着一种兴趣和一种敌意察看着它。由于可视性受到了限制，卡车只得慢慢地行进。夜更佬朝那些又矮又长的房屋不时瞥去高傲的目光，只见它们在昏暗的山坡上显得十分扁平。卡米叶于四点钟经过了山口，又过了大约半个钟头，到达了索特雷。

“大堆大堆的木头，大堆大堆的木头”，夜更佬喃喃道。“他们拿那么多木头都用来做什么呢?”

“几乎整整一年四季，它们都要烧火取暖”，卡米叶说。

夜更佬摇了摇头，带着一种怜悯和一种不理解。

晚上八点稍稍不到时，索特雷的咖啡店老板正要锁上店门。一条剃了毛的胖狗跑来在他脚边乱转。我们这就去吃饭啰。

“你瞧瞧，狗狗”，咖啡店老板说，“一个这样的姑娘开着一辆大卡车过来，真的是非同寻常啊。这不会带来任何好兆头的。而跟她在一起的另两个蠢货，你不觉得他们也会开汽车吗，不是吗？看到这情景，毕竟还是一种悲哀，狗狗，你说呢？这辆牲畜运送车，都已经破烂不堪了，烂得简直不可想象。居然会有一个女人睡在那里边，跟一个黑人，还有一个老头。”

咖啡店老板叹了口气，把手中的抹布挂到了碗柜上。

“嗨，你这狗”，他继续道。“你猜猜她是跟哪一个睡觉的？因为，你该总不会说，她连觉都不带睡的吧，我是不会相信的。兴许是跟那个黑人吧。她不会倒胃口的。黑人，看他瞧她的样子，就像是在瞧一个女神。他们这三个人，来这里想干什么呢，要用他们的一个个问题来烦扰人们整整一个神圣的日子吗？赛尔诺老爹，这到底跟他们有什么关系？你不知道吗？那么，我也不知道的。”

他熄灭了最后一盏灯，一边走出门，一边扣着上衣的扣子。气温下降到了十度以下。

“嗨，我说你这狗。就一个死人，人们就问了那么多问题，真的是太不自然了。”

由于天冷风大，索里曼把桌子支在了卡车里头，就卡在了两张床之间的一个箱子上。卡米叶让索里曼忙于炊事。照料摩托车、补充给养、补充水都是他的事。她把盘子递过去。

“有肉、西红柿、洋葱”，索里曼宣布道。

夜更佬打开了一瓶白葡萄酒。

“早先”，索里曼开始说，“在世界的一开始，人们是不会做饭做菜的。”

“啊，真他妈的”，夜更佬说。

“大地上的一切畜生也都是这样的。”

“是的”，夜更佬打断他说，为他倒上酒来。“亚当和夏娃在一起睡觉，然后，他们就不得不整天忙碌个不停了，整个一生都在忙着为自己弄吃的。”

“根本不是这样的”，索里曼说。“故事可不是这样的。”

“你那些故事，都是你虚构出来的。”

“这又怎样？你有没有一种办法，能做得不一样吗？”

卡米叶哆嗦了一下，去卡车后面寻找一件套头衫。天没有下雨，但雾气黏黏糊糊的，就像一件湿衣服贴在皮肉上。

“那时候，到处都有能吃的食物，触手可及”，索里曼继续道。“但是人把一切都取来给自己，而鳄鱼则对人类自私的残忍行为抱怨不已。为了弄清究竟是如何一回事，恶臭沼泽之神便化身为一条鳄鱼，亲自前往那里控制局势。在痛苦地挨了整整三天饿之后，沼泽之神便把人召来，对他说：‘人啊，从今往后，你将与别人分享。’‘一点儿都不行’，人这样回答他说。‘我根本就不在乎别人是死是活。’于是，沼泽之神愤怒地大发雷霆，剥夺了人对鲜血、生肉、新鲜肌肤的味觉兴趣。从那一天起，人就不得不忙于炊事，一切入口的东西都得煮熟了才能吃下去。这就占用了他们很多时间，而鳄鱼则在它们的生肉王国中有了和平的环境。”

“为什么不”，卡米叶说。

“就这样，人因为成了唯一得吃熟食的生灵而感到受了侮辱，就把所有要干的活都给了女人，男人则不干活。除了我，索里曼·梅尔希奥尔，因为我一直就那么善良，因为我一直就那么黑，另外，还因为我没有女人。”

“假如你愿意的话”，卡米叶说。

索里曼又陷入了沉默中，吃完了盘中的食物。

“这里的人们，实在太不爱交谈了”，他观察到。

他把他的酒杯递给夜更佬。

“那是因为他们都被雨雾浸湿了”，夜更佬说着，给他又倒了一杯。

“他们连半个字都不吐露。”

“那是因为他们本来就没什么可说的”，卡米叶说。“他们并不比我们知道得更多。他们听广播，除此之外，就什么都没有了。假如他们知道一些什么，他们肯定会说的。你难道还会认识那样一个人，他心里知道一些事情却不会说出来吗？有那么一个人吗？你哪怕只给我找出一个来，我就服了。”

“没有。”

“那么，你就明白了。他们知道的一切，他们都会说出来的。那家伙曾经是格勒诺布尔的教师，三年来，他一直住在这里，过他的退休生活。”

“他住在这里，过他的退休生活”，夜更佬重复道，若有所思。

“这是他女人的村子。”

“这说明不了什么。”

“一起全都卡得死死的了”，索里曼说。“我们傻蹲在这里，活像是一颗无花果待在它的树底下。不是吗？”

“我们可不能留在这里，卡在这一堆堆的大木头中”，夜更佬说。“我们还是继续 roade－movie 吧。我们撵定他的屁股了。”

“别说那么多傻话了！”索里曼嚷嚷起来。“这马萨尔的屁股，我们甚至都还不知道它在哪里，该死的！不知道他是不是在这里，他是不是就在前面，是不是就在后面，或者，他就在教堂里！”

“你别发火呀，我的老兄。”

“但是，至少，你得明白！你没看到我们都丢了线索了吗？我们甚至都没有了线团吗？我们根本就没有办法知道，杀死赛尔诺的人，是不是就是马萨尔，是，还是他妈的不是？假如他在那里的话，警察恐怕早就已经知道他是谁了，兴许就是他的儿子，兴许就是他妻子？那么，我们，我们在这里做什么好呢，在这卡车里？”

“我们先吃一点，喝一点”，卡米叶说。

夜更佬又给她的杯子里倒酒。

“小心”，他说。“这酒是很骗人的，很容易上头的。”

“我们一无所知！”索里曼说，有些激动。“我们一无所知，带着耐心，不屈不挠。我们花费了大量时间，却始终一无所知。即将来临的整整一个夜晚，将是我们依然一无所知中的一个漫漫长夜。”

“你安静安静吧”，夜更佬说。

索里曼犹豫了一下，然后，让自己的胳膊垂了下来，重又落在膝盖上。

“‘无知’”，他说，以一种更稳当的嗓音。“‘知识的普遍性缺乏，学问的欠缺。’”

“正是如此”，卡米叶说。

夜更佬动手卷起了烟卷，舔纸、粘上，卷好了三支烟卷。

“我们得立马启程”，他说。“我们能做的，只有去见管赛尔诺这个案子的警察。他们在哪里？”

“在威亚尔－德－朗斯。”

索里曼耸了耸肩膀。

“你兴许还以为，警察们会麻溜地把他们的卷宗转给我们吧？他们会麻溜地给我们讲述那医生说过的话吧？给我？给你？给她？”

“不会”，夜更佬说着，做了个鬼脸。“我想，他们将会麻溜地要求我们出示证件，然后就把我们一脚踢出门了事。”

他把一支烟卷递给卡米叶，另一支递给索里曼。

“我们不能够对他们说，我们是在追踪马萨尔，不是吗？”索里曼继续道。“你以为警察们会对这样一帮人做什么呢？对一个黑人，一个老头子，还有一个卡车女司机，而他们跟在一个无辜者的后面追，只为了跟他说上三句话。”

“他们会把他们关起来。”

“一点儿没错。”

索里曼又沉默无语了，吐出一大口烟。

“三个无知者”，几分钟之后他说，摇了摇头。

“这又是什么寓言？”卡米叶问道。

“一个我要虚构的寓言，它应该叫作‘三个无知者’。”

“哦，原来如此。”

索里曼站了起来，走动在卡车中，双手叉在背后。

“实际上，我们所需要的”，他继续道，“是要有一个特殊的警察。一个极其特殊的警察。一个能给我们转达所有信息，却又不让我们感到腻烦的警察，他不应该妨碍我们追在那个吸血鬼的背后。”

“你就别白日做梦，异想天开啦”，夜更佬说。

“‘异想天开’”，索里曼说。“‘虚幻的想法。无谓的想象。’”

“是的。”

“但是，假如没有了异想天开，人也就完蛋了，没有了异想天开，人也就一无是处了。”

年轻人跑去打开卡车的门，把烟蒂扔到外头。卡米叶也捡起自己的烟蒂，从栅栏之间把它扔到车外。

“我认识一个异想天开的家伙”，她说。

卡米叶开始说道，嗓音压得极低。索里曼转过身来，瞧着她。她身子前俯，胳膊肘撑在膝盖上，让酒杯在她的手指头之间晃荡。

“不”，他说。“我说的是一个警察。”

“我说的也是一个警察。”

“一个特殊的警察。认识一个特殊的警察。”

“我就认识一个特殊的警察。”

“不开玩笑吧?”

“丝毫不开玩笑。”

索里曼走回那个用作餐桌的大箱子前，把桌面清理干净，掀起了箱子盖。他跪在那里，翻腾着箱子里的东西，从中掏出一盒子小蜡烛。

“在这卡车里，我们什么都看不清楚”，他说。

他点燃一支蜡烛，让蜡油流到一个盘子里，然后又插上另外三支蜡烛。卡米叶还一直在晃动着酒杯底中的葡萄酒。

烛光让卡米叶觉得很舒服。她的身影出现在灰色的雨布上，就在索里曼那张床的头上，勾勒出鲜明的黑影。随着夜色逼近，随着新时辰的远景伸展在用作隔挡的油布的东一处西一处上，索里曼稍稍有些晃动。他坐在她对面，在夜更佬旁边。

“你认识他已经有很长时间了吗？”

卡米叶抬起眼睛，盯着年轻人。

“兴许有十年了。”

“是敌手，还是朋友？”

“朋友，我猜想是的吧。不过我并不知道。我已经有很多年没有见过他了。”

“他是怎么个特殊法？”

卡米叶耸了耸肩膀。

“与众不同”，她说。

“真的有别于其他警察吗？”

“更糟糕。真的有别于其他家伙。”

“哦，是这样啊”，索里曼说，稍稍有些窘迫。“那么，作为警察，他又如何呢？没有什么迟疑不决吧？”

“很多的迟疑不决，倒是没有太多的原则。”

“你是想说，他很腐败吗？”

“不，他一点儿都不腐败。”

“那么，他又怎么了？”

“他很特殊，我都对你说了。”

“你不要老是重复嘛”，夜更佬说。

“那他们还留着他吗，留在警察中？”

“他很有才华。”

“他叫什么来的？”

“让－巴蒂斯特·阿当斯贝格。”

“年纪老吗？”

“这又有什么关系？”夜更佬打断了他的话。

卡米叶思索了一番，扳着手指头好像在计数。

“应该有五十五岁上下了。”

“他在哪里，这个特殊的警察？”

“在巴黎，第五区警察分局。”

“警官吗？”

“警长。”

“的确？”

“的确。”

“这家伙，阿当斯贝格，他能帮我们摆脱困境吗？他很厉害吗？”

“他很有才，我对你说了。”

“你能不能给他打个电话？你知道怎样才能找到他吗？”

“我没兴趣去找他。”

索里曼凝视着卡米叶，十分惊讶。

“那么，你又为什么要对我们讲到这警察呢？”

“因为你在向我提问题嘛。”

“那你为什么不愿意找他呢？”

“因为我不愿意听到他说话。”

“啊，原来是这样。为什么不呢？他是一个混蛋吗？”

“不是。”

“那是一个傻瓜喽？”

卡米叶又一次耸了耸肩膀。她伸出一根手指头，在蜡烛的焰尖上划过来，又划过去。

“那么又是为什么？”索里曼说。“你又为什么不愿听到他呢？”

“我对你说过了。因为他很特殊。”

“你就别再重复了”，夜更佬说。

索里曼站起来，有些恼怒。

“该由她来做决定的”，夜更佬提醒道，用他手中的棍子尖碰了碰索里曼的肩。“假如她不愿见那个小子，就说明她不愿见那个小子，事情就这么简单。”

“他妈的！”索里曼叫嚷道。“可是，我们才不管他特殊不特殊呢！那苏珊娜的灵魂呢，卡米叶？”他说着，就转身朝向了她。“你倒是想没想到它呢，苏珊娜的灵魂？永远永远地卡死在那见鬼的臭洼地中了，跟那些鳄鱼待在一起！你有没有想过，她就处在一个特殊的情境中，我们可怜的苏珊娜？”

“我们对任何什么都不确信，说到那个臭洼地，它也一样不确实”，夜更佬指出。“我可不愿意对你再重复它一百遍。”

“你有没有想到，她可就指望我们了，可怜的苏珊娜？”索里曼继续道。“眼下这一刻，她应该在心里问，我们到底正在做什么呢？我们是不是把她给忘了，还是怎么的？我们是不是会一杯一杯地喝着酒，在这里瞎扯淡？”

“不，索尔，我相信不会那样的。”

“真的不吗，卡米叶？那么，你为什么会在这里呢？”

“你都想不起来了吗？是为了开车啊。”

索里曼又站了起来，抹了抹脑门。他情绪激动。他情绪十分激动，都是针对她的。兴许是因为，他十分渴望她，而他却不知道如何来走过把他跟她隔开的这见鬼的最后五十米距离。除非卡米叶做出一个手势，但她却不做任何手势。卡米叶在这辆卡车中几乎拥有所有的能力，而这太叫人疲于奔命了。诱惑的能力、驾驶的能力，另外还有跟踪的能力，假如她还愿意打电话叫那个特殊的家伙来的话。

索里曼又坐了下来，稍稍有些屈服。

“说你在这里只是为了开开车，那可不是真的。”

“可不是。”

“你在这里是为了苏珊娜，你在这里是为了劳伦斯，你在这里是为了马萨尔，为了赶在他动手消灭其他人之前先把他揪住。”

“这是有可能的”，卡米叶说，喝空了她的杯中酒。

“他兴许已经消灭了另一个人”，索里曼执意这样说。“但是，这个，我们甚至都不会知道。对一个只有我们才熟悉的吸血鬼，我们甚至都不会得到他的第一个信息。这样一个只有我们才能把他堵住的家伙。”

卡米叶站了起来。

“除非你打电话给那个警察，当然啦。”

“我要去睡觉了”，她说。“把你的手机给我。”

“你将给他打电话吗？”年轻人问道，脸上显得光亮起来。

“不，我想找一下劳伦斯。”

“但是，那个捕猎人，我们才不在乎他呢。”

“但是我不一样。”

“你还是再好好想一想吧，卡米叶。犹豫本是智者的奢侈。你想不想听一听那个不愿意犹豫的人的故事？”

“不”，夜更佬说。

“不”，卡米叶说。“睿智让我厌烦。”

“那么，你就别思考了。直接行动吧。大胆是精神强者的奢侈。”

卡米叶莞尔一笑，拥抱了一下索里曼。在夜更佬面前，她稍稍犹豫了一下，只是握了握他的手，接着就消失在了雨布后面。

“他妈的”，索里曼嘟囔道。

“真还够能抵抗的”，夜更佬解释说。

二十三

卡米叶七点钟左右自动醒来，这是紧张与矛盾的重大信号。也是这酒很能上头的信号，这是可能的。

头天晚上，她联系上了劳伦斯，能听到这个加拿大佬的声音，让她十分开心，尽管那只不过是一些嗓音的片断。电话中，劳伦斯显得比平时还更不愿多费口舌，说的几乎都是单音节的词。在那边，在梅尔康都，秃子克拉苏斯始终没能找到。他熟悉的所有其他狼几乎都在自己的领地上，但巨狼克拉苏斯却始终招呼不到。奥古斯都始终在吞噬它现有的野兔，而梅尔西埃惊讶地发现，那老狼，带着它那口完全不行了的牙齿，却总能攻击成功。“你看”，他对劳伦斯说，“你只要愿意，你就能成。”而劳伦斯则以沉默表示赞许。加拿大人焦虑不安地得知，雅克一让·赛尔诺被咬断了脖子。是的，他曾经想到了马萨尔。但他并不喜欢这样穿越崇山峻岭一路追踪的野蛮方式。他不喜欢得知卡米叶在紧紧跟踪马萨尔，隔绝在那辆卡车中，暴露在生命危险中。总而言之，他不喜欢得知卡米叶跟那两个家伙在一起，关闭在这辆臭烘烘的卡车中。无论跟什么样的家伙在一样，也无论是在什么样的卡车中，他都不喜欢。但是，假如有一个警察参与其中，那情况就相反了，他就不会有什么异议了。从一开始起，人们所愿的一切，就是能有一个警察参与进来，不是吗？那么，假如她当真就认识那么一个，她能打电话去找他，那就再好不过了，你就不用管他是特殊还是不特殊，不用管他到底能做些什么，只要他是警察就行。他将比他们三个加在一起还管用，假如他真的愿意对这人狼感兴趣的话。只要他感兴趣就行。而劳伦斯坚信，一个警察的干预，会立即宣告那个三人帮的终结，妇女、老人和少年构成的三人帮。而这也正是他最希望看到的。他也会试图明天晚上来找他们，找这辆卡车，来跟她说一说话，跟她一起睡觉，希望他们转移时她能预告他一下。

卡米叶仰卧在那里，瞧着天光在栅栏的横档之间慢慢移动，一粒粒尘埃在斜向的光线中抖动不已。在这些尘埃中，肯定会有一大堆别的东西，而不是普通元素。一些悬浮在空中的干草、羊毛油脂和羊粪的微粒，在黎明的光线中飞腾嬉戏。这肯定构成了一种很坚实的尘埃，一种罕见的混合体。卡米叶把被单向上拉起，盖住自己的下巴。这一夜，天气不算很热，在这雾气浓重的村子里，他们不得不把布戴伊准备好的花格子旅行毛毯拿出来盖。给阿当斯贝格打个电话，这能费她什么劲儿？一点儿也不，如同索里曼所说的那样。她早就不在意什么阿当斯贝格了，他消失在了记忆的活门门洞里，在那里，一切全都蒸发得干干净净，炭化得面目全非，回炉进入了新的循环系统，就像在那些能任意处理综合材料的工厂中那样，人们完全可以用一台废旧的拖拉机，来制造一把全新的藤条椅子。实际上，阿当斯贝格自己就已经回炉更新了，当然不是变成了一把藤条椅子，不，那当然不是，因为卡米叶根本就用不着这个。而是成了旅行，成了乐谱，成了 5/80 型螺丝，成了加拿大人。为什么不呢。记忆用人们给它的原材料做成了她想要的东西，这跟她有关，人们不应该伸出鼻子尖去探闻她的事情。不管怎么说，对她曾经那么爱过的雅克一让·阿当斯贝格，如今是什么都没有留下来。没有一次震颤，没有一个回声，没有一丝遗憾。当然还有一些形象，扁平的、被动的。记忆的这一能力，能冷酷无情地粉碎种种生命和情感，一时间里曾经惊呆了卡米叶。竟然花费了那么多时间，来关怀那样的一个家伙，而他最终却变成了一根 5/80 型螺丝。一想到这一点，就不禁让人想入非非。而卡米叶就曾是想入非非的梦想者。当然，她的记忆也花费了很多时间才做到所有这一切的。这曾是一份很大很大的工作，无可争辩。好几个月没完没了的压碎、磨碎、捣碎、研碎。然后，就是一个梦。然后，则什么都不再有了。没有一种惊跳，没有一次眨眼。对另外一个世界的某些回忆。

那么，给阿当斯贝格打电话到底又能做什么呢？什么都不能。除了提前来到的腻烦，除了厌倦，因为，一想到要搅动一段陌生往昔中的一片片惰性碎片，带给人的，除了厌烦还是厌烦。当人们必须原路返回家，去检查一下某种拧紧水龙头或检查煤气开关之类的玩意儿时，人们就会感受到这一厌倦。一些拐弯转折，一些浪费掉的时间，一些暂停的时间。某种无用的急转弯所带来的疲惫，拐上人们记忆中已烧焦和炭化的区域。

但是索里曼，以他显而易见的痛苦，以他有说服力的目光，以他的寓言、他的故事、他的词语定义，开始了对他的自私自利的辩护，而整整一夜中，卡米叶经历了一番犹豫，经历了智者们的那种奢侈。整整一夜中，马萨尔带着他的利齿，胖女人苏珊娜，她的黑人养子，还有她的夜更佬，全都前来纠缠她那爱赌气的糟糕意愿。

到了早上，她仿佛又置身于一条死胡同，走投无路，在犹豫的山脊线上来回摇摆不定，被同样重要的两个半边所分享，一面是她的拒绝，不愿意灰溜溜地返回艾卡尔；一面则是她那可诅咒的抵抗，不愿意打电话给那位雅克－让·阿当斯贝格。

雨布的另一边，索里曼和夜更佬已经起床了，她听得到年轻人已经摘下了轻便摩托车，肯定是前去买新鲜面包了。随后，夜更佬也穿上了衬衣和长裤。随后，一阵咖啡的香味飘来，摩托车也返回了。卡米叶赶紧穿上上衣、牛仔裤，再穿上靴子，然后就下了地——人们是不能光着脚在牲口运送车里面走的。

索里曼看到卡米叶出来，冲她微微一笑，而夜更佬也用他的棍子尖头，给她指了指一把凳子。年轻人给她的碗倒上咖啡，往里头放了两块糖，还给她切了一些面包片。

“我现在就过去处理一下”，卡米叶说。

“我们已经想过了，姑娘”，夜更佬说。

“我们还是回去吧”，索里曼宣布道。“‘返回。跟此前的运动方向正好相反的移动、挪动的行为。’一次返回并非一次失败。词典在这方面说得很明确：它没有谈到失败。”

卡米叶皱起了眉头。

“那就不能再等等了吗？”她说。“从现在起，再等上一天，或者两天，兴许将会有新的屠羊案件。那样，我们就将知道该往哪里去了。”

“那又怎样呢？”索里曼说。“我们始终会晚他一段时间的。我们就是跟在他的后头。而假如我们始终留在他后头的话，那我们就将永远都不会撞上他，不是吗？必须赶到他前头去，而要赶到他前头的话，就必须看得比他更长远，知道得比他更多。我们现在是一无所用。我们跟着他，像乌龟在爬行，但根本无法碰到他。我们还是回家吧，卡米叶。”

“什么时候?”

“今天啊，假如你感觉我们还能再次翻过那些山口的话。今晚，我们就将到达艾卡尔。”

“至少，那些畜牲会很高兴”，夜更佬喃喃道。“每当我不在跟前时，它们都吃得不对付。”

卡米叶喝完了她的咖啡，用手捋了捋头发。

“我不喜欢那样”，她说。

“就是这样的”，索里曼说。“快把你的傲慢塞进你的靴子里去吧。你知不知道那三个无知者的故事，他们竟然想看破有一百二十根树枝的大树的奥秘?”

“那假如我打电话呢?”卡米叶说。“假如我打电话给那个警察呢?”

“假如你打电话给那个警察，那就将是三个无知者和一个有才华的家伙的故事了，他们很想看破身上不长毛的男人的奥秘。”

卡米叶点了点头，沉思冥想了好几分钟。索里曼细细地咀嚼着，试图不弄出响动来，而夜更佬则挺直了身子，双手搭在膝盖上，静静地观望着卡米叶。

“我这就给那个警察打电话”，她说着，站了起来。

“是你在驾车”，索里曼说。

二十四

“现在是我在替代他的工作”，警官阿德里安·丹格拉尔重复道，这已经是他在电话中第三次重复了。“请问你要报警吗？盗窃?

威胁？侵犯？”

“是私人的事”，卡米叶解释道。“纯粹私人的事。”

她曾经为如何措辞而犹豫。说“私人的”，这让她觉得很别扭，就仿佛这个词超出了她的权利，在她并不希望的地方创造出了一种连接纽带。有一些这样的词语，一些不顺从的词语，不停地侵占着并不属于它们的土地。

“现在我在替代他的工作”，丹格拉尔用一种中性的语调说。“请明确告诉我您打电话的目的。”

“我不愿意明确告诉您我打电话的目的”，卡米叶语气平静地说。“我要跟阿当斯贝格警长通话。”

“私人的事吗，嗯？”

“这一点我已经说过了。”

“您是在第五区吗？您是从哪里打来的电话？”

“在伊塞尔省的一条公路边上，75 号国道。”

“那不是我们的管辖范围”，丹格拉尔说。“应该跟当地的宪警部门联系。”

他顺手抓过一张纸，在上面用很大的字母写下一个姓名，萨布丽娜·蒙日，然后点了点头示意了一下坐在他边上的一个同事，把纸条递给了他。接着，他用铅笔的尖头摁响了扩音器。

卡米叶想到要挂电话。机会已经提供，警官已经封锁了通道，命运发生了逆转。他们不愿意把电话转给阿当斯贝格，她也不会为了跟他通话而再去抗争什么。但是卡米叶，尽管只是稍稍进入到了一种搏斗中，依然还是一个不那么善于乖乖放弃的人，轻微的缺乏谦虚曾常常让她付出代价，充满能量的重大自卫行为往往会化为纯粹的失败。

“我想，您可能没有理解我的意思”，她耐心地说。

“很理解”，丹格拉尔说。“您是想跟阿当斯贝格警长通话。但是，人们不能够跟阿当斯贝格警长通话。”

“他不在吗？”

“无法联系到他。”

“我有很重要的事”，卡米叶说。“请您告诉我，我往哪里才能找到他。”

丹格拉尔又一次点头向他的同事示意。蒙日姑娘真是带了一种不可思议的天真，非得一条死胡同走到底。她可是真的把警察都当作了一帮子蠢货。

“无法联系到”，丹格拉尔重复道。“消失了，蒸发了。现在已经没有了阿当斯贝格警长。是我在替代他的工作。”

电话中是一阵沉默。

“死了吗？”卡米叶用一种不太明确的嗓音问道。

警官皱起了眉头。萨布丽娜·蒙日是从来不该有这样的语调的。丹格拉尔可是一个精细的男人。他并没有听出他期待能从萨布丽娜那里听到的疑虑和愤怒。跟他通话的这个姑娘只不过是不太相信，她是无拘无束的。

卡米叶等待着，心里很紧张，与其说是焦虑，还不如说是惊愕，就仿佛她听说了，永恒的芦苇最终还是折断了。根本就不可能。真有这事的话，她应该早就在报纸上读到了，她早就得知了，阿当斯贝格可是个有名的家伙啊。

“只不过是不在”，丹格拉尔纠正道，换了一种口气。“请把您的姓名和您的联系方式留给我。我会给他转达一个信息，这样，他将会回头给您打电话的。”

“这样恐怕行不通”，卡米叶说，但她的紧张情绪已经缓和下来了。“我的手机已经快没电了，而我是在公路边上。”

“请问您的姓名？”丹格拉尔坚持问道。

“卡米叶·弗雷斯蒂埃。”

警官从他的椅子上腾地站了起来，做了一个手势，示意他的同事回避一下，并关闭了扩音器。卡米叶·弗雷斯蒂埃，玛蒂尔德的女儿，玛蒂尔德女王唯一的女儿。阿当斯贝格曾经试图定位过的姑娘，偶尔地，不时地，定位于地球表面上的一点，就如同人们寻找一块云彩那样，但是后来，他就把她给忘了。丹格拉尔又抓起另一张纸，动作很有些神经质，颇有些像是一个前去钓鱼的小子，几天都没有钓到什么鱼，现在突然感觉到钓线被拉紧了。

“请讲，我正听着呢”，他说。

丹格拉尔很小心谨慎地询问了卡米叶大约有十五分钟，这才确认了对方的身份。他本人从来没有见过她，但他对她的那位母亲却相当熟悉，完全能够从很多的细节来对卡米叶作出测验，而对那些细节，萨布丽娜·蒙日是从来不会得知的，即便知道，也只会略略地知其一二。上帝啊，她的母亲有多么美啊。

卡米叶关上了电话，已经被丹格拉尔一波接一波的问题弄得头昏脑涨。阿当斯贝格得到了保护，就仿佛他的屁股后面紧跟着一个纵队的杀手。她似乎觉得，对她母亲的回忆，在粉碎这位警官的阻拦射击方面起了很大作用。她微微一笑。玛蒂尔德女王只对她一个人才是一张通行证，向来如此。阿当斯贝格目前在阿维尼翁，她已经得知了他下榻的旅馆的名称，以及他目前的电话号码。

卡米叶若有所思，长时间地在国道边上来回踱步。她在法国地图上依稀辨认出了阿维尼翁，而她觉得这个城市离她并不太远。去亲耳听到阿当斯贝格那熟悉的声音，而不是通过打电话来听，这个念头突然让她觉得更值得一试。她很怀疑这一机器，觉得它无法适应当前这整个稍稍有些微妙的情境。电话发明出来是为那种很粗的或半粗的对话的，任何情况下都不是为细节的。打电话给一个已经多年不见的家伙，一个无疑已经隐藏起来的家伙，来求他帮助，干预一个没有任何人会关心的有关人狼的扑朔迷离的事件，这似乎突然就变成了一件叫人进退两难、几乎荒谬透顶的事。与他见面反倒提供了更好的希望。

索里曼和夜更佬在卡车后头等她，保持着他们那已成习惯的姿势，年轻人坐在金属踏阶上，老羊倌笔直地站在他身边，那条狗则乖乖地趴在他脚下。

“他在阿维尼翁”，卡米叶说。“我没能联系上他。我想我们应该可以前往那里。”

“你恐怕还不知道阿维尼翁在哪里吧？”索里曼问。

“我有时还是知道的。远吗？”

索里曼查看了一下他的手表。

“我们从瓦朗斯的南口上高速公路”，他说，“然后，我们一直沿着罗讷河开。大约一点钟就能到那里。你不愿意打个电话吗？”

“见他的面更好。”

“为什么要那样？”

“很特别”，卡米叶说着，耸了耸肩膀。

夜更佬向卡米叶伸出手去，想问她要电话。

“它的电几乎已经耗空了”，卡米叶说。“得马上充电。”

“我不会耗费太长时间的”，夜更佬喃喃道，边说边走远了。

“他要给谁打电话呢？”卡米叶问索里曼。

“羊群。他要给羊群去一个小小的电话。”

卡米叶抬高了眉毛。

“那谁来接电话呢?”她问道。“一只母羊吗?莫莉塞特吗?”

索里曼摇了摇头,有些不快。

“布戴伊吧,显而易见。但是,随后……布戴伊会给他转给某只羊的。昨天他就已经这样做了。他每天都要打电话的。”

“你的意思是说,他要跟羊说话吗?”

“显而易见。别人还会有谁呢?他会对它们说,不要自寻烦恼,要好好地吃草,不要无精打采的。他尤其会跟那只头羊说话。这很正常。”

“你的意思是说,布戴伊会把电话耳机戴到那只头羊的耳朵上吗?”

“哦,他妈的,就是那样啊”,索里曼说。“不这样的话,你又想让他怎么样啊?”

“行啦行啦”,卡米叶说。“我就不来为难你了。等我自己去问他吧。”

她观察着夜更佬,只见他把电话举在耳边,在公路边上走来走去,一脸认真的神态,一边说着话,一边手舞足蹈地辅以手势。他低沉的嗓音一直回响到她的耳畔,她能抓获一些更显响亮的句子片段,例如,“好好听我对你说,我的老兄”,等等。索里曼则在一旁,追随着卡米叶的目光。

“你认为,一个警察将会对这一切感兴趣吗?”他问道,做出一个很含糊的手势,似乎一揽子地包括了四周的群山,他们三个人,还有那辆牲畜运送车。

“我在问我自己呢”,卡米叶喃喃道。“一切还没有数呢。”

“我明白”，索里曼说。

二十五

卡米叶走在罗讷河的右岸[①]，把阿维尼翁城的城墙甩在了河对岸。从下午三点钟起，她就在一轮火辣辣的烈日下，一直沿着河岸向南走去，去寻找阿当斯贝格。没有人能准确无误地告诉她，到哪里才能找到他，他既不在那家旅馆，也不在警察中心局，没错，他在警察局度过了大半夜，但下午两点左右已经离开了，他们只知道，眼下，这位警长正在河对岸一带溜达。

经过差不多一个钟头的行走，卡米叶终于发现了他，在一块狭窄而又寂静的林中空地中，四周围绕有一大片杨柳树林。她停在了二十米开外。阿当斯贝格就坐在河岸边上，两脚几乎碰到了水面。从表面来看，他什么都不干，但是对阿当斯贝格来说，坐在室外这件事本身，就构成了某种对自身的占据。说实在的，卡米叶观察得更清楚，她认定，他一定是在做着什么事。他把一根长长的树枝伸进河水中，而他的目光就一直没有离开过它的顶端，十分专注于水波的运动，只见它在那微弱的障碍面前轻轻地破碎。相当不寻常的行为，他竟然在他衬衣外面保留了一套可笑的装束，有他的手枪皮套，还有一条始终不免给人深刻印象的皮带，跟这一切形成鲜明对照的，则是他随随便便的衣着，皱巴巴的衬衣，布面已经磨损的裤子，光着的脚丫子。

卡米叶看见的是他的后侧面，几乎就是一个侧影。这几年来，

① 所谓右岸，指顺着水流方向看去的河的右岸。

他似乎没有什么大变化，而这并不让她吃惊。并不是因为时光单单就把他挑出来，饶过了他，而是因为岁月流逝的符号并不那么明显，说得简单一点，就是因为阿当斯贝格有一张太过生动的脸，这才让一切变化在他身上总是不显山不露水的。若是换了一副平整而又规则的面孔，时光的一切杂乱无序就会在那上面留下深深的痕迹。但是，自童年时代起，阿当斯贝格的脸就是那么杂乱无序。因此，在这些坎坷不平、纷乱繁杂的线条上，岁月的细微刻痕也就被普遍性的整体混乱大大地淹没了。

出于一种很简单的小心谨慎，卡米叶迫使自己去仔细地瞧这张脸，一段时间里，她曾把它摆在高于所有其他人的脸的位置上。鼻子、嘴唇，实际上，还包括其中所含的一切。鼻子很大，还相当尖，嘴唇上透着一种迷惘，轮廓明显。没有和谐，没有准则，谈不上有丝毫的简洁。至于其他嘛，一脸发褐的肤色，两个瘦瘦的脸颊，一个几乎就不存在的下巴，暗色的头发，极其普通，匆匆地向后拢去。眼睛是褐色的，很少会凝视，常常是迷茫的，深陷在两道乱糟糟的眉毛底下。在这张脸上，一切全都那么无序。它最终又是如何产生出那种怪异的诱惑力来的，卡米叶的严谨思路对此就从来没有闹明白过。兴许那是由于强度上的因素吧。阿当斯贝格的脸太过密集，太过精确，由此，可以说是缝合起来的。

卡米叶又看到了这一切，她不带任何兴趣地对此作着清点。以前，这张脸上的光芒带给她温暖和光明。今天，她带着冷漠来查看这一光亮，就仿佛她会好好地检查一下一盏灯，以证实它的正常运行状态。这张脸已经不再冲向她了，而在她的记忆中，也没有任何东西可能适合于让她做出回应。

她迈开一种平静的步伐，平静得几乎带着某种无动于衷，凑近过去。阿当斯贝格无疑听到了响动，但他依然保持着纹丝不动，始终监视着眼前在罗讷河水中逆流存在的那截树枝。当她走到离他只有十米时，她突然停下了脚步。他的目光一直就没有离开水面，却猛地伸出了举着手枪的左手，黑洞洞的枪口稳稳地对准了她。

“不许再前进一步”，他温和地说。“真的，不许再前进一步了。”

卡米叶停在那里，一动也不动，一个字都说不出来。

“你知道，我开枪远比你要快得多”，他继续说，眼睛一直就没有离开过那树枝。“你是怎么找到我的?”

“丹格拉尔”，卡米叶说。

听到这一意外的嗓音，阿当斯贝格缓缓地转过脸来，面对着她。卡米叶对这种缓慢记得十分清楚，它染有一种优雅的色彩，还带着一丝漫不经心。他瞧着她，目瞪口呆。慢慢地，他收回了手枪，把它放到左边的草地上，仿佛一副很羞愧的样子。

“请原谅”，他说。“我在等的人不是你。”

卡米叶点了点头，颇有些尴尬。

“请忘了这把枪吧”，他继续道。“有一个姑娘正千方百计地想要杀死我。”

“原来是这样”，卡米叶彬彬有礼地说。

“你请坐”，阿当斯贝格说，指了指草地。

卡米叶有些犹豫不定。

“你倒是请坐啊”，他坚持道。“你都一直来到了这里，你当然可以坐下来。”

他微微一笑。

“我杀死了那个姑娘的男朋友。我的手枪打中了他，在一次坠落中。现在，她一心只想也打我一枪，打在这里。”

他用手指头指着自己的肚子。

“正因为如此，那姑娘不知疲倦地跟踪我。她跟你正好相反，你一直在躲避我，你在逃离我，你在逃逸，你从我的手指头缝中逃走。”

卡米叶终于盘腿坐了下来，离他有四米远，任由他在一旁自说自话。她等待他的提问。阿当斯贝格的心中应该很清楚，她这样千里迢迢地来到他跟前，可不是出于欲望，而是出于某种必需。

他稍稍观察了她一小会儿。这件灰色的上衣，穿在她身上显得太大，袖子一直都覆盖了手指头，还有这条浅色的牛仔裤和这双黑色的靴子，一切都没有留下任何疑问。卡米叶的的确确就是电视上的那个姑娘，就是圣维克托杜蒙村的广场上紧靠着老梧桐树的那个姑娘。他调转了目光。

“你从我的手指头缝中逃走”，他重复道，又把他的那截树枝摁入水中。“看来，必然有一种十分可怕的紧迫性，才会让你下定决心，不远千里地来到我这里。应该是某种很重要的利害关系。”

卡米叶没有回答。

“出了什么事？”他慢吞吞地问道。

卡米叶用手抚弄着发干的草梗子，被尴尬所局限，被逃逸所诱惑。

“我需要帮助。”

阿当斯贝格把树枝从水里拉出来，换了一种姿势，正脸对着她，两腿交叉着。然后，他用认真而又精确的动作，把树枝放到他的膝盖前，就在他们两个人之间。它并不太直，他用一只手矫正了一下它的位置。阿当斯贝格的手长得十分灵巧，既结实又平衡，相对于他的个子而言，它们还算特别大。

“是不是有什么人要为难你？”他说。

“没有。”

一想到要原原本本地讲述遭杀害的羊、不长毛的男人、索里曼、恶臭的洼地、牲畜运送车，一路追踪，一路受挫……这整个长长的故事，这样的前景事先就早已让她心中直犯嘀咕，要打退堂鼓了。她寻找着最不荒唐的入口。

“那剩下的就只有绵羊遭害的事件了”，阿当斯贝格说。“梅尔康都的那头怪兽。”

卡米叶一下子抬起了眼睛，惊讶万分。

“某件十分棘手的事”，他继续道，“某种让你大伤脑筋的东西。你早早地卷了进去，却没有预先告诉其他人。当地的宪警都不知道详情。你就像自由射手那样参与其中，而眼下，你束手无策了。你想寻找一个警察来帮你摆脱困境，一个将不会打发你去见鬼的警察。厌倦至极，无奈至极，而且因为你根本就不认识任何别的警察，你就来找我了，迫不得已。而你居然找到了我。突然来上这么一下子，你都不知道你自己是如何走到这一步的。你根本就不在乎那些羊群。你所想做的，实际上，是重新出发。上路，逃逸。”

卡米叶微微地笑了一笑。阿当斯贝格总是知道其他人全都不知道的一些事。相反，也存在着相当相当多的玩意儿，所有的其他人全都知道，而只有他一个人完全不知情的。

“你是怎么知道这个的？”

“从你自己的身上啊，你的身上微微地散发出一股高山的味道，一股羊毛的味道啊。”

卡米叶低下眼睛瞧着自己的上衣，机械地揉蹭着它的袖子。

“是的”，她说。“它们留在了衣服上。”

她重又抬起了目光。

“你是怎么知道这个的?”她又重复问道。

“我在新闻节目中瞥见了你，来自那个村庄广场上的录像播出。”

“你还记得羊被杀的故事吗?”

“相当清楚。三十一只羊身上留下了巨大无比的獠牙印痕，在旺特布吕讷、在皮埃尔佛、在圣维克托杜蒙、在吉罗斯、在拉卡斯蒂伊，最后还有，在普莱斯村附近的骑士头。尤其是，有一个圣维克托的女人，像绵羊一样被咬断了脖子。因此，我猜想你一定认识那个女人。而正是这一点在推动着你，投入到这个故事中。”

卡米叶瞧着他，简直不敢相信。

“难道警察们会对这一切感兴趣吗?”她问道。

“没有一个警察会对这一切感兴趣的”，阿当斯贝格口气轻松地说。“但是我却会。”

“因为狼群吗?你祖父的狼群吗?”

“兴许吧。再说，这头巨大的野兽，这一事情突发在时间的一种蜿蜒起伏中。而在它的周围，则是整整的一片黑夜，这太让我感兴趣了。”

“什么样的黑夜?”卡米叶问道，她一点儿都没有弄明白。

“在这一事件的周围，到处。某种阴暗的东西，夜间的东西，人的目光穿不透它，但是思想却能领会它。总之，属于黑夜的。”

“还有什么别的?”

“我不知道。我在心里想过，是不是有什么人在引导这一怪兽的步伐。它杀戮很多，很野蛮，却又没有死里逃生的必要性。就像是一个发疯者，而说到底，就像是一个人那样。另外，还有苏珊娜·罗斯林。我简直难以明白，野兽居然会攻击她。除非这动物是彻底疯了，中了邪了。此外，我弄不明白的还有，为什么人们就一直没有找到它呢？太多的黑夜了。”

阿当斯贝格瞧着卡米叶，又是一阵新的沉默。那些沉默，即便很长，也从来都不会让他感到难堪。

“告诉我，你在这里头都做了些什么”，他缓缓地问道。“告诉我，有什么出了偏差。告诉我，你期待我做些什么。”

卡米叶重新又解释了一下整个故事，从它的一开头讲起，从旺特布吕讷最初遭杀害的羊讲起，搜山、马萨尔，这个有着宽阔的胸脯、弯弯的腿，却身上不长一根毛的家伙，德国种的牧羊犬、深深的牙齿印、秃子克拉苏斯的失踪、苏珊娜的被割脖子、躲在厕所中的索里曼、雕塑一般僵硬的夜更佬、马萨尔的逃亡、地图上留下的标记、毛全长在体内的人狼、曼彻斯特的屠宰场、牲畜运送车的改装、那条叫英萨克托尔或者鬼才知道叫什么别的名字的狗、索里曼的词典、构成M形状的五支蜡烛、索特雷村退休者的被杀、死胡同、挫败、苏珊娜的灵魂被死死囚住的臭洼地……

与阿当斯贝格不同，卡米叶的思维很有章法，精确无误，而且十分迅速。一切只占用了她不到十五分钟时间。

“索特雷，你说的，是吗？我没有追踪到那里。它在哪里?”

“过了高十字山口后不远，在威亚尔－德－朗斯之下。”

“你对这一谋杀都知道些什么呢?”

“一无所知。那是一位退休的教师。他在夜里被切断了喉咙，离他村子不远的地方。对那道伤口，人们什么都还不知道，但他们说到了一条游荡的大狗，一条偷跑出来的比利牛斯犬，或者谁知道什么犬种。索里曼想去一路上所有的教堂看一看，然后他又打消了念头。他说，那样做的话，我们将永远迟人家一步。”

“那后来呢？你们都做了什么呢？”

“我们想到，我们应该有一个警察。”

“那再后来呢？”

“我说我就认识一个。”

“为什么不找威亚尔－德－朗斯的警察呢？”

“没有一个警察会听取这个故事，一直耐心地听到头的。我们没有任何明确的线索。”

“我很喜欢没有明确线索的故事。”

“我正是这样想的。”

阿当斯贝格点了点头，好几分钟里一直都没有说话。卡米叶耐心地等待着。她已经把事情解释得再清楚不过了。至于做决定，那就不在她的职责范围之内了。长久以来，她早就放弃了说服别人的意愿。

“一路来找我，费了你很多事吧？”阿当斯贝格最终问她，重又抬起了脑袋。

“我该跟你说实话吗？”

“假如可能的话。”

“它让我很腻烦。”

“好了”，一阵新的沉默之后，阿当斯贝格说。“那么，是这事件让你很上心。是狼群，或者是那位苏珊娜，要不就是那个索里曼，再或者就是那个老羊倌，是吧？”

“全都有那么一点吧。”

“最近一段时间以来，你都在做什么呢？”他问道，突然改变了话题。

“我在修理热水器和上下水管道。”

“那你的音乐呢？”

“我在为一出电视连续剧作曲。”

“情节剧？历险剧？”

“爱情故事。一个田鼠家族的好一通复杂的情节呢。”

“哦，是这样啊。”

阿当斯贝格又停顿了一会儿。

“你就在那个村子里做这一切吗，在圣维克托？”

“是的。”

“你说起过的那个劳伦斯呢？梅尔康都的警卫，他检查过最初的那些伤口了吗？”

阿当斯贝格用法国腔说出了“劳伦斯”一词，他从来就不能用英语正确地念这个名字。

“他可不是什么警卫”，卡米叶说，好像是在作着辩护。“那是一个正在担任报道任务和研究任务的家伙。”

“是的。那么，说的就是那个男人，那个加拿大人。”

“说他什么呢？”

“再说点什么吧。”

“这是个加拿大人。一个正在担任报道任务和研究任务的家伙。”

“是的，你已经对我说过这些了。再说点什么吧。”

“为什么非得说点什么呢？”

“我需要好好地抓住前后上下的语境。”

“这是个加拿大人。至于他的其他情况，我还真没有什么可对你说的。”

“那不是一个体格健壮的、生来就喜爱历险的高个子家伙吗?一个很漂亮的家伙，一个很漂亮的体格健壮的家伙，有一头长长的金发的那位?”

“是的”，卡米叶，带着一种警惕。“这些你又是怎么知道的呢?”

“所有的加拿大人都是那样的，不是吗?”

“兴许吧。”

“那么，就再说点什么吧。”

卡米叶瞧着阿当斯贝格，后者则平静地观察着她，稍稍带了些许笑容。

“你想好好地抓住前后上下的语境，是吗?”她问道。

“正是。”

“比方说，你想知道，我是不是跟他睡觉了，是吗?”

“是的。比方说，我就想知道你是不是跟他睡觉了。”

“但是这跟你有关系吗?”

“没有关系。但是狼群也一样，也跟我没有关系啊。杀人犯也跟我没关系。警察也跟我没关系。任何人任何事，都跟我没关系。这根柳树枝，兴许”，他说着，拨弄着放在他们俩之间的那根细树木枝。“而我，时不时地。”

“好吧”，卡米叶说，叹了一口气。“我跟他生活在一起。”

“这么一说，我们可就明白多了”，阿当斯贝格说。

他站了起来，捡起了柳树枝，在空地上走了几步。

“你车停在哪里?”他问道。

“在拉布雷瓦尔特的停车场，就在阿维尼翁的入口处。”

“你觉得你已经准备好了，能够在今晚上驾驶卡车，一直开到索特雷吗？”

卡米叶点头示意可以。

阿当斯贝格又慢腾腾地走起来。头天夜里，清晨五点左右，盖一吕萨克街的凶手冲破了他的堤坝，解放了一股招供的浪潮。就差口授一份报告，打电话给丹格拉尔，打电话给司法警察。去一趟旅馆，打电话给格勒诺布尔的检察机关，打电话给威亚尔一德一朗斯。他认识威亚尔一德一朗斯的宪警队长。阿当斯贝格停下步子，脑子里搜索着他的姓名。蒙瓦扬，莫里斯·蒙瓦扬。一个逻辑推理能力极强的家伙。

他扳起手指头计算了一下，一直走到河岸处，捡起他的手枪，把它插进皮套中，然后穿上鞋子。

“大约在今天晚上八点三十分”，他说。“你们能等我吗？”

卡米叶点头表示同意，也跟着站了起来。

“你跟我们一起出发吗？”她问道。“一直到索特雷？”

“一直到索特雷。或者到别的地方。我应该返回巴黎，阿维尼翁这里的事我已经结束了。没有任何什么能阻止我经过一下索特雷，不是吗？那里情况怎么样？”

“雾很大。”

“好的，我们会解决的。”

“你为什么要来呢？”卡米叶问道。

“我该说实话吗？”

“假如可能的话。”

“因为我眼下更喜欢留在隐蔽状态中，要知道，那个姑娘一直想要追杀我。我在等着一份精确的情报。”

卡米叶点了点头。

“因为我对这头狼很感兴趣”，他继续道。

阿当斯贝格停顿了一下。

“还因为是你求的我。”

二十六

从晚上八点起，索里曼和夜更佬就一直守在卡车后头，静候着那位天才警察的到来。他们在拉布雷瓦尔特停车场的入口处差点儿遭到驱逐，因为这辆牲口运送车在一大片白色的帐篷和房车中间，显得是那么另类。他们便停歇在一边，好不让任何人对他们车上和身上的那股怪味发出抱怨。

索里曼利用下午的时间，已经淋了浴，刮了脸，骑着轻便摩托车去阿维尼翁转悠了一趟，给手机充了电，还带回来各种各样基本的和临时的用品。夜更佬就没有这一需要运动和行动的问题。看过十个人，就相当于看了十万个人。守在卡车前，拳头紧握住他的棍子，以一种隐约的蔑视，监视着人们的来来往往，英脱洛克就趴在他的脚下，这一切似乎就足够了，并非足以给他幸福，而是足以给他平静。而索里曼则变得越来越好奇，越来越贪婪，几乎每一小时都比前一小时更甚。阿维尼翁的熙来攘往俘获了他。对艾卡尔之外一个新地方的这一新兴趣，这一渴望逃亡的倾向，这一要骑着摩托车在白天或在黑夜中偷偷消失的愉悦，始终为夜更佬敲响着警钟。人们越是早一点儿抓获那个吸血鬼，就越能早一点儿剖开他的肚子，越能早一点让索里曼的心境平息下来，回归到羊圈中。

稍远一点儿，卡米叶坐在树荫下一把布面的凳子上，刚刚吃完了晚饭，她拿着一把汤匙，狼吞虎咽地吃完了一碗浇了橄榄油的米粥。她也在等待着阿当斯贝格，既不开心，也不厌烦。重新见到他，并不比她原本担心的更累人。而说服他，也并没有让她费上什么吹灰之力。甚至在她还没有张口谈及时，他似乎就已经准备好要参与这一恶狼伤羊的事件。他竟然赶在了她的前头，就仿佛他一直在那里等着她似的，光着脚，在罗讷河的河岸上静候她的到来。而索里曼，他，带着某种热情，窥视着警察的出现，眼珠都不错一下地盯着停车场的入口，夜更佬呢，则将始终悄悄地留守在他的岗位上。

按照原定的时间，阿当斯贝格开着一辆快到报废年头的小汽车，来找他们来了。彼此没有交换几句寒暄，只是互相握了握手，简单作了一下介绍而已。警长甚至好像都没有注意到夜更佬脸上明显的冷漠神态。社会性的装腔作势从来就不能触动他。阿当斯贝格向来就不甘屈从于种种集体性的束缚，也无视尊卑有序的原则和日常通行的礼仪，而是以他那独有的赤裸裸的方式，毫无保留的，也毫无权威性的直接方式，处理着人际关系。至于是谁在支配着谁，对他来说根本就不要紧，只要人们能让他安安静静地走他自己的路就行。

他所要求的唯一一样东西，就是马萨尔的那张公路交通地图。他把它摊开在灰尘蓬蓬的地面上，久久地研究着，神态上隐约可见一丝忧虑。在阿当斯贝格身上，一切都那么模糊，人们从来就无法保证，能在他脸上读出什么现实的反映。

“这条路线，真是好奇怪啊”，他说。“所有那些简易公路，那些叉叉道道。也实在太复杂了。”

“那家伙本来就是个复杂的人”，索里曼说。“疯子们总是很复杂的。”

“他所做的不是什么别的，他就是想磨磨蹭蹭，被人抓住。而实际上，他完全可以用一天时间穿越整个法国，离开这个国家。”

“人们始终就没抓到他”，索里曼指出。

“因为并没有人来追寻他”，阿当斯贝格说道，收起了地图。

“而我们，我们则在寻找他。”

“无疑”，阿当斯贝格说着，微微一笑。“但是，当他屁股后头有那么多警察在追赶时，他就再也不能在坑坑洼洼的公路上、在教堂里卖弄那种奢侈了，就再也不能玩他的永恒生存了。我真的不明白，他为什么就不走高速公路呢。”

“当他做修椅匠的时候，整整二十年期间，他走过了当地的所有道路”，卡米叶说。“他熟悉种种秘密道路，种种藏人的暗道，甚至还有藏羊的地方。他执意装出已经死掉的假象。而且，尤其是，他还隐藏了一头狼。”

“他夜里出来游荡”，夜更佬插嘴道，“他屠杀人和牲畜，而他白天躲起来睡觉。正因为如此，他才只行驶了那么少的路。他不能暴露自己，因为他的本能就是如此。他躲得离人们远远的，因为那就是他的本性。”

凌晨一点钟将到不到之际，牲畜运送车到达了索特雷。阿当斯贝格的车先于他们到达，他在浓雾中窥视着他们来到村口，没有丝毫的不耐烦。他任由头脑中思绪奔腾，翻滚如浪，从恶狼到地图，从牲畜运送车到索里曼，再到卡米叶。他很感激命运的偶遇，把卡米叶带到了他的路上，并让他走上了追寻巨狼的道路。但是，他对此也并没有什么大惊小怪。他觉得很自然，很合理，能重新跟踪上那头野兽，要知道，从它的第一次杀戮开始，这畜生就已经进入了他的生活之中。同样自然的是，他重又面对面地跟卡米叶在一起了。看到她突然出现在河边，他心中顿时咯噔了一下子，当然，也就仅仅只是咯噔了一下子而已。这就如同他自身的一部分，既是残次的，却又那么有效，在恒久地窥伺着她，永远都把她留在眼边的什么地方。因为，从某种程度上说，当她进入他的视野中时，他实际上早已作好了准备。

有了这样一个家伙参与历险，当然了，他很有才，显然，为什么不呢？他对此毫不反对。当然了，有了一个家伙。为什么之前没有这样的一个呢？一个漂亮的家伙，确定无疑，就他所见识过的而言。很好，好极了，伙计，好好地活你自己吧。在河边时，卡米叶一开始稍稍还有些紧张，然后，紧张就过去了。现在，她已经很平静了，无动于衷。既不十分友好，也不带什么敌意，甚至都有些不可捉摸。温和，疏远。好的。这很正常。她早就把他给抹除了。就是那样的。这也正是他曾愿意的。而这很好。这个高个子家伙也一样，为什么不呢？总该有那么一个的吧，为什么不是？只要卡米叶觉得他漂亮就行，她就配得上这个。至于卡米叶还会不会去加拿大，那可就是另外一回事啦。

看到远远地出现了牲畜运送车那庞大的形影，他就打开了他的车门，闪了两下车前灯以示招呼。大卡车嘁里喀喳地停在了路边，它的车灯熄灭了。索里曼和夜更佬熟睡在了车头。卡米叶摇醒了年轻人，跳下了公路。索里曼也紧跟着跳了下来，动作稍稍有些迟钝，并帮助夜更佬走下了车门边的踏蹬。

“他妈的，你别这样抱我呀”，夜更佬嘟囔着骂他。

“我可不愿意你摔倒，老人家”，索里曼说。

“你们就没有别的什么车，只剩下这辆牲口转送车了吗？”阿当斯贝格问卡米叶道。“用来旅行的？”

卡米叶摇了摇头。

“我已经习惯了。”

“我明白”，阿当斯贝格说。“我很喜欢这种味道。在比利牛斯地区，到处是这股味。那是羊毛上的油脂发出来的味。”

“我知道”，卡米叶说。

老羊倌在黑暗中眯缝起了眼睛，久久地打量着警察的身影。至少，这是一个对羊毛的粗脂味没有恶感的小子，唯一的一个。这家伙，带着一张棱角分明、毫无细腻可言的脸，兴许值得人们跟他好好地交谈一番。他绕着卡车转了一圈，用一种强制性的动作，招呼着阿当斯贝格。

“他在叫你过去呢”，卡米叶解释道。

阿当斯贝格走近了羊倌，后者整了整他的帽子，双手握拳抓住他的棍子。

“请听我说，我的小伙子”，夜更佬说。

“他是警长”，索里曼说。“警长。无论怎么说，他都不是你的小伙子。”

“关于马萨尔，有那么一件事”，夜更佬继续道，“那小姑娘肯定没有说到过。那是一头人狼。身上不长一根毛，您明白了吗？”

“很好。”

“一切全都在里头。当您撞上它时，不要有什么怜悯。人狼的力气很大。一个就能顶二十个人。”

“好的。”

“还有，我的小伙子。这右侧尽头还有一张床。我们就把它送您了。”

“谢谢。”

“小心”，夜更佬继续道，同时瞥了索里曼一眼。“我们跟年轻的女郎共享卡车。必须尊重她，同时，还得互相尊重。”

说完，他匆匆地点了点头，就离开了阿当斯贝格，爬上了牲口运送车。

“‘好客’”，索里曼说。“‘在接待和对待客人的方式上的好心善意，亲切友好。’”

卡米叶躺在自己的床上，因开了九个钟头的车而疲惫不堪，她听着从雨布另一侧传过来的夜更佬的呼噜声。他们已经放下了栅栏上的遮布。卡车内部几乎漆黑一团。从阿维尼翁过来的一路上，车厢内一直在升温，眼下，卡车内部的温度要比车外至少高出五度。在她边上，阿当斯贝格同样也熟睡了。或者兴许没睡着。她也听不到索里曼的动静。夜更佬的呼噜覆盖了他们的呼吸声。阿当斯贝格对自己要睡在夜更佬提供给他的这第四张床上的想法，没有表现出丝毫别扭，夜更佬的这一提供既包含了某种恩惠，也包含了某种戒备。夜更佬在这牲口转运车上稍稍扮演了神甫的角色，他的宽容或是不宽容，都成为了法律，而人们也假装乖乖听命于这一法律。阿当斯贝格立马就躺下了，并没有作什么复杂的反应。现在，他直挺挺地躺在那里，被一条宽度只有五十厘米的小道，跟她相隔开。这距离不算太长。但是，对卡米叶来说，最好还是让阿当斯贝格处在这微妙的近处，这总归要比夜更佬或索里曼紧挨在她边上要好，在她看来，这两个人自从离开艾卡尔以来，就一直相当地动摇不定。

最好还是让阿当斯贝格紧挨着她，因为，什么都没有总归要比有些什么更简单。尽管同样也会更忧伤，但毕竟更简单。只要伸出手臂去，她就能碰到他的肩。她曾经把脑袋靠在他的肩膀上熟睡过好几百个钟头，在那个肩膀上找到了一种几乎理想的遗忘。那么的理想，以至于她曾经以为，阿当斯贝格跟她是十分相配，仿佛出于魔法，根本就没什么可以反着来的。但是今天，他的在场甚至都没有让她尴尬。她当然更希望劳伦斯睡在她边上。跟那个加拿大人，情感上的风景会完全不同于当年跟阿当斯贝格在一起时曾经主导了她的那种显而易见的激情。从某种程度上说，要更简朴一些，它有时由一些普通的内心想法和细小的迟疑来撒播。但是，卡米叶已经不再对理想感兴趣了。一个狠心肠的女人，这就是她现在变成的样子。

夜更佬应该是翻了一个身，呼噜声停止了。他们很好地利用了这一暂时的缓解。在寂静中，她听到了阿当斯贝格均匀的喘气声。他也一样，没有什么故事地熟睡了。伙计，好好地活你自己吧。这就是从一切信仰中，从一切崇高中留下的所有东西：一丝永恒的气息。

卡米叶先是被这些想法弄得很觉醒，所以到很晚才入睡，只是到了九点左右才醒来。她赶紧找到自己的靴子，匆匆穿上，然后下床，来到了隔离雨布的另一边。

索里曼胳膊肘撑在床上，正捧着他的那部词典。

“他们去哪里了?”卡米叶一边问道，一边开始准备起她的咖啡来。“你给我走开，针织网眼衫”，她对那条狗说，一屁股就坐到了夜更佬的床上。

“它叫英脱洛克”，索里曼纠正她道。

“是的，请原谅。他们去哪里了？”

“夜更佬去给羊群打电话了。看起来，那只头羊昨天晚上不太舒服，一条腿发炎，肿了。心理治疗。老人家正在给它上一堂道德课呢。一只跛了腿的头羊，会让整个羊群全都走不好路的。”

“它有一个名字吧？”

“它叫乔治·格什温”，索里曼说着，做了一个鬼脸。当初，是夜更佬，他想从词典里抽取出一个词来给它当名字，但他翻开的却是专有名词的那一页。然后，要想反悔显然已经太晚了，当初怎么说的，现在就得怎么说。于是，我们就管它叫乔治了。总而言之，它有一只蹄子肿了。

“那让－巴蒂斯特呢？”

“他很早就出发，去见了索特雷的宪警，然后，他开上了他的汽车，前往威亚尔－德－朗斯的宪警那里去了。他说，检察机关把侦查任务下达给了他们，反正是诸如此类的事情吧。他说，我们就别等他吃饭了。”

阿当斯贝格大约在三点钟返回。索里曼正在一个蓝色的水盆中洗内衣，卡米叶在作曲，就安坐在她的卡车驾驶舱里，而夜更佬，则坐在那条凳子上，在那里一边哼哼着什么歌，一边抚摸着看家犬的脑袋。阿当斯贝格端详着他们，三个人都处在这稍稍有些游牧人意味的姿势中。重又回到卡车这边，让他心里十分高兴。

他从牲口运送车里拿出来那样一把皮子面的折叠凳子，那些玩意儿都已经有些生锈，摸起来颇有些刺手。他把凳子安放在卡车边上那一方剪得平平的草地的正中央。索里曼第一个赶过来跟他聚齐。他头天晚上的那种热情到现在有增无减。这个警察身上的一切，都让他感到开心，那不合常规的古怪的脸，那令人欣慰的嗓音，那慢镜头一般的动作。今天早上，他又惊讶地发现，这位警察尽管从外表上明显表现出一些颇有些温和的能力，却没有任何什么能够胜他一筹，任何人、任何命令、任何礼仪。而这一点，从另一个侧面上，让他回想起了他母亲那矿物质一般的独立精神。索里曼陪同阿当斯贝格来到他的汽车旁，久久地跟他谈着苏珊娜。

索里曼把他的那只水盆放到阿当斯贝格的脚边。夜更佬，离开他们有十步之远，中止了他一唱再唱的老歌。

“我的好小子，你倒是来说说”，他说。“到底是什么抹了赛尔诺的脖子?”

“是一条很大很大的狗，或者是一头狼”，阿当斯贝格说。

夜更佬在地面上狠狠地敲了一棍子，就像是为了标记出一记低沉的冲击声，仿佛那就是他们的聪明智慧的底气。

“我见到了蒙瓦扬”，阿当斯贝格说，“我向他打听了有关马萨尔的消息，还有梅尔康都的怪兽的消息。我认识那个警察。他很不错的，但是他太理性，这就大大地打了折扣。这故事很让他开心，但就是有点儿像是一篇诗歌。还有，这位蒙瓦扬只能忍受亚历山大体的诗歌，而且还得是四行一段的那种。而这恰恰是我们的短板：马萨尔的史诗还无法进入到一个实在太固执的头脑中。蒙瓦扬承认一头狼的假设。去年他们就接到过诸如此类的报警，那是在格勒诺布尔的南边，在艾克林高原附近。但是他不相信那会是一个人。我说了，罪行延续了很长的一段路，有过很多的牺牲者，显然不可能是一头狼能够在几天里干成的，但是他认为，一种如此的逃亡也是可能的，比方说，假设那头狼发了疯。或者，它只是简单地神经失常。他将申请来一次搜山，请求派一架直升机介入。还有别的。”

夜更佬抬起了一只手，请求他中断一下。

“你吃饭了吗，我的小子？”

“没有”，阿当斯贝格说。“我干脆都把它给忘了。”

“索尔，快去拿吃的来。把白葡萄酒也拿来。”

索里曼在阿当斯贝格身旁放了一只木条箱，并把一瓶酒递给夜更佬。除了这位夜更佬，谁都没有权利来倒圣维克托的白葡萄酒，这是人们已经给过卡米叶的一番谆谆教导，就在她爬上伯奈特山口的第二天告诉她的。

“‘帝国主义’”，索里曼一边说，一边瞧着夜更佬。“‘扩张与统治的意志，集体的或者是个体的。’”

“不成敬意”，夜更佬说。

他给阿当斯贝格倒满一杯酒，然后递给他。

“愿你腿脚好、屁股好、眼睛好”，他说。“小心，它很容易上头的。”

阿当斯贝格用一个手势表示感谢。

“赛尔诺的脑壳上有一处挫伤”，他接着说，“像是有人在割断他喉咙之前狠狠地砸了他一下。在苏珊娜·罗斯林的那个案件中是不是也记录下了类似的情况呢？”

紧接着的是一阵沉默。

“我们一无所知”，索里曼说，嗓音中透出一种战栗。“这就是说，在那个时候，人们真的相信有一头狼。还没有任何人想到马萨尔。人们没有检查过她的脑壳。”

索里曼猛一下子住了口。

“我明白了”，阿当斯贝格说。“我向蒙瓦扬坚持强调了这一点。但是照他看来，赛尔诺是在跟野兽搏斗时受伤的。这很合理。蒙瓦扬不愿意走出这一点。我至少得到了他的承诺，他要去好好检查一下尸体，寻找一下遗留的毛发。”

“马萨尔是不长毛的”，夜更佬嘟囔道。“而夜里从他身上长出来的毛，也是不会轻易脱落的。”

“我说的是野兽的毛”，阿当斯贝格明确道。“好让我们知道，那到底是一条狗，还是一头狼。”

“他们知道攻击的准确时刻吗?”索里曼问道。

“大约是在凌晨四点钟。”

“这么说来，他应该有时间穿越从骑士头到索特雷之间的距离。凌晨四点钟时，赛尔诺不待在家里，到外面来做什么?他们对此有什么想法吗?”

“这并没有向蒙瓦扬提出什么难题。赛尔诺是一个攀岩爱好者，一个爱徒步旅行的人，属于那类长距离疲劳行走的家伙，还是一个喜欢夜游的夜猫子。他有时候会在三点钟醒来，然后就不再入睡。当他心里有些烦闷时，他就会出去走走。蒙瓦扬认为，他是在他的夜游中撞上那野兽的。”

“这样说还有些道理”，卡米叶说。

“而那野兽为什么会去扑他呢?”索里曼问。

“神经失常了呗。”

“事情发生在哪里?”卡米叶又问。

“在两条土路的交叉路口，在耶稣受难十字架广场的路口。那里有一个很大的木头十字架，就矗立在一个小土丘上。尸体就倒在那十字架脚下。”

“大香烛”，索里曼喃喃道。

“好一个虔敬的人啊”，夜更佬补充道。

“这我也跟蒙瓦扬说了。”

“你跟他说起我们了？”卡米叶说。

“这可是唯一一件我并没有跟他说起的事。”

“没什么不好意思的”，夜更佬说，带着某种高傲的神态。

阿当斯贝格抬起了眼睛，望着老羊倌。

“骚扰一个人是被禁止的”，他说。“那正好要受到法律的打击。”

“我们，我们才不在乎什么法律不法律的”，索里曼说。

“我们并没有骚扰他”，夜更佬又补充了一句。“我们只是跟在他的屁股后面追，这又没有被禁止。”

“当然是被禁止的。”

阿当斯贝格把他的酒杯递给夜更佬。

“蒙瓦扬知道，我处在躲藏状态中”，他继续道，“应该没有人来念出我的姓名。他认为，我是在我的四处流亡期间捡取这些消息的。”

“你还在躲藏中啊，我的小伙子？”夜更佬问道。

阿当斯贝格点了点头。

“有一个姑娘在玩命追踪我，是你死我活的事。假如报纸宣布了我的消息，她就会在几分钟之后赶到我身边，朝我肚子狠狠地开上那么一枪。除此，她根本就没有别的想法。”

“那么你将做什么呢？”夜更佬问他。“你要杀死她吗？”

“不。”

夜更佬皱起了眉头。

“那么，怎么办？难不成你要逃亡一辈子吗？”

“我要为她制造另一个想法。我要为她准备另一条岔路。”

“好狡猾啊，这样，另一条岔路”，夜更佬说，眯缝起了眼睛。

“但那还很长远。我还缺少一样东西。”

阿当斯贝格把面包和水果慢慢收拢到木板箱里，站起身来，然后，把这一切都放回到卡车里。

“我们前往格勒诺布尔”，他宣布道。“我跟那里的警察总长有个约会，是正式的约谈。我想告诉他，我已经把马萨尔的想法灌输进了蒙瓦扬的脑瓜子里。我将试图让他把侦查纳入我们的方向上来。”

“那我们要从哪里走呢？”卡米叶站起身来问道。

“连你也不知道格勒诺布尔在哪里吗？”索里曼问她道。

“他妈的，索尔。你倒是把地图拿过来给我们看一下嘛。”

“是她在驾驶”，夜更佬说，用棍子头碰了碰索里曼的肩膀。

格勒诺布尔之前的十公里处，在高速公路岔口之后，阿当斯贝格的汽车让牲口运送车赶超到前头。卡米叶在后视镜中看到了他，就反复闪亮车灯给他送去致意。

“我们停一下”，卡米叶说。“碰上了一点点麻烦。”

“两公里后将有一个停车点”，索里曼说。

“她看到了”，夜更佬说。

卡米叶停下卡车，打开了求救信号灯，等阿当斯贝格的汽车赶上来。

“出了什么故障吗？”她问道，俯身趴在窗玻璃上看车内。

突然，她就这样离他很近，离这张脸很近很近。她脱离开车窗玻璃，向后一退。

“我刚刚听了新闻报道”，阿当斯贝格透过窗玻璃嚷嚷道，试图盖住高速公路上的一片嘈杂。“昨天夜里，在格勒诺布尔的西北处，有十四头牲口被咬断了脖子。”

“在哪里？”卡米叶也跟着大声嚷道。

阿当斯贝格摇了摇头，走出了汽车。

“十四头牲口”，他重复道，“在蒂也纳，位于格勒诺布尔的西北。始终还是在马萨尔的线路上。但是这一次，狼走出了大山。有人领着它呢，你明白吗？”

“你是想说，我们已经走出了狼的地盘了？”

阿当斯贝格表示赞同。

“没有任何一个警察将还会相信，这是一头孤狼在游荡。那野兽在奔向北方，它在沿着那条红线走，它远离了蛮荒地带。是一个人在带领着它。那肯定是一个人。我要打电话给蒙瓦扬。”

阿当斯贝格走回他的小汽车，而这时候，卡米叶则转身回去，向索里曼和夜更佬转告这个消息去了。

“蒂也纳”，卡米叶说。“快把地图拿给我。有十四头牲口遭了殃。”

“上帝啊”，夜更佬嘟囔道。

卡米叶定位了那个地点，把地图转递给夜更佬。

“那边有很大的羊圈吗？”她问道。

“那里的有钱人很多，到处都有羊圈。”

阿当斯贝格又返身朝他们走来。

“蒙瓦扬开始怀疑了”，他说。“他们在赛尔诺的尸体上没有发现任何一种动物的毛。”

在卡车车厢的深处，夜更佬嘟囔了几句谁都听不清楚的话。

“我要按预定的计划，去一下格勒诺布尔”，阿当斯贝格说。“说服警察总长应该再也不会是太难的事情了吧。”

“你将去请求他，让你正式接受这一任务吗？”卡米叶询问他。

“强龙不压地头蛇，我在当地根本就没有什么管辖权。更何况还有那个姑娘始终在威胁着我，我不想让她就那么轻易把我定位了。你，卡米叶，你就一直驶向蒂也纳。我去那里跟你们会合。”

“在哪里会合？”

“你把卡车停到村子的入口，能停哪里就哪里吧，就在省道的边上。”

“那假如我无法停车呢？”

“那么，我们不妨这样商定，假如你不在那里的话，就说明你们在别处。”

“同意。就这么说定了。”

“你们要及时到达，好去一下教堂。去那里看看，他是不是给我们留下了字条。”

“你说的是大香烛吧？”

“不妨就算是那样吧。”

“你认为，他是希望有人注意到他吗？”

“我尤其认为，他要把我们引向他希望的地方。我们应该能追上他。”

卡米叶重又登上驾驶舱。跟阿当斯贝格在一起时，就常常会那样，人们并不总能确信是不是弄明白了。

二十七

过了格勒诺布尔不久，高山突然就消失了。他们进入到一大片开阔的平原，而在阿尔卑斯山度过了半年时光之后，卡米叶现在生出了这样的感觉，四处的围垣墙垛就此倒塌，她突然间便丢失了对它们的依靠，以及它们的标记。在后视镜中，她瞧着这一保护性的堤坝渐渐远去，似乎觉得进入了一个大大敞开的世界中。这里，失去了任何形式的框架，这里，种种的威胁与行为再也无法预料，甚至连她自己的行为也都无法预料。她似乎觉得，她再也得不到任何坚固物体的支撑。一旦进入到蒂也纳，她就将打电话给加拿大人。而劳伦斯的嗓音将会让她回想起崇山峻岭的坚固围屏。

这一切为的是一片平原。她朝索里曼和夜更佬瞥去一眼。老羊倌带着一脸该诅咒的表情，注视着这一片毫无崇高可言却又无边无际的广原，它剥夺了他整整一生的支撑。

“这里真个是一马平川啊，嗯？”卡米叶说。

公路已经变了形，卡车的铁皮抖得哗啦哗啦直响，他们说话时必须提高嗓音，才能让别人听清楚。

“都快把人憋死了”，夜更佬说，嗓音很低沉。

“现在这样子，一直到北极全都不会变了吧。没办法，只得忍受。”

“我们不会一直开往那里的”，索里曼说。

“假如那吸血鬼一直要逃往那里，我们还就会一直追到那里去”，夜更佬说。

“不等他逃往那里，我们就会抓住他的。我们现在有了阿当斯贝格。”

“没有人**有**阿当斯贝格，索尔”，卡米叶说。“你不是已经明白这一点了吗？”

“是的”，索里曼用一种死气沉沉的语调说。“你是不是知道那样一个人的故事”，他又补充道，“他想把他妻子的眼睛封闭在一个小盒子里，好在他外出打猎时也时时看着它们？”

“他妈的，索尔”，夜更佬说，用拳头砸着车窗玻璃。

“我们到了”，卡米叶说。

索里曼摘下了轻便摩托车，出发前去察看教堂了。夜更佬则带着他自己的那瓶白葡萄酒，去了蒂也纳的中心咖啡店，那里震颤着某种畏惧与反抗。十四头牲畜，真是作孽啊。人们没想到在山谷中也会有狼。但是现在，一个尖尖的嗓音说道，由于梅尔康都的那些笨蛋闹着玩地任其胡作非为，它们得到了迅速繁殖，像一场瘟疫一样蔓延到了四周。很快地，狼群就会像一件血淋淋的外套那样覆盖整个地区。这就是唤醒了野性之后要付出的代价。一个更加严厉的嗓音升起来，压倒了这一嗓音。当人们没有得到消息时，他们就应该把它给关闭，那个严厉的嗓音说道。这不是一场灾难，这不是什么狼群，这只是**一只**狼。一只单一的巨狼，一头巨硕的野兽，它走向了西北方，从现在起要走三百公里。一只狼，一只唯一的狼，梅尔康都的怪兽。医生已经看过了伤口。是那头怪兽，满嘴那样的獠牙。他们刚刚在新闻报道中这样说了。但愿这傻子在开口说话前先好好地了解一下情况。夜更佬一路奔向了咖啡店。他很想知道这里的羊倌是哪一位，他是不是在深夜看到过一辆汽车停在牧场附近。只要人们见不到汽车，人们也就见不到马萨尔。而那辆见鬼的汽车，竟然还就一直都找不到。

大约五点钟左右，索里曼回来了，情绪相当激动。在一个离蒂也纳很近的小教堂里，他发现了五根燃烧过的大香烛的烛干，与其他香烛相隔有一些距离，摆放成了字母 M 的形状。礼拜堂门上的锁已经脱落，夜间再也不关门。索里曼想拿走大香烛的残干，以便获得一些有用的印迹。对于香烛来说，这样做毕竟是十分理想的。

“等着他”，卡米叶说。

她翻阅着《职业工具名录》，而索里曼则光着上身，在蓝颜色的水盆里洗着什么。夜更佬在卡车中打瞌睡。他们等着警察回来。

在寂静中，时间过去了一个钟头。

随着一阵噼噼啪啪的爆裂声，四个摩托车手突然出现在了省道上，斜向地驶向了卡车，在离索里曼只有几米的地方关上了马达。索里曼大为惊讶地看到，他们摘下了头上的头盔，一言不发，微笑地打量着他。卡米叶一动也不动。

“怎么着，黑鬼”，他们中的一人说，“要享用一个白人女子吗?”

“瞧你这一副黑爪子，你不怕会把她弄脏了吗?”另一个问道。

索里曼站了起来，两手握紧了正在洗的衣服，把它在水盆中拧干，脸上的肌肉因愤怒而微微颤抖。

“稳当点儿，猴子”，第一个人又说道，从他的摩托上下来。“我们来给你好好收拾收拾。我们来给你好好修理修理，让你好好尝一尝爱情的滋味，直到你乖乖离开。”

“而你，姑娘”，第二个人说，一个瘦瘦的棕红头发的人，他也紧接着下了摩托车，“我们来给你做一个美容。这样一来，就将只有黑人才会要你了。这将是对你的惩罚。”

那四个家伙逼近了车前的一男一女，他们黑色的皮背心底下暴露着上身白色的皮肤，手中拿着摩托车链条，手指头上则是带钉的指环。那个说话最多的人长着一头金发，身材很胖。

索里曼弓起身体，准备对付打击，还一个箭步跳到卡米叶身前，来保护她。年轻人再也没有了丝毫的晶莹清澈和天真幼稚。愤怒让他的嘴唇翻卷起来，眼睛眯成一条线，让他变得面目狰狞。

“你还有名字吧，猴子？”第一个家伙问道，摆弄着手中的链条。“我希望知道我打的到底是谁。”

“本人坐不改姓行不改名，梅尔希奥尔是也”，索里曼朝他啐了一口。

胖家伙冷笑一声，上前朝他迈了一步，而其他几个人则四下里散开，堵死了对方的逃路。

“谁若是碰一下来朝之贤士①，将必死无疑”，夜更佬的嗓音突然在黑暗中响起。

老羊倌笔挺地站立在牲口运送车后面的蹬阶上，举着一支猎枪，枪口对准了那几个摩托车手，目光中充满了仇恨，动作威武刚强。

“必死无疑”，老人重复道，放了一枪，正打在一辆黑色摩托的油箱上。“这是打野猪的子弹，我让你们都别动。”

---

① “来朝之贤士”，原文为“Roi Mage”。三贤士又称“三王”。而三王来朝是在世界上流传很广的“圣经”故事，讲的是耶稣出生后，有三位从东方来的贤人知道救世主降生，便去朝拜圣母子，献上带去的羔羊美酒等礼物。欧洲的一些国家设有“三王来朝节”。这里，黑人小伙子的名字是梅尔希奥尔(Melchior)，正好跟三贤士中的一位同名。

四个摩托车手一动也不动地待在原地，不知道该做什么好了。夜更佬抬起了下巴。

“面对着王子们，人们脱去伪装”，他说。“快把那些帽子给扔了。还有衣服。还有链条。还有指环。还有靴子。”

摩托车手们乖乖服从，把从头到脚的全副武装统统解除掉了。

“尤其是，保留着裤子”，夜更佬又说，嗓音十分干脆。“这里还有一个女人在呢。我可不愿意让她感到恶心。”

四个人面对着夜更佬，光着膀子，只穿了袜子，因受到了侮辱而一言不发。

“现在，都给我跪下”，老羊倌命令道。“就像蛆虫那样。双手放在地上，脑门触地。屁股朝下。就像鬣狗那样。就这样。这样更好。就该这样子来向王子们致意。”

夜更佬瞧着他们趴到地上，不禁冷笑起来。

“现在，都听我说，小子们”，他继续道。“我早已经过了贪睡的年龄。整个夜里，我都在严密监视。我在监视着，保证对年轻的梅尔希奥尔的致敬。这是我的那份活儿。假如你们还敢再回来，我就毫不客气地开枪，把你们一个个全都打死，就像打死一条狗那样。你，胖子，不许再乱动了”，说着，他迅速地调转了枪口。“你想要我马上就开枪吗？”

“别开枪，夜更佬”，阿当斯贝格的嗓音传来。

警长悄悄地从后面赶到，手中握着他的 357 型手枪。

“砸烂你的长枪吧”，他说。“我们可不会浪费哪怕只是一粒打野猪的子弹，去打这些寄生虫的屁股。那会耽误我们太多时间，而我们现在很紧迫。十分紧迫。卡米叶，快到我这边来，从我的衣兜里掏出手机来，给警察打电话。索里曼，快去放空油箱，扎破轮胎，砸烂车灯。这会对我们有好处的。”

卡米叶快速地移动在这七个处于战争状态的男人中间。她在索里曼脸上发现了杀人者的那种痉挛，而在夜更佬的脸上，则是一种凶残的面罩。

接下来的好几分钟时间，他们之间不再有一句话交流。只见索里曼在那里忙着愤怒地却又很有章法地破坏机械。

赶来的宪警们给那四个人戴上了手铐，把他们塞进警察局的囚车。阿当斯贝格忙活了一阵子，试图简化他的那一番证言，并拖延了起诉书的起草。在他们出发之前，他从车门上探出了脑袋。

“你”，他对第一个家伙说，“索里曼会再来找你的。而你”，他补充说，身子转向了那个棕红头发的家伙，“到时候来找你的人将会是我。我跟着你们”，他对宪警们说。

“自从什么时候起”，等警察们出发之后，卡米叶问道，这时候，索里曼趴在夜更佬的肩膀上，恢复了他的喘息，“从什么时候起，这里有了一把长枪的？”

“你怀念它吗，姑娘？”夜更佬问道。

“不”，卡米叶说，她注意到，在这一通杂乱中，夜更佬已经不知不觉地放弃了对她以“您”相称。“但是我们早就说过‘不带长枪’的。大家都同意了的。我们早说过，‘任何人都不杀任何人’。”

“我们不会杀任何人的”，夜更佬说。

卡米叶耸了耸肩膀，表示疑问。

“你为什么说‘梅尔希奥尔’？”她问索里曼道。

“为了对夜更佬表示，我是不会独自脱身的。”

“你知道他有一把长枪吗？”

“是的。”

“你自己也有一把吗？”

“我向你保证，没有。你想搜我的行李吗？”

“不。”

晚上，阿当斯贝格简述了他跟格勒诺布尔警察总长的会面情况。检察机关对杀人案件展开了一番调查。他们要寻找一个人，还有一头经过训练会杀人的野兽。阿当斯贝格给出了奥古斯特·马萨尔的体貌特征。人们将继续展开对苏珊娜·罗斯林被害案件的调查，而且是在遭到巨狼袭击的所有村镇中。

“他们为什么不发起一种指证的召唤，让证人出来指证？”索里曼问道。“为什么不在报纸上发一张马萨尔的照片？”

“不合法的”，阿当斯贝格说。“任何证据都无权公开指控马萨尔。”

“我在一个小礼拜堂中找到了他那肮脏的赎罪大香烛，离这里只有两公里。我们可以把它们当作犯罪痕迹吗？”

“人们将找不到的。”

“好的”，索里曼说，很失望。“假如连警察都展开了行动”，他继续道，“那我们还有什么用呢？”

“你看不到吗？”

“看不到。”

“我们用来相信它啊。我们今晚就出发”，他补充道，“我们可不能留在这里。”

“因为那些摩托车手吗？我可是不怕的。”

“不是。必须超越马萨尔，至少也要接近他。”

“从哪里超越？用什么超越？他是会随心所欲地停下来的。”

“我可不那么确信”，阿当斯贝格慢吞吞地说。

卡米叶抬起目光瞧着他。当阿当斯贝格用这种语气说话时，那肯定要比表面显现出来的样子重要的多。事情越是重要，他就越是说得慢吞吞的。

“并非完全那么随心所欲”，索里曼承认道。“他只是在他的那条红线上袭击，就看哪里的羊群更容易得手了。他选择他的羊圈。”

“我想说的可不是这个。”

索里曼瞧着他，什么都没有说。

“我想到了苏珊娜，想到了赛尔诺”，阿当斯贝格解释道。

“他杀死了苏珊娜，因为他害怕了”，索里曼说。“他掐死了赛尔诺，因为他撞见了他。”

“谁在路上撞见他，谁就不幸了。”夜更佬说，稍稍有那么一点说教式的。

“我可是不那么确信”，阿当斯贝格重复道。

“那么，你想去哪里呢？”卡米叶问道，眉头皱得紧紧的。

阿当斯贝格从他的口袋里拿出地图，摊开来。

“这里”，他说，“在布格－昂－布莱斯。向北大约一百二十公里。”

“但是为什么呢，该死的？”索里曼问道，摇动着脑袋。

“因为这是他打算穿越的唯一一个大镇子”，阿当斯贝格说。“假如他身边还带着一头狼，一条看家犬，那可不是一件小事。在别的地方，他处处都在避免穿越村镇，当然还有城市。假如他要从布格－昂－布莱斯那里走，那他肯定有从那里走的重要原因。”

“假设”，索里曼说。

“本能”，阿当斯贝格纠正道。

“他很顺当地经过了加普”，索里曼辩驳道。“而什么事情都没发生，在加普。”

“没有”，阿当斯贝格承认道。“而在布格－昂－布莱斯，兴许也不会发生任何什么事。但是，我们要去的就是那里。最好还是赶在他的前面，而不是落在他的后头。”

夜里，在两个半小时的路程后，卡米叶把牲口转送车停在了75号国道的边上，就在布格－昂－布莱斯的入口处。

她下得车来，走向路右边的田野，手里拿着一块面包和一杯白葡萄酒，那是夜更佬递给她的。在公路上行驶那么意想不到的长距离之后，就应该好好地喝上一口圣维克托的白葡萄酒，夜更佬曾经这样说过。他们应该会把它一直留到最后的，这是要命的，只要每天喝上它小小的一口。但是，卡米叶，因为她在驾驶大卡车，因为她开车开得腰酸胳膊疼的，所以她有权利晚上多喝上追加的一杯，既是为了在夜里好好放松一下肌肉，也是为了在第二天更好地恢复精力。卡米叶一刻都没有想过要谢绝夜更佬给她的这一良药。

她沿着田野走去，一直来到它的一处林边小空地，然后她返身折回。走出大山后就紧紧攫住了她内心的那样一种隐隐约约的不平衡感觉，那样一种威胁和开放的感觉，畏惧和自由的感觉，一直就没有离开过她。刚才，劳伦斯的嗓音让她平静下来了。听到他的声音，不禁让她回想起了圣维克托，残破村子的高高围墙，密集分布的小街小路，威武雄壮的群山，屏障一般地围绕在四周，遮蔽了本想远眺的目光。在那边，一切于她似乎都在预料之中，期待之中。但是，这里，一切似乎都显得模模糊糊，皆有可能。卡米叶嘶了嘶嘴，伸出一条胳膊，像是为了从自己身上抖落掉那一丝害怕。这是她第一次怀疑起了可能性，而这种自卫的本能反射让她觉得很不自在。她一口吞下了夜更佬给她的杯中酒。

她登上卡车，最后一个去睡，这时已经是凌晨一点钟了。她在索里曼和夜更佬之间溜过去，然后，小心翼翼地掀开了灰色的雨布，监听了一下阿当斯贝格的呼吸。她轻轻地把靴子放到地上，不弄出一点声响。静静地脱掉衣服，然后躺下。阿当斯贝格并没有睡着。他没有动弹，他没有说话，但她能感觉到他的眼睛大睁着。夜色不像头一个夜晚那么黑。假如她把目光转过去，她就会看到他的身影。但是她没有转过目光去。正是在这痉挛一般的纹丝不动之中，她终于入睡了。

几个钟头后，她被手机的铃声闹醒。借助于从栅栏那边的雨布底下渗进来的光线，她证实时间还不到早上六点。她重又半闭上了眼睛，看到阿当斯贝格不慌不忙地挺起身来，把两只光脚放到牲口车那肮脏的地面上，从他那挂在食槽架上的上衣口袋中掏出手机。他喃喃地说了几句，又挂上了电话。卡米叶等他披上衣服后，这才开口问他出了什么事。

“又是一桩新的杀人案”，他喃喃道。“真该死。这家伙，简直杀人杀红了眼。”

“谁来的电话?”卡米叶问。

“格勒诺布尔的警察。”

“案发在哪里?”

“人们早就说过的地方。这里，在布格。”

阿当斯贝格用手指头梳了梳头发，撩开雨布，走出了卡车。

二十八

他在耶稣受难十字架广场跟布格的警察聚齐了。这里位于城市的边界，几乎就是乡下，在三条次等公路的交叉口。一个石头的十字架是鲜明的标志。警察们正在一个七十岁左右的男人的尸体周围忙活着，他被撕断了脖子，一直撕裂到肩膀。

警长赫梅尔，一个跟阿当斯贝格差不多高的小个子，留着一把上翘的小胡子，戴一副眼镜，镜腿架在大大的耳朵上。他走上前来跟阿当斯贝格握手。

“有人告诉我说，您一直在追踪这一切”，他说。“很荣幸能得到您的帮助。”

赫梅尔是一个和蔼亲切的人，阿当斯贝格显而易见的同行竞争关系一点儿都不让他觉得有什么尴尬。阿当斯贝格匆匆地给了一些他所掌握的相关信息。赫梅尔倾听着，低垂着脑袋，抚摩着脸颊。

“一切都合上拍了”，他说。“除了伤口之外，尸体左侧还留下了一个相当清晰的爪子印，大小如同一个茶碟。一个兽医会过来检查这一切的。但是，今天是星期日，所有人可能都会迟到的。”

“事情发生在几点钟呢?”

“大约在凌晨两点钟。”

“是谁发现的?”

“一个刚好路过回家的守夜人。”

“我们是不是已经知道死者的身份了?”

“他叫费尔南·德吉。一个早先的高山向导。大约此前十五六年来就一直退居在布格。他的家就在这附近。我已经通知他的家人了。你们会说这是一场灾难。被一头狼给吃了。”

“他在那里做什么来的？我们是不是已经有所了解？”

“我们还没有问过他的妻子呢。她的情绪失控了。但是，那小子是个爱晚睡的人。实在没有什么可看时，他会出门去，在乡野中转上一圈。”

赫梅尔用一个绕着圆圈的动作，指了指山岭。

“你说哪里没得看？”阿当斯贝格问道。

“电视里。”

“昨天”，一个警官插嘴道，“电视里什么都没有。那是星期六晚上。不过我还是看了下去，那是我唯一一个安静的晚上。”

“他本来应该模仿你的行为”，赫梅尔说，语气中透出一种沉思的意味。“他不但没有看下去，还出门走进了大自然中。而且他遇上了他不应该遇见的人。”

“您可不可以帮我收集一下关于这家伙生活情况的尽可能多的信息？”阿当斯贝格问。

“可那又能有什么用？”赫梅尔说。“可巧他就赶上了。这完全可能让另一个人赶上的。”

“这也正是我心里想的。您能不能做一下这个，赫梅尔？收集一下您所能收集的一切信息？威亚尔－德－朗斯那边的人做了关于赛尔诺的一切。我们将需要比较一下。”

赫梅尔摇着脑袋。

“倒霉的老头在糟糕的时刻出现在了那里”，他说。“知道他是什么时候拥有的第一副滑雪板，这最终又能导致什么呢？”

“我不知道。但我还是希望有人能做一下。”

赫梅尔思索了一阵。他了解阿当斯贝格的声望。这调查在他看来似乎颇有些荒谬，但他还是会照着他要求的去做。一个同行曾对他说过，阿当斯贝格看起来常常显得很荒谬。这不，眼下，说这话的那个警察正好就跑了回来。

“如您所愿意的那样，我的老兄”，赫梅尔说。“我们会建立相关卷宗的。”

“报告警长”，跑回来的警官说，“我们在草丛中发现了这个，就在尸体边上。还是全新的呢。”

那个警官伸出手掌，递给他一个揉皱了的蓝色纸团。警长赫梅尔戴上了手套，把纸团仔细打开。

“一张纸”，他以一种略带阴郁的语调说道。“兴许是一份广告。这让您觉得如何，我的老兄？”

阿当斯贝格用手指头抓过纸团，查看起来。

“您有时候会去住旅馆吧，赫梅尔？”他问道。

“是的。”

“您瞧，在卫生间里，所有那些小小的玩意，人们会随手放进衣兜里的。”

“是的。”

“一些小香皂啦，一些小鞋油啦，一些小牙膏啦，一些用来擦手的小抹布啦。您见过这些吗？”

“是的。”

“所有那些破玩意，人们离开旅馆时会随手带走的？”

“是的。”

“那么，这就是。这是一小袋微型的抹布。它来自一家旅馆。”

赫梅尔接过那个揉皱的纸团，戴上眼镜，仔细地查看。

“‘磨坊’”，他读到。“在布格，可并没有一家叫磨坊的旅馆啊。”

“得在附近好好找一找”，阿当斯贝格说。“得赶快。”

“为什么非得赶快呢？”

“因为，如果运气好的话，我们说不定还能找到马萨尔正在睡觉的房间呢。”

“那旅馆，它是不会飞走的。”

“但是，最好能在他们打扫卫生之前赶到那里。”

“您认为这玩意是属于杀手的吗？”

“很有可能。这是人们会随意塞进衣兜的一种小玩意，只有当人们俯身俯得很低时，它才会落到地上。真的会有人来到那地方俯身吗，来到那个十字架的脚下？”

上午十点钟，人们在贡布找到了一家叫**磨坊旅馆**的旅店，那里离布格有差不多六十公里。一辆汽车龙卷风似地从警察分局赶了过去，带上了赫梅尔、阿当斯贝格、那位警官，以及两个技术人员。

“好一番深思熟虑”，阿当斯贝格解释道。“他在他那条路线上杀人，但躲藏得很靠后。我们在公路上寻找他却总是找不到他。而他实际上到处都在。”

“假如真的是他就好了”，赫梅尔说。

“就是他”，阿当斯贝格说。

十一点稍稍不到时，他们的车子停靠在了**磨坊旅馆**门前，一家具有一定舒适程度的两星旅馆。

“双重的深思熟虑”，阿当斯贝格说，仔细地端详了一番街面。“他想象，警察们会在一些破败的小旅店中寻找他，他想得没错。因此，他就住宿在相当小资化的宾馆里。”

守在前台的年轻女郎几乎不能为他们帮上什么忙。头一天，有一个男子打电话来预订过房间，她没有看到他进来。人们通常会把大门的密码告诉住宿的客人。她是早上六点钟起开始接班的，他一大早就出去了，差不多在六点半左右。不，她并没有看到他，她当时在整理餐桌，准备早餐。他把钥匙放到柜台上了。不，他还没有在登记簿上登记，也没有付账。他预告他将住三个晚上。不，她没有看到他的汽车，也没有看到任何别的什么。不，他并没有带狗。一个男人，仅此而已。

“您不会再看见他了”，赫梅尔说。

“是哪个房间？”阿当斯贝格问道。

“24 号，在三楼。”

“打扫了没有？”

“还没有。我们总是从二楼开始打扫的。”

他们在房间里忙活了两个钟头。

“他擦掉了一切”，查痕迹的那家伙说。“这是个很谨慎的人，一个十分精细的人。他去掉了枕头上的枕套，他还带走了洗涤用的毛巾。”

“你尽可能地做到极致，朱诺”，赫梅尔命令道。

“是”，朱诺回答道。“他们自以为比别的人都更狡猾，但他们总是会留下蛛丝马迹的。”

他的同行从卫生间里叫他。

“他在窗前剪过指甲”，他说。

“因为那指甲底下有血迹”，赫梅尔说。

“两片指甲掉在窗户的槽道边上了。”

那家伙伸出他的镊子，深入窗户的槽口，夹出那些指甲，然后把它们装到小塑料袋里。朱诺找到了一根又细又黑的头发，几乎已经被淋浴的虹吸洞道吞走了。

“他没有好好地检查一切”，他说。“他们总是会留下蛛丝马迹的。”

回到布格的警察分局后，还需要等上两个钟头，才能从比奇隆的宪警队那边得到消息，说是人们已经从马萨尔的家中提取了人体样本，他们还把采集到的样品送往了里昂的实验室，以期能比较出个结果来。

“他们在寻找什么？”比奇隆队副问道。

“一些头发和指甲”，赫梅尔说。“你们能够收集起来的所有指甲。还要采集指纹，那也是有用的。”

“我们采集了我们能找到的一切”，队副说。“我们拿这份钱，可不是为了给你们制造那个怎么说的证据的”。

“我正是这样听到他说的”，赫梅尔平静地说。“采集你们能找到的一切。”

“马萨尔死了。个体消失在了旺斯山中。”

“这里有人不太相信这一点。”

“一个很魁梧高大的家伙吗？运动员一般的人吗？金色的头发，又长又飘的？”

赫梅尔察看着阿当斯贝格。

“不”，他说。“根本不是。”

“我对您重复一遍，警长。马萨尔已经坠落在了那个怎么说的山上的什么地方了。”

“或许吧。但是最好还是仔细核实一下，不是吗，这样更好，无论是对您，还是对我。我需要尽快得到那些样本。”

“今天是星期日，警长。”

“这意思就是说，今天下午，你们还有足够的时间去马萨尔家作仔细搜索，从今天晚上起，把采集到的人体样本送交到里昂。这里有人死了，而凶手却在四处流窜。您听到我的话了吗，我的队副？”

过了不久，赫梅尔挂上了电话，做了个鬼脸。

“那些小子中有一个，竭尽所能地冻结了民事案件。我希望他能让人作一次正确的搜索。”

“是他在一开始就堵死了这件事”，阿当斯贝格说。

“我无法允许我自己派我的人过来。那样会点燃导火索的。”

“您在尼斯的检察机关认识什么人吗？”

“我有认识的人，我的老兄。但两年以来他就不再在那里了。”

“还是试一试吧。有您的那么一个人在那里，我们就会感觉更自在一些。”

阿当斯贝格站起来，抓住了他这位同行的手。

“随时告诉我新消息，赫梅尔。分析结果，还有卷宗。尤其是卷宗。”

“卷宗，我知道的。”

“至于那个总跟在我屁股后面追杀的女杀手，请通知您的人马，堵住她。别忘了。”

“她很危险吗？”

“很危险。”

“我就不再随时叮嘱您了。当心您自己，我的老兄。”

第二天是个星期一，早上，几乎所有的报纸都在头版头条报道了人狼的消息。索里曼满头大汗地从城里返回，把他的轻便摩托车往路边一靠，就把刚刚买到的新鲜面包还有一大摞报纸一股脑儿地倒到了木头箱子上。

“一切全都在这婊子养的报纸中了!”他嚷嚷道。“一切！一场灾难！一番史诗般的逃逸！婊子养的警察，婊子养的报纸！人狼，羊，牺牲品，一切都包括在内了！甚至连地图！路线图！就只剩下马萨尔的名字还没有被提到！都完了！都完蛋了！马萨尔一读到这一切，就会匆匆地逃走！他逃脱了我们，真他妈的该死！真应该检查一下边境，封锁一下路段。好愚蠢的警察！我的母亲，她说得有理！这帮愚蠢的警察!”

“你平静一下，索里曼”，阿当斯贝格说。“好好喝你的咖啡吧。”

“你们还不明白吗?”年轻人嚷嚷起来。“人们给他设下的可不再是一张网了，而是一张红地毯，好让他能够从容飞走。”

“你平静平静吧”，阿当斯贝格重复道。“把这些打开看一看吧。”

阿当斯贝格翻开报纸，把其中的一份递给了卡米叶，一份给了夜更佬。他迟疑了一下，然后再把另一份放在了英脱洛克的爪子上。

“给你，狗狗，读一读这个。”

“难道现在是开玩笑的时候吗?”索里曼问道，一脸坏样儿，眯缝起了眼睛。“难道现在是开玩笑的时候吗？马萨尔都快要逃走了，我的母亲将永远都要卡死在这发臭的洼地中了!”

“我们什么都无法确信，尤其是对肮脏发臭的洼地”，夜更佬说。

“哦，他妈的，老家伙！”索里曼嚷嚷道。“你也一样，什么都没有明白吗？”

夜更佬举起他的棍子，轻轻地捅了捅索里曼的肩膀。

“闭嘴，索尔”，他说。“放尊重一点。”

索里曼不说话了，叹了一口气，重又坐下，稍稍有些漫不经心，胳膊晃里晃荡的。夜更佬为他倒了一杯咖啡。

卡米叶翻看着报纸，浏览着大标题。**一头人狼奔向了巴黎——变狼妄想者的回归——由一个恶魔引导着的梅尔康都怪兽——化身为狼之人的疯狂流窜。**

它们中的好些揭示了由马萨尔所描画的那条红颜色线路的细节，还配置有一幅地图。一些星号标记着前几次屠杀的地点。**那野兽从梅尔康都出来已经有九天了，在扫荡了阿尔卑斯滨海省、阿尔卑斯上普罗旺斯省、伊塞尔省和安省之后，在那里造成了最后的牺牲者之后，它现在奔向了正北方。这野兽由一个患了变狼妄想症的嗜血成性的心理疾病者带领着，将沿着太阳高速公路的西侧走上三十公里，一直要走到肖蒙那一带，然后斜向地西插，途经奥布河畔巴尔和普洛文，最终走向首都。人们猜想，那人是在分阶段地前进，每阶段的距离分别从六十公里到二百公里不等，而且他是夜行昼歇，伴随有一头狼和一条德国看家犬，兴许还会开上一辆窗玻璃全都封死的货车。至今为止，他已经蓄意杀死了三个人，另外还掐死了四十多只羊。为此，我们建议所有的牧羊人，务必对此做好充分准备，采取适当措施来保护羊群，或者放出牧羊犬警戒，或是给围栏的铁丝网通电。另外还特别警告所有人，上述省份中居住在出事地点附近或临近地区的居民，无论男女，夜幕降临之后请尽量避免外出，如需外出，尽可能结伴而行。任何愿意提供有关消息、愿**

意帮助警方开展调查的人，请与离家最近的宪警队或警察部门联系为盼。

卡米叶放下了报纸，心中万分纠结。

“逃逸来自警察”，她说。“他们在召唤着媒体。索里曼没有弄错。假如马萨尔还有一点点常理，他就将在人们来不及透露消息之前消失得干干净净。”

“警察们以为做得很对”，夜更佬说。“他们更愿意警告人民大众，以避免出现新的牺牲。给马萨尔布下一个圈套，就是在展现种种的生活可能性。人们能够明白。”

“一点儿也不”，索里曼说。“这是一种愚蠢透顶的做法。我真想抓住那个松手放开了这一切的人，真是有毛病。”

“是我”，阿当斯贝格说。

卡车里出现了一种死一般沉重的寂静。阿当斯贝格俯身朝向看家犬，把被它的獠牙撕碎的报纸从它嘴里往外掏。

“英脱洛克真的很喜欢这个”，他微笑道。“你们应该为这条狗感到骄傲。狗们，他们有很灵的嗅觉。”

“我无法相信这个”，索里曼说。“我无法相信这个。”

“你就让人们相信它好了”，阿当斯贝格慢吞吞地说。

“别让人重复了”，夜更佬说。“既然他都这么对你说了。”

“我昨天给法新社打了电话”，阿当斯贝格说，“我对他们讲述了我所愿意讲的那一切。”

“法新社是什么东西？”夜更佬问道。

“就是对记者们来说的某种巨大的头羊”，索里曼解释道。“所有的报纸全都跟随着说法新社说过的话。”

“好吧”，夜更佬说。“我很希望能明白。”

“但是线路呢?”卡米叶说，很紧张。“你为什么要给他们提供线路呢?”

“恰恰就是这个。我愿意给他们的，尤其就是这条线路。”

“为了让马萨尔能够逃走吗?”索里曼问。“是这样吗? 就是这样，一个毫无原则的警察。”

“他将不会逃走的。”

“为什么会那样?”

“因为他还没有结束他的活儿。”

“什么活儿?”

“他的活儿。他那份杀手的活儿。”

“他的活儿，他将到别的地方去干!”索里曼又嚷嚷道，并站起身来。“去亚马孙河流域，去帕塔哥尼亚平原，去赫布里底群岛!那些地方遍地都是羊群!”

“我说的可不是什么羊群，我说的是人。”

“他将去别的地方杀他们。”

“不，他的活儿，就在这里。”

又是一阵新的沉默。

“我们实在是不明白”，卡米叶说，概括了一个总体的印象。“你到底是知道这些事情，还是仅仅猜想到它们而已?”

“我什么都不知道”，阿当斯贝格说。“我想亲眼看一下。我早已经说过，马萨尔的线路很精确，很复杂。现在，既然他的道路早就众所周知了，既然我们大家都在追寻他，他就完全有理由来改变一下。”

“他将会改变的!”索里曼说。“他现在就正在改变!”

“或者不改变”，阿当斯贝格说。“这是故事的关键点。一切全都建立在这一基础上。他将偏离既定的线路吗？或者，他将按既定方针办？一切全在于此。”

“那假如他坚持既定方针呢？”

“那就将会改变一切。”

索里曼噘了噘嘴，表示不理解。

“假如他坚持既定方针”，阿当斯贝格解释道，“那就意味着他别无选择。那就是说他必须沿着这条道路一直走下去，那就是说他无法不那样做，他只能走这条路，不论那条路多么危险。”

“这是为什么呢？”索里曼说。“发疯了？中邪了？”

“必然如此，精心计算过了。在这种情况下，根本就不是碰运气的事。赛尔诺的死不是偶然的，德吉的死也不是偶然的。”

索里曼摇晃着脑袋，不愿意相信。

“我们就这样东游西窜地跟踪下去吗？”

“当然”，阿当斯贝格说。“不这样，我们又能哪样呢？”

二十九

随着上午的新闻消息传来，对梅尔康都国家自然公园的警卫们的压力一下子就松了好多。人们立即就颁布决定，放松对两群狼的追踪。

劳伦斯开上他的摩托，一路狂奔去追卡米叶。他已经有几天几夜没见她的面了。他想念她的一切。她的话语，她的脸，她的身体。他度过了一段精疲力竭的时光，他现在需要她。卡米叶让他走出沉默，走出隔绝。

加拿大人颇有些烦恼。人们始终就没有给他的签证以任何的期限延长。在梅尔康都的任务早已完成，他根本就看不到有任何办法，可以让他的逗留突破原本的期限。再过差不多两个月，到 8 月 22 日，他就该走了。人们在灰熊群中等着他。他也好，卡米叶也好，谁都没有讨论过这一期限，讨论过他们应该怎么办。劳伦斯很难想象，若是没有了她，自己还能不能继续自己的生活。今天夜里，假如他可能的话，假如他胆敢的话，他就将请求她来温哥华生活。臭牛屎。女人们都给他印象深刻。

下午很晚时，阿当斯贝格接到了赫梅尔的一个电话。

“还是同一根头发的事，我的老兄”，赫梅尔说。“同样的厚度，同样的色泽，同样的侧影，同样的因果之链。很明确。假如不是他，那就是他的兄弟。至于指甲的问题，还得等待一下，人们只是刚刚在他棚屋的床周围发现了一些。比奇隆的那个蠢货早先只是搜查了一下卫生间。而一个小子躺在床上时，完全有可能闲来无事啃咬自己的指甲玩，然后把它们呸地吐到地上，不是吗，嗯？今天早上，我又派去了一个手下人，让他好好地再搜索一遍房间，为我们采集来十根手指头上的指甲，少一根都不成。假如您听人说起警察战争中的一种二茬收获[①]，您就会知道那是为什么。不管怎么说，那是您的马萨尔，几乎肯定无疑。您知道他们在实验室里是怎么样的。根本没有办法从他们那里挖出一个重大的肯定。等一等，这还没有完结呢，我的老兄。在旅馆窗框中捡取的指甲底下，的确还发现了血滴的成分。那是费尔南·德吉的血，这一点没有疑问。因此，可以认定，住旅馆的那家伙，真的让他的野兽扑咬了德吉。在

① “二茬收获”，原文为“regain”，指刈割后再生的草。

这方面，人们作了您所要求的追寻，但是人们在尸体上并没有找到哪怕是一根狼毛。当然，有一些狗毛，但是，那是来自他的那条英国种长毛猎犬。我们研究了这位德吉，人们卷走了所能卷走的一切。我预先警告你们一下吧，你们就别指望还能开心下去了。高山向导，高山向导，我的老兄。也就停止在这里啦。他在格勒诺布尔度过了几乎一生，退休之后来到了布格，因为格勒诺布尔不再是别的，只是一个充满了漏出来的燃气的盆，到处都在泄漏。迄今为止，没有过不端品行，没有过花边新闻，也没有过公开的情妇。我联系上了蒙瓦扬，在威亚尔－德－朗斯。他那方面，对雅克－让·赛尔诺卷宗的研究也有了进展。没有过不端品行，没有过花边新闻，也没有过公开的情妇。赛尔诺曾在格勒诺布尔教了三十二年的数学。格勒诺布尔，这就是他们俩的共同点了，但是，作为一个点来说，它不免也太大了。哦，对了，还有，他们俩都是体育运动爱好者。在这个城市里，爱好体育的人有很多。那里的山上满是步行的人，他们会在石子路上连续走上好几个钟头。您是了解这个的，我的老兄，您来自比利牛斯地区，人们对我说过的。没有任何迹象表明，这两个人曾经碰过面。更不用说，他们根本就没有可能认识那位苏珊娜·罗斯林。在这方面我依然追踪了一番，假如需要的话，我会把您要的一切传真给您的。”

阿当斯贝格挂上电话，回到卡车这边。索里曼已经平静下来，拿出了他的蓝色水盆，卡米叶在驾驶舱里作曲，让车门大开着，而夜更佬则坐在蹬阶旁边，吹着口哨。他在那条狗的肚子上捉虱子，捉到后就放在大拇指和食指的指甲上，使劲儿一挤，啪地挤死。在牲口运送车周围，生活在照常展现。每个人的领地都组织划分得井然有序。卡米叶占据着前哨，索里曼在中间，而夜更佬留守在尾部。

阿当斯贝格一直来到前头。

“头发是马萨尔的”，他对卡米叶说。

索里曼、夜更佬和卡米叶团团围住了警长，沉默无语，表情严峻，几乎有些呆滞。他们自始至终都知道，那就是马萨尔，但眼下的这一确认还是在他们心中投下了某种恐惧。这是一种明显的区别，恰如想到有一把刀跟看到是一把刀之间的差别。精确度和现实性的一种激增，一种截然分明的确证。

“我们要在卡车中点燃一支蜡烛”，阿当斯贝格说，打破了寂静。“夜更佬去守着它，别让火焰熄灭了。”

“你这是怎么啦？”卡米叶说。“你认为这样能帮你什么吗？”

“这会帮助我们知道，它会燃上多长时间。”

阿当斯贝格跑去他车子的后备箱里翻找了一阵，拿着一根长长的大蜡烛回来，粘在一个茶碟上。他把这个蜡烛台端进卡车里面，然后点燃了。

“好啦”，他说，带着满意的神态后退几步。

“我们为什么要做这个？”索里曼问。

“因为我们没有什么更好的做法，你和我，我们将静静地行驶上省道，一路上将遍访所有的教堂。假如马萨尔在杀死德吉之后还有一种愿意赎罪的良心发现，我们就会有一个机会，来定位他的行进路线。必须弄清楚，他是不是一直在这条道路上，或者他是不是已经改变了线路。”

“明白”，索里曼说。

“卡米叶，假如我们找到了他的踪迹，你就开上卡车来跟我们会合。”

“这是不可能的。今晚上我没有准备好行驶。”

“因为那大蜡烛吗？”索里曼说。“夜更佬会把它捧在膝盖上的。”

“不”，卡米叶说。“我会留在布格，劳伦斯今晚上要来。”

一阵简短的沉默。

“啊，原来如此”，阿当斯贝格说。“劳伦斯今天晚上要来。好的。”

“这个捕猎手满可以在更靠北的地方与我们会合嘛”，索里曼说。“这又能费他什么事呢？”

卡米叶摇了摇脑袋。

“他就在路上了，我无法再赶去跟他会合了。我跟他定好了在布格取齐，我就留在布格。”

阿当斯贝格点了点头。

“好的”，他说。“你就留在布格吧。这很正常，这很好。”

阿当斯贝格和索里曼遍访了十九个教堂，然后在布格－昂－布莱斯以北大约九十公里的地方，在圣彼得－德－色尼斯，一个乡村小教堂中，发现了与别的香烛拉开了距离的五根蜡烛，大致上摆放成字母 M 的形状。

“是他”，索里曼说。“跟在蒂也纳一模一样。”

阿当斯贝格拿取了一根新的蜡烛，凑在另一根的焰尖上点燃，也把它插在托盘上。

“你在做什么呢?”索里曼问，很是诧异。“你在做祈祷吗?”

“我在对比。”

“同样。假如你点上一根蜡烛，就该做一个祷告。应该为这根蜡烛付钱。不然，人们的愿望就得不到满足。”

“你信教吗，索尔?”

“我很迷信。”

“啊，这个，还真累人哪。”

“很累人。”

阿当斯贝格低下脑袋，察看着蜡烛。

“它们燃烧到了第一个三分之一处。人们可以把它们跟卡车中的那一根比较，但是大约四个钟头之前，马萨尔无疑还在这里。就是说，今天下午的三点钟到四点钟之间。这地方很闭塞。他一定潜入到了教堂中。”

他闭嘴不说了，微笑着端详着蜡烛。

“这到底又能帮我们做什么呢?”索里曼问。“他现在已经走远了。我们知道得很清楚，他点过蜡烛。”

“你还是没有明白吗，索尔?这座教堂就在他的线路上。这就意味着，他并没有偏离方向，他在贴着他的道路走。这就意味着，一切都没有出乎意外。假如他从那里走，那就是说他必须如此。他现在就不会再偏离了。”

在离开教堂出发之前，阿当斯贝格往一个篮筐中投了三个法郎。

“我清楚地知道，你许了一个愿”，索里曼说。

“我只是付了蜡烛的钱。”

“你撒谎。你许了一个愿。我从你的眼睛中看了出来。”

阿当斯贝格把汽车停在离牲畜运送车只有二十来米的地方。他慢慢地紧住了手刹。他也好，索里曼也好，谁都没下车，夜更佬已经点燃了一堆火，用他那包了铁皮的棍子头拨弄着。在他身边，是一个高大的漂亮家伙，身穿白色T恤衫，目光朝向着火焰，金色的头发披散到了肩膀上，一条胳膊搂定了卡米叶的肩膀。阿当斯贝格一动不动地瞧了他很长一段时间。

“这就是那位捕猎手”，索里曼终于解释说。

“我看到了。”

两个男人都闭着嘴，又是一阵沉默。

“这就是跟卡米叶生活在一起的那家伙”，索里曼接着说，就仿佛他在向他自己作进一步解释，好让自己也确信无疑。“这就是她选择的家伙。”

“我看到了。”

“很漂亮，很壮实，目光中没有寒冷。很有想法”，索里曼补充道，指着自己的脑门。“我们不能说卡米叶选错了人。”

“不能。”

“我们不能指责她选择了这样一个家伙，而不是另外一个家伙，不是吗？”

“不能。”

“卡米叶是自由的。她完全可以选择她自己愿意的人。最能让她喜欢的人。假如就是这一位，那么，嗯，那就是她的选择，不是吗？”

“是的。”

“总而言之，是她做的决定。而不是我们。也不是其他人。就是她。我看不出在这一问题上我们有什么可说的，不是吗？”

“没有。”

“她可是并没有选错人，总而言之。嗯？反正我看不出来，人们为什么还要参与什么意见？”

“不，我们没有什么要参与意见的。”

“不，一秒钟都不要参与。”

“实际上，这跟我们几乎没有一丁点儿的关系。”

“确实，没有关系。”

“没有”，阿当斯贝格重复道。

“那么，我们做什么好呢？”在又一阵子沉默之后，索里曼问道。“我们下车吗？”

夜更佬在火堆上安了一个烤架，在上面漫不经心地放了两条排骨肉和一些番茄。

“你从哪里弄来的烤肉架？”索里曼问他。

“这是烤鸡用的烤架。布戴伊留在卡车里的。高温，它给一切都消了毒。”

夜更佬瞧着烤肉，然后，在某种相当的寂静中，分着烤好的肉。

“蜡烛怎么样了？”卡米叶问。

“在圣彼得－德－色尼斯教堂有五支”，阿当斯贝格说。“他应该是在三点钟左右点燃它们的。他在贴着公路走。必须要做的，是今天晚上起就得走，卡米叶。现在既然劳伦斯都在这里了，我们就可以转移了。”

“你想前往圣彼得吗？”

“他早已经不在那里了。他还在前头。赶紧打开地图，索尔。”

索里曼推开酒杯，把地图摊开在木条箱子上。

“你看”，阿当斯贝格说，用他的刀尖指着地图上的公路，“路线在这里断了，然后它又一路向西，直奔巴黎。尽管他固执地不穿越高速公路，他完全可以在之前就拐弯，这里，走这条小路，或者改从那里走。他没有那样做，却走了三十公里的拐弯路。这也太荒诞了，除非他坚持非要经过贝尔库尔不可。”

“这看起来很不显眼嘛。”

“不显眼”，阿当斯贝格说。

“马萨尔是偶然才杀的人，因为有人妨碍了他。”

“这很有可能。但是我更希望我们今天晚上能去贝尔库尔。那个镇子看来不是很大。假如有一座十字架矗立在那里的什么地方，我们将找到它，我们将埋伏在那里。”

“我不敢相信”，索里曼说。

“我却相信”，劳伦斯突然说。“并不一定，但是很有可能。已经造成了相当多的死亡，像这样。”

“假如我们在贝尔库尔妨碍他了”，索里曼说，脸孔朝向了加拿大人。“他将会去别的地方杀人。”

“不太确信。有些固定的想法。”

“他寻找的是羊”，索里曼说。

“已经对人有兴趣了”，劳伦斯说。

“你是说，他想要进攻女人吗?”卡米叶说。

“我搞错了。不是攻击女人来消费她们，而是攻击男人来施行报复。这多少是同一回事。”

在贝尔库尔，没有任何十字架之类的东西，在附近的道路上也没有。卡米叶把牲口运送车停在了某个市镇场所的空地边上，路边上种有一些李子树，就在穿越小镇的省道的入口处。阿当斯贝格超越了他们，前去通知宪警的警卫小队。

索里曼独自等着他。警长的行为举止让他有些窘迫，对方那并不完整的演示也让他很是将信将疑。但是他的怀疑主义并没有毁坏他的忠诚，他从最初那一刻起就在心中建立起了对阿当斯贝格的忠诚。从逻辑上、理性上，索里曼还要跟他争斗一番。但是从本性上，他是附和他的行动的，或者说，是赞同他的想法的，因为他也实在无法一一清楚地辨别出它们来。

“宪警们都怎么样？”当阿当斯贝格在午夜时分回到卡车跟前来时，他问他道。

“好收成”，阿当斯贝格说。“很讲究合作。他们将严密地监视起整个镇子来，直到新的命令下达。其他人都在哪里呢？”

“夜更佬在一棵李子树底下，那边。他正在喝他的美酒呢。”

“其他人呢？”阿当斯贝格坚持问道。

“在转悠呢。捕猎手对卡米叶说了，他想单独跟她待一会儿。”

“好的。”

“我猜想他们应该有这个权利的，不是吗？”

“是的，当然是这样啦。”

“是的”，索里曼重复道。

他取下了轻便摩托车，启动了马达。

“我去一下城里”，他说。“看看是不是还有咖啡店开着。”

“有一家，就在镇公所后面。”

索里曼在公路上渐渐远去。阿当斯贝格走上卡车，察看了蜡烛，只见它在七个钟头里燃耗了一多半。他吹灭了蜡烛，拿过一把凳子，还有一只酒杯，过来找夜更佬，只见他的身影就在田野的尽头，笔直地端坐在黑影中，离卡车有五十米距离。

“请坐，我的小伙子”，等他走近时，夜更佬说。

阿当斯贝格把凳子支在他身边，坐下，递过他的酒杯。

“城镇已经在监视之下”，他说。“假如他就这样跳将出来，那就有他的好看了。”

“那么，他是不会跳将出来了。”

“这正是我担忧的。”

“你只要不把路线给他们就好了，我的好小子。”

“这可是知道对方的唯一办法。”

“是啊。”夜更佬说，把酒杯倒满。“我看穿了诡计。但是那个人是一头人狼，我的小子。很有可能是他在选择牺牲者，我不会对你说不是的。当他干他的椅子修理匠时，他肯定树敌很多。但是，他是以人狼的身份来杀死他们的。正是这样。你将看到人们什么时候会夹死他。”

“我将看到。”

“人们不一定会夹死他。但是我想，人们一定会等上一段时间的。”

“是的，人们会等的。人们将时刻等待着，该等多长时间就等多长时间。就在这里。就在这棵李子树底下。”

“确实，我的小子。人们会等着他的。假如需要的话，人们将留在这里等，直到生命的终结。”

“为什么不呢?”阿当斯贝格说，语调中稍稍透出那么一丝丝的醒悟。

“只不过，假如人们等待，那就应该想到，要有葡萄酒。”

“人们会想到的。”

夜更佬喝了一大口。

“那天见到的那些摩托车手”，他继续道，“也应该想到他们。”

“我忘不了。”

“都是一些蛆虫。当时，要是没有那把长枪的话，他们就会屠杀我的索里曼，他们就会侮辱你的卡米叶。相信我好了。”

“我相信你。可她不是我的卡米叶。”

“你本不应该阻止我开枪的。”

“当然应该阻止了。”

“我会瞄准他们的腿的。”

“我可不相信。”

夜更佬耸了耸肩膀。

“瞧”，他说。“他们可算回来了。年轻女郎和捕猎手。”

夜更佬目随着在公路上向前移动的浅色身影。卡米叶第一个爬上了卡车，而劳伦斯则停在了车门前，有点儿迟疑。

“他在那里做什么?”夜更佬说。

“气味”，阿当斯贝格猜想道。“是羊毛的粗脂味。”

羊倌一边嘟囔了几句，一边拿斜眼瞥来，高傲地监视着加拿大人。劳伦斯似乎做出了一个决定，仰脖把头发向后一甩，一步就跳上了卡车，就像一个潜水者一跃跳进水中。

“看来他很忧伤，因为他所照料的那头老狼已经死了”，夜更佬继续道。“这就是他们在梅尔康都国家公园中要照顾的对象。喂养老狼。看来他也要重新返回加拿大了。那可不是边上的随便一道门，说进就能进的。”

“不是的。”

“他将试图带上她吗？”

“你说的是老狼吗？”

“老狼已经死了，我都对你说了。他会想办法带上她，带上卡米叶。而卡米叶，她会想办法跟着他走。”

“无疑。”

“也是嘛，应该想到它的。”

“这跟你没有关系，夜更佬。”

“今天夜里，你要在哪里睡？”

阿当斯贝格耸了耸肩膀。

“在那棵李子树底下。或者在我的车子里。反正天不太冷。”

夜更佬点头示意，给两个酒杯都倒上酒，然后不说话了。

“你爱她吗？”在好几分钟的沉默之后，他用他那低沉的嗓音问道。

阿当斯贝格重又耸了耸肩膀，没有回答。

“我才不在乎你开不开口呢”，夜更佬说，“我一点儿都不困。我有整整一夜的时间要向你提问题呢。当太阳升起来时，你会发现我还待在那里，我还将问你问题，一直到你回答我为止。假如，六年之后，我们还一直在那里的话，我们俩，在李子树底下等待着马萨尔，我还是会问你的。我才不在乎呢，我一点儿都不困。”

阿当斯贝格微微一笑，喝下大大的一口酒。

“你爱她吗？”夜更佬问他。

“别拿你的问题来烦我啦。”

“这已经证明了，我问的是一个很好的问题。”

“我又没有说那是一个很坏的问题。”

“我才不在乎呢，我有整整的一个夜晚。我一点儿都不困。”

“当人们提一个问题时”，阿当斯贝格说，“那说明他心里已经有了一个答案。要不然的话，人们就乖乖闭嘴了。”

“没错”，夜更佬说。“我已经有了答案。”

“你瞧瞧。”

“那你为什么还把她留给别人呢？”

阿当斯贝格停留在沉默中。

“我才不在乎呢”，夜更佬说。“我一点儿都不困。”

“他妈的，夜更佬。她不是属于我的。没有任何人属于任何人。”

“别拿你的道德课来作总结。你为什么把她留给别人呢？”

“你去问问风吧，问它为什么不留在树上。”

“风又是谁。是你呢？还是她？”

阿当斯贝格笑了。

“我们轮流替换的。”

“这倒并不算太坏，我的小子。”

“但是风儿走了”，阿当斯贝格说。

“风儿还会回来”，夜更佬说。

“是这样的，问题。风儿始终还会回来。”

“就最后这一杯吧”，夜更佬提醒道，在黑暗中细细打量了一番酒瓶。“我们还是应该有所节制。”

“那你呢，夜更佬？你爱过什么人吗？”

夜更佬停留在缄默中。

“我才不在乎呢”，阿当斯贝格说。“我一点儿都不困。”

“你有答案了吗？”

“苏珊娜，你的整整一辈子。正是因为这个，我当时才清空了你的弹药盒。”

“臭狗屎警察”，夜更佬说。

阿当斯贝格回到了他的小车那边，打开后备箱，拿出一条毯子，然后就到后排座上躺下，而车门就那么敞开着，好让腿脚伸得舒服些。大约凌晨两点钟时，乡野中突然亮起一道闪电，响起了雷鸣声，接着就下起了一场又细又密的雨，这场雨迫使他蜷缩进了车子里头。那并不是因为他个子高大，他的身高是一米七十一，当年以最低标准进入的警察队伍，而是因为，他的睡觉姿势最终让他感到很不舒服。

仔细想来，他大概应该是法兰西国家中个子最矮的警察了。这件事本身就已经够新鲜了。而加拿大人的个子却很高大。远远比他要高大许多。也远远比他要漂亮许多，毋庸置疑。甚至比预想的还要更漂亮。健壮，可靠。一个很好的选择，远比他要更好。他，他真的就不值得一提了。如同空气一般乌有。

当然，他爱卡米叶，他从来就没有想过要否认这一点。有时候，他也意识到这一点，有时候，他也在寻找她，然后他就不再想她了。卡米叶是他自然的爱慕倾向。在她身边度过的这两个夜晚，远比他所能想象的要艰难得多了。他有一百次想要把自己的手放到她的手上。但卡米叶好像并没有提出任何要求。好好地活你自己吧，伙计。

是的，他当然爱着卡米叶，从他内心中的最深处爱着，从他自身中托带着的这些未知大地的尽头深处爱着，那里，就像是一个海底世界，于他既私密而又陌生。当然，然后呢？哪里都没有写着，他必须实现他的每一个想法。在阿当斯贝格身上，想法并不必然就得带动着行动。在想法与行动之间，梦想的空间消化掉了数量众多的推动力。

而且，还有这可怕的风，它在不停地推动他，一直向前，再向前，有时候还把他的树干全都连根拔起来。然而，今天晚上，他就是树。他很想把卡米叶守护在他的枝条中。但是，今天晚上，恰好，卡米叶就是那风。她快速地跑动，一直奔向飞雪。那上面，带着那个该死的加拿大人。

三十

清晨来临，阿当斯贝格身上湿漉漉的，极度疲惫，但七点钟时，他就转移到了汽车的前座上。不等其他人醒来，他就匆匆点火启动，驱车直接驶向了贝尔库尔。他在市镇公共浴池那边停下车，在淋浴室的莲蓬头底下足足淋了二十分钟，脑袋抬起在温暖的水柱下，胳膊沿着体侧垂下。

擦洗干净后，他像个遗忘症患者一样，在咖啡店里逗留了半个钟头，然后，在镇子上找了一个僻静的角落，给丹格拉尔打了个电话。这一次，他所发起的针对萨布丽娜·蒙日的长期调查，终于进入了一个可切实触摸到的轨道，那就是格但斯克[①]以西的一个小村子。

“古尔万能用得上吗？”他问道。“告诉他，准时出发，预先通

① 格但斯克，德语称但泽，波兰波美拉尼亚省省会，也是该国北部沿海地区的最大城市和最重要海港。

知一下国际刑警。当他有了照片后，就让他立即从格但斯克快递给我，寄到贝尔库尔的宪警队来，在上马恩省。丹格拉尔，还得把整个的波兰语卷宗寄给我，还有身份证件、地址。不，我的老兄，我们始终在等的。我猜想他会在这里实施打击的，在贝尔库尔，或者附近的什么角落。不，我的老兄，我不知道。假如她失踪的话，请预先通知我。”

阿当斯贝格来到了宪警队。队副于格·艾蒙这天正好值班，阿当斯贝格作了自我介绍。

“原来是您啊”，艾蒙说，“是您让夜班的小队武装到牙齿的。”

“我想，这样做应该是对的。”

“请便”，艾蒙说。

队副是一个高高的、瘦瘦的家伙，浅金色的头发。这是一个腼腆的男子，这一情况在宪警部队中也是一种罕见现象，他几乎有些局促不安，有时候显得过于恭敬。他说起话来总爱用精细的方式，一切都有所保留，尽量避免使用缩略语、咒骂、惊叹句。他立即把他办公室的一半提供给阿当斯贝格使用。

“艾蒙”，阿当斯贝格说，“威亚尔和布格的同事们应该把有关赛尔诺和德吉的卷宗发给我们。比奇隆那边的副手则应该把他所拥有的关于奥古斯特·马萨尔的材料转寄给我们，但是很有可能是，他延迟了。您应该给他打个电话，催他一下兴许会管用的。那个副手向来不喜欢民事案件。”

“不是还有第三个牺牲者吗？一个女人？”

“他不会忘记的。但那个女人之所以被杀，是因为她知道一些关于马萨尔的事，至少我是这么认为的。另外两人被抹了脖子，则是出于其他原因。而我在寻找的，恰恰正是这一原因。”

“您是不是确定”，艾蒙用细弱的嗓音问道，“第三次攻击将会在贝尔库尔发生？”

“他的路线来了一个拐弯，要经过这里。但是他也很可能在两百公里之外。”

“反正我觉得，不怕一万，只怕万一，要排除例外，是不太谨慎的做法”，艾蒙坚持说，有些困惑。“那两个男人都有夜里出门的习惯。没什么能阻止他们就那样懵里懵懂地撞上马萨尔。”

“确实是这样”，阿当斯贝格说。“没什么能阻止他们。”

阿当斯贝格的白天就这样在宪警队的驻地度过，或者说，是在它的周边度过的，一会儿查阅卷宗，一会儿又陷入阵阵遐想。阿当斯贝格阅读得很慢，站立着读，常常反复回到同一行文字上来，这时候，他的思绪会飘荡不已，从文本中逃逸出去。几年来，他经常尝试着把他的思维收拢起来，有条有理地记录到笔记本上。但是，这一强迫性的训练并没有取得明显的成效。

他跟艾蒙一起吃的午餐，然后他出发去乡下，寻找一个隐蔽的角落，他轻而易举地就在离贝尔库尔三公里的地方找到了它，就在一座被荆棘丛和荒草所侵占的磨坊附近。他掏出他的笔记本，在上面写写画画了一个多钟头，描画出他眼前的那些树木，然后就下山，去他的临时办公室了。他跟那位腼腆的队副相处得很自在，他也更喜欢安顿在那里，而不是在卡车那边的营地。倒并不是因为劳伦斯的在场让他感到别扭。阿当斯贝格几乎就不知道什么叫嫉妒。当他在其他人身上发现这一嫉妒，那么的痛苦，那么的折磨人，他就会觉得，自己的大脑中还缺少一个机能区，在他自己所缺少的无数东西中，现在又多出来一个。但是，相反，他总是不很确信，不敢相信他的在场正好迎合了加拿大人的趣味。劳伦斯已经多次朝他瞥来宁静和疑问的目光，它们似乎在表示“我就在这里”，还在表示“你在找什么呢?”。而阿当斯贝格却很难来回答他。一个很好的选择，他没有任何的否定话可说。更何况，劳伦斯这个人还很沉默寡言，并不总是那么态度明确。阿当斯贝格心里总是在想，他一直在寻找的那个臭屎球究竟会是谁。兴许，他的母亲。

大约五点钟时，他与赫梅尔通了电话。

“您看到卷宗了吗，我的老兄?”赫梅尔开口就问。“并不那么扣人心弦吧，不是吗？看来，那两个男人之间没有丝毫关联。他们从来就没有在同一个街区居住过。我查阅了近三十年来格勒诺布尔体育联合会成员的所有名单。什么都没发现，我的老兄。他们并不光顾相同的圈子。现在，说一说指甲吧。在马萨尔的房间里找到的那些指甲，还有在旅馆窗户口发现的那些。百分之百地吻合。开的口子严丝合缝地相吻合。对此，您有什么要说的吗？比奇隆的队副还固执地要在厕所中寻找指甲。只要他头脑中有了一个想法，它就会像火车头那样，一个劲儿地推动他向前走。假如您想知道我的看法，我会说，愚蠢至极，我的老兄。他将不会找到的。马萨尔是躺在床上咬指甲的，这个，我早已说过了。我对那个队副说，算了吧，既然我们已经有了样本，但他还要坚持他的想法。在我看来，他恐怕还要搜查那个厕所，一直搜查到他退休为止，人们就放心好了。我提醒过他，我说，我们等待着关于马萨尔的信息，但我似乎觉得，他不会尽心尽力地做的。那家伙只跟军人说话。至于那小子的照片，我直接去找了他的雇主，这样还能省点时间。然后呢，我们就将照我们说过的去做，我们把照片散发到各个警察分局。”

白天期间，气温已经大大上升。阿当斯贝格独自一人在咖啡店的露天座上吃晚饭，然后，在黑乎乎的大街上慢悠悠地走了走。大约十一点的时候，他才决定回归于集体生活。

索里曼和卡米叶正在蹬阶上吸烟。黑暗中，能分辨出夜更佬的身影，他正安坐在李子树那边的田野中。摩托车不在那里。

见阿当斯贝格走近过来，索里曼噌的一下子就站立起来。

“没有任何新消息，文件资料方面。”阿当斯贝格对他说，并示意他重新坐下。“不对，还是有的，毕竟还是有新的内容”，沉思了一阵子后他补充说，“在旅馆中找到的那些指甲，的的确确是马萨尔的。”

阿当斯贝格瞧了瞧自己的周围。

“劳伦斯不在吗？”他问道。

“他又出发去了南边”，卡米叶说。“他的签证有些麻烦。他会回来的。”

“据说，他的那头老狼死了”，阿当斯贝格说。

“是的”，卡米叶回答道，很惊讶。“它名叫奥古斯都。它已经无法再捕猎了，劳伦斯为了它下圈套，弄一些兔子来让它吃。但是它却不再进食了，于是就死掉了。公园里的一个警卫说了，‘当人们不再能做什么了，他还真就不再能了’。而这话让劳伦斯心里很忧烦。”

“我理解这个”，阿当斯贝格说。

阿当斯贝格前去李子树底下，想凑拨跟夜更佬喝上它一杯，而这时，索里曼和卡米叶已经躺下了。他是在凌晨一点左右爬上卡车的，脑门被那爱上头的酒浇灌得稍稍有些沉重。随着气温的重新上升，羊毛粗脂的气味变得越发浓重。阿当斯贝格悄无声息地掀开雨布。卡米叶已经睡着了，肚子朝下地俯卧着，被单被推到了背部的中间，他坐到他的床上，瞧了她很长一段时间，试图好好地想一想。他从来就没有抛弃过那个秘密的野心，希望有朝一日能以丹格拉尔的方式来思索，就是说，能得到一些结果。但努力了几分钟之后，他的思维就不知不觉地松开了强勒的缰绳，沉入到了睡梦中。一刻钟后，快要瞌睡着的一瞬间，他猛地一惊醒。他伸出胳膊，把他的掌心放在卡米叶的背上。“你已经不再爱我了吗？”他静静地问道。

卡米叶睁开了眼睛，在黑暗中瞧着他，然后复又熟睡过去。

深夜里，贝尔库尔的上空又下了一阵暴风雨，比起头一天夜里的，更为猛烈。雨滴敲鼓似的啪啪打在牲畜运送车的顶上。卡米叶起了床，赤脚直接套上了靴子，去固定栅栏上的雨布，它正被狂风刮得噼里啪啦地乱飞，让雨水溅洒进了车里。然后她又悄无声息地躺下，监听着阿当斯贝格的呼吸声，就像在监视一个熟睡的敌人。阿当斯贝格伸出了胳膊，一把抓住了她的手。卡米叶一动不动地待着，仿佛她的任何一个动作都会突然加剧形势的严峻性，恰如人们所说的，一个微小的动作也会引来灾难性的雪崩。她似乎觉得，在夜晚刚刚开始的时候，阿当斯贝格已经对她说了什么。是的，她现在回想了起来。她更感到一种困惑，而不是一种紧张的敌意，她琢磨着能用一种灵巧的方法，把她的手从他的手中挣脱出来，而不至于弄出什么故事，闹出什么动静来，让任何人感到为难。但她的手始终就在原处，卡死在了阿当斯贝格的手指头之间，一动都不能动。在这里她并不比在别处更感到难受。卡米叶没了主张，便让自己的手留在了那里。

她睡得很不稳，始终很清醒地处在警觉状态中，它向她显示出，某种东西正在偏离原先的轨道。到了早上，阿当斯贝格松开了她的手，抓起自己的衣服，然后下了卡车。只是在这一时刻，她才又睡了长长两个钟头的回笼觉。

九点钟时，阿当斯贝格发动了汽车，去找那位腼腆的艾蒙，不到半个小时，他就回来了。

“在麦垛田野村，有九只绵羊被杀。”他宣布道。

索里曼一下子跳将起来，奔向卡车，去找地图。

“没有必要”，阿当斯贝格平静地对他说。“在沃库勒尔附近，正北方向。他显然走出了他的公路。”

索里曼瞧着阿当斯贝格，手足无措。

“你弄错了”，他说，语气中充满了惊讶和失望。

阿当斯贝格给自己倒了一杯咖啡，什么都没有说。

“你错了”，索里曼坚持道。“他改变了道路。他要逃跑。他要逃脱我们。”

夜更佬站了起来，站得笔挺。

“我们撵着他的屁股追吧”，他说。“不管是走公路，还是不走公路。我们这就拔营出发。快去通知卡米叶，索尔。”

“不”，阿当斯贝格说。

“怎么啦?”夜更佬说。

“我们不要拔营，我们要留在这里。我们不能动。”

“马萨尔在沃库勒尔呢”，索里曼说，提高了嗓门。“而我们，马萨尔去哪儿，我们就去哪儿。去沃库勒尔。”

“我们不去沃库勒尔”，阿当斯贝格说，“因为那正是他所希望的。马萨尔并没有离开公路。”

“没有吗?”索里曼说。

“没有。他只是想让我们离开贝尔库尔。”

“为的是什么呢?”

“为的是能平静一下。他要在贝尔库尔杀个人。”

“不同意”,索里曼说,使劲儿地摇着头。“我们越是赖在这里,他就越是远离我们。”

“他并不远离。他监视着我们。索里曼,假如你愿意的话,你就去沃库勒尔好了。假如你会开心,你就去那里好了。你有轻便摩托车,你完全可以出发前往。夜更佬,假如你愿意的话,你也去好了,去求卡米叶吧。是她在驾驶卡车。而我,我哪里都不去,我要留在这里。”

“你凭什么能向我们证明你的话有道理呢,我的小子?”夜更佬问道,似乎有了些动摇。

阿当斯贝格耸了耸肩膀。

“你有了答案”,他说。

“公路上的拐弯吗?”

“也包括其他的。”

“这是小事一桩。”

“但是它得不到解释。还有别的。”

索里曼在反叛和忠诚之间摇摆不定,在卡车的地板上——他的领地——来回踱步,用了足足一个钟头才算打定了主意。最终,他拿起了内衣和蓝色的水盆,这意味着他已经放下了武器。

阿当斯贝格回到他的汽车里。人们在宪警队等着他,好前去沃库勒尔调查。打开车门之前,他掏出了手枪,验证了一下子弹。

“你要带上枪？”夜更佬问。

“我的名字出现在了今天早上的报纸上”，阿当斯贝格说，做了个鬼脸。“有人谈到了。我不知道是谁。但是现在，假如她要来找我，她就会找到。”

“那个女杀手吗？”

阿当斯贝格点了点头。

“她会朝你开枪吗？”

“是的。一颗小小的子弹，要打在肚子上。你要当心，夜更佬，你要小心地监视着我。一个高大的棕发女郎，瘦削的身子，眼睛深深地凹陷，眼圈黑黑的，长长的头发卷曲着，一个小小的鼻子，浅色的皮肤。很可能有两个姑娘跟在她身后，都是很瘦削的女孩。喏，瞧仔细”，说着，他从自己的衣兜里掏出来一张照片。

“她穿戴得如何？”夜更佬神情严峻地问，仔细察看着那照片。

“她时不时地总在换衣服。她喜爱化妆，像个小女孩似的。”

“我要预先通知一下其他人吗？”

“好的。”

白天剩下的时间里，阿当斯贝格就跟艾蒙以及沃库勒尔的警察们在一起。对艾蒙来说，这是他第一次直接面对巨狼事件，对羊群施加的暴力杀戮让他感到深深的震撼。近傍晚时分，迪涅的警察机关给贝尔库尔发来了一张马萨尔的照片，艾蒙负责把它放大并散发出去。与之相反，关于来自比奇隆的那个人的卷宗始终就没能到达。阿当斯贝格迟迟地凝视着奥古斯特·马萨尔的肖像。一张白皙的大脸，神情阴郁，充满了敌意，令人看了很不舒服。这张脸的脸颊很突出，但很平滑，在黑头发的一长溜低低的刘海底下，额头显得很短，两只眼睛互相凑得很近，眼神黯然，眉毛很淡，透出某种沉睡了的粗鲁劲儿。

晚上七点钟时，由丹格拉尔准备的卷宗终于来到了贝尔库尔。阿当斯贝格小心地合上它，悄悄地把它塞进上衣内兜中，返回到卡车那边。

睡觉之前，他从枪套中拔出那支357手枪，把它放在床前的地上，在他右手触手可及的地方。他在床上躺下，抓住卡米叶的手，稳稳地睡去。卡米叶则瞧着他的这只手，瞧了好一会儿，结果，头脑中始终空空如也，于是，她就让它留在它所在的地方。

夜更佬这一次没有把英脱洛克留在自己脚边，而是把它留在外头放哨。

“留心那个姑娘”，他吩咐它说，抚摩着它的耳朵。“个子高高的，身材瘦瘦的，棕红色头发。她是一个杀手。一旦发现后，你就尽可能地叫唤。一点儿也用不着担心”，他一边补充吩咐说，一边观察了一下天空，今天夜里不会下雨。

英脱洛克显出一副完全明白的神态，趴到了地面上。

7月2日星期四，气温一下子上升了。人们昏昏沉沉地等待着。卡米叶把卡车转移到了镇子上，打算在那里把储备的水箱灌满。夜更佬给羊群打了电话。从乔治的腿上得知了消息。索里曼埋头于词典之中。卡米叶呢，被她那只左手的被动性稍稍转晕了脑袋，因为她的头脑对她的左手似乎已经不起什么作用了，一时间里，她放弃了音乐，而躲避到了《职业工具名录》里。在这一切中，应该有那么一种引擎，会让她摆脱困境，让她在所处的这一微妙情境中有所作为。比方说，**单极热导断路器 +中性线6至25安培**这玩意儿在她看来就拥有很好的品质。假如阿当斯贝格真的愿意松开她的手，那问题就将自行解决。而最简单的办法就是去求他。

下午五点钟左右，普瓦西－勒－鲁瓦的警察才通知了他们在沃库勒尔的同行，说是，夜里发生了一起羊群被杀的案件，就在肖姆的羊圈。沃库勒尔的警察转告贝尔库尔时已经晚了，而阿当斯贝格一直到晚上八点钟才得知这一消息。

他在木条箱子上摊开地图。

“在沃库勒尔西边五十公里”，他说。“始终不在轨迹上。”

“他远离了”，索里曼嘟囔道。

“我们不要乱动”，阿当斯贝格说。

“我们会错过他的！”年轻人叫嚷道，站了起来。

正在两米远的地方拨弄柴火堆的夜更佬，伸出了他的棍子，捅了一下年轻人。

“别不耐烦了，索尔”，他说。“我们会抓到他的。无论发生什么情况，我们一定会抓到他的。”

索里曼重又坐到自己的座位上，满脸懊恼的神色，筋疲力尽的样子，如同夜更佬每次拿棍子捅他的肋骨时那样。卡米叶在问自己，他在那棍子里头到底是放了一种化学药品，还是怎么的。

“‘屈服’”，索里曼嘟哝道。“‘屈从的行为；准备好服从的状态。’”

晚餐后，卡米叶执意要去卡车的驾驶舱里查阅那本《名录》，直至读得精疲力竭。头一天夜里，她几乎都没怎么睡着，她的眼皮沉甸甸的。到了凌晨两点左右，她带着一种间谍般的精神，回到了她的床上。索里曼始终还在镇上，带着他的那辆轻便摩托车。夜更佬在公路边上守夜放哨。他在窥伺着棕发姑娘。他在保护着阿当斯贝格，网眼背心则躺在他的脚下。“我才不在乎呢，我根本就不困”，他说过的。

卡米叶先是坐在了索里曼的床上，在那里就脱下她的靴子，尽管这样要冒一个险，得在牲畜运送车肮脏不堪的地面上光脚走路。但是，这样一来就可以避免吵醒阿当斯贝格了。而他要是不醒来，就不会去抓任何人的手了。她慢慢地推开雨布，在寂静中完成她的动作，不出一丝响动地让雨布重又垂下。阿当斯贝格脊背着床，仰面而躺，均匀地呼吸着。她像个小偷那样蹑手蹑脚地向前走，走在把两张床分隔开的狭窄小道上，试图躲过在地面上幽幽闪光的手枪。阿当斯贝格向她伸出了两条胳膊。

“来吧”，他轻柔地说。

卡米叶凝定在了黑暗中。

“来吧”，他重复道。

卡米叶迈了一步，迟疑不决，头脑空空如也。而从这一依然很遥远的空洞中，升腾起了一些直觉的记忆，一些结结巴巴的阴影。他把一只手搭在她身上，使劲儿把她拉向他。卡米叶隐约看到了他早先的欲望那难以把握的轮廓，这一次要更近，但又仿佛粘贴在一道厚厚的玻璃后面。阿当斯贝格的手滑过她的脸颊，她的头发。卡米叶在黑暗中睁大着眼睛，那本《名录》始终还握在她的左手中，她现在更多地注意到的，是在她自己的记忆中出现的那些紧闭的房间的一大团脆弱的形象，而不是正朝她转过来的那张脸。她朝这张脸伸出手去，带着一种焦虑的感觉，就仿佛只要跟它一接触，某个东西就会砰地爆炸。厚厚的玻璃，兴许。或者，是这一记忆中没被怀疑到的空舱，被尚能运行的一些老玩意儿所填满，它们都正等待着、伪装着、埋伏着，不相信时间。这差不多就是将会产生的东西，一种长时间的爆燃，更令人有所警觉，而不是令人舒坦。她很重视这整整一大片嘈杂，而令人惊诧的混杂一团会从它自身的舰船的底舱中挣脱出来。她想要梳理、包容，整出个秩序来。但是，由于卡米叶的好大一部分相当地渴望混乱，她就拒绝了整理，挨着他睡了下来。

“你熟悉树与风的故事吗？”阿当斯贝格问她，把她搂在怀里。

“这是索里曼的一个故事吗？”卡米叶喃喃道。

“这是我的一个故事。”

“我不太喜欢你的故事。”

“这一个可不算太坏。”

“但我还是有所戒备。”

“你有道理。”

三十一

当索里曼从雨布的另一边叫唤他们时，已经是上午十点多钟了。

“卡米叶”，年轻人叫喊道。“我的天啊，你该起了。警察已经走了。”

“你想让我们做些什么呢？”卡米叶说。

“过来！”索里曼叫喊道。

年轻人停留在警觉状态中。卡米叶赶紧穿上衣服，穿上靴子，到外面来找他，在木条箱子那里。

“他毕竟还是来了”，索里曼说。“并没有人看到他。既没有看到他的汽车，也没有看到任何别的什么。”

“你说的是谁？”

“马萨尔啊，真见鬼！你不明白吗？”

“他袭击了？”

“昨天夜里他掐死了一个家伙，卡米叶。”

“他妈的”，卡米叶骂了一声。

“那个小个子，他说得有道理”，夜更佬说，用手中的棍子敲打着地面。“他是在贝尔库尔发起袭击的。”

“他步调不变地掐死了三只羊，远在三十公里之外。”

“在他的道路上吗？”

“是的，在红堡。他又朝向西边走了，朝向巴黎。”

卡米叶要去找地图，地图的几个角因为长期的使用都已经磨损了，她把地图摊开。

“你也不知道巴黎在哪里吗？”索里曼问道，有些神经质。

“行啦，索尔”，卡米叶说。“警察们没有在镇上看见他吗？”

“他并没有从那里走”，夜更佬说。“我整夜里都守候在公路上。”

“出了什么事？”卡米叶问。

“出了什么事？”索里曼叫嚷道。“他来了，带着他的狼，他让那狼扑倒了那个可怜的家伙！你还想出别的事吗？”

“我不知道你为什么会如此烦恼”，夜更佬不慌不忙地说。“他应该杀死那个家伙，他就把他杀死了。人狼捕猎时是不会失手的。”

“而在镇里，有十个宪警呢！”

“一头人狼足足抵得上二十个人呢，你得把这个好好记在脑子里。”

“知道那受害者是谁了吗？”卡米叶问。

“一个老家伙，人们所知道的也只有这一点了。他是在镇子之外被杀死的，离那里有两公里的路，在山岭上。”

“他跟那个老家伙又有什么仇？”卡米叶喃喃道。

“那都是他认识的家伙”，夜更佬喃喃道。“他无法忍受那些家伙。所有那些家伙。”

卡米叶给自己倒了杯咖啡，切了一块面包。

“索尔”，她说，“昨天夜里你可是在城里呢。你什么都没有听到吗？”

索里曼静静地摇了摇头。

“阿当斯贝格要求我们都去广场那里等他”，他说。“有几次，人们快速地朝红堡那边移动。警察们肯定会转移那边的整个部署。”

卡米叶减速驶入了贝尔库尔，把牲畜运送车停在了大广场的阴影中，那广场就位于镇公所和宪警队之间。

“我们等着”，索里曼说。

他们三人全都待在卡车的车头处，一言不发。卡米叶，胳膊平搭在方向盘上，观察着静悄悄的街道。这是一个星期五，上午十一点钟，贝尔库尔的广场几乎荒无一人。不时地会有一个女人走过，胳膊上挎着篮筐。面对着教堂的一把石头长椅上，坐着一个身穿灰色衣服的修女，偶尔朝他们投来一瞥，然后又低下头去，阅读手中一本厚厚的皮面书。教堂的钟敲响了半点钟，然后又敲响了三刻钟。

“善良的修女，她们穿着这样的衣服，应该会很热的，这可是大夏天啊”，索里曼注意到。

寂静重又笼罩了卡车。教堂的钟敲响了十二点。一辆警车从横向的那条街上冒了出来，然后就停在了宪警队的门前。阿当斯贝格从车子上下来，一起下车的还有艾蒙和另外两个宪警。他向牲口转运车这边做了个手势，然后就跟在他的同行后，进入了房子里。太阳暴晒着广场，四周白花花的一片。那个修女，稳坐在梧桐树那稀疏的树荫下，一直就没有动。

“‘克己，自我的牺牲，忘我地放弃。’”索里曼说。“她在等着一次拜访”，他补充说，脸上露出了微笑。“一次往见①。”

“闭嘴，索尔”，夜更佬说。“你妨碍我了。”

“那你在做什么呢?”

“你看得很清楚，我在监视。”

教堂的钟敲响了一刻钟，阿当斯贝格独自一人走出了宪警队，穿越了长长的砌石路面广场，走到卡车这边来。当他走到半途时，夜更佬突然就冲出了卡车，在蹬阶上突然跌下，磕破了脸，然后又摔倒在人行道上。

“快躺下，我的小子!”他高声地喊道。

阿当斯贝格知道，这是冲他喊的。他当即趴倒在地面，而与此同时，一记清脆的枪声在寂静中响起。还没等那个修女重新瞄准，他就一个箭步冲到了长椅子的背后，用左胳膊一把掐住她的脖子，

① “往见”，原文为“visitation”，基督教名词，原指身怀圣婴耶稣的童贞女马利亚探望表姐妹依撒伯尔。事见《路加福音》(1：39—45)。当马利亚向她问好时，依撒伯尔感到自己腹中的婴儿施洗者约翰胎动，据后来教义说，这种现象表明约翰已经成圣而摆脱原罪。

死死地掐住毫不松手。他的右胳膊已经流血，沿着他的体侧重重地垂下。卡米叶和索里曼已经呆在了那里，心脏狂跳不已。卡米叶第一个做出了反应，从卡车上跳下来，快速跑向夜更佬，而夜更佬，一直就躺在人行道上，一边冷笑，一边嘟囔着说："很好，我的好小子，很好。"四个宪警赶紧跑向阿当斯贝格。

"你再不放开我的话"，那姑娘嚷嚷道，"我就朝他们开枪了。"

宪警们停在了离长椅有五米的地方。

"假如他们开枪的话，我就向老头子射击了！"她补充了一句，把她的枪口对准了夜更佬，老羊倌始终死死地钉在地面上，动弹不得，肩膀靠在卡米叶的身上。"我瞄准了！你们问一问那个脏货吧，我瞄得可是很准的哟！"

死一般的寂静笼罩了整个广场，每个人的身子都变得十分僵硬，凝固在了自己的动作中。阿当斯贝格始终紧紧地卡着那姑娘的脖子，把他的嘴唇凑近她的耳朵。

"听我说，萨布丽娜"，他缓缓地说。

"放开我，脏鬼！"她气喘吁吁地喊道，嗓音有些嘶哑。"不然，我就杀了那老头，还有那些该死的警察。"

"我已经找到你的那个男孩了，萨布丽娜。"

阿当斯贝格感觉到那姑娘在他的胳膊中软了下来。

"他在波兰"，他继续道，嘴唇紧贴着那顶灰色的修女帽。"我的一个下属现在就在那里。"

"你撒谎！"萨布丽娜说，那是一种充满了仇恨的喃喃声。

"他就在格但斯克那边。放下你的武器。"

"你撒谎！"姑娘叫嚷道，几乎喘不过气来，胳膊始终伸开着，有些颤抖。

“我有他的照片在我衣兜里”，阿当斯贝格继续道。“两天前，我们拍的照片，就在学校门口。我无法掏出它来，因为你打伤了我的胳膊。假如我现在放开你，你就会开枪打破我的肚子。我们做什么好呢，萨布丽娜？你想看看他的照片吗？你想重新见到他吗？或许，你想摆脱所有的人，从此不再见他的面了？”

“这是一个圈套”，萨布丽娜说。

“你现在就让一个警察过来一下。他会帮我拿出那张照片来，然后拿给你看。你将会认出他来。你将会看到，我并没有撒谎。”

“不要警察。”

“那么，就来一个没有武器的人。”

萨布丽娜思索了一阵子，在那条胳膊的压制下始终大口地喘气。

“同意”，她喘息道。

“索尔”，阿当斯贝格叫道。“慢慢地走到这里来，张开两臂。”

索尔跳下卡车，慢慢地走向那条长椅。

“从后面走，一直来到我这里。我上衣衬里的左侧内兜中，有一个信封。你把它打开，拿出照片来。把它递给她看。”

索尔照此行事，从那个信封中掏出了一个大约八岁大的小男孩的黑白照片，把它举到那姑娘的眼前。萨布丽娜把目光移向了那张肖像照。

“现在，把那张照片放到长椅上，索尔。返回到卡车上去。好了吧，萨布丽娜？你认出了那个小男孩了吧？”

姑娘点了点头。

“我们会把他找回来的”，阿当斯贝格说。

“他绝不会把他交还的”，萨布丽娜喘息道。

“相信我，会的。他会交还他的。放下你的武器。我很在乎躺在地上的那个老人。我很在乎卡车里的那两个人。我很在乎站在对面的那四个警察，我并不比认识你更认识他们。我也很在乎我自己的命。而且，我也很在乎你。假如你再乱动，他们就将伏击你。打伤一个警察，那是很糟糕的事。”

“他们将抓我去坐牢。”

“他们将把你带到我说过的地方去。该由我来照看你。放下你的武器。把枪交给我。”

萨布丽娜垂下了胳膊，瘦瘦的身子整个儿都在颤抖，手中的武器啪的掉落在地上。阿当斯贝格慢慢地松开了她的脖子，示意那几位警察后退，然后绕过长椅，把枪捡了起来。萨布丽娜的整个身体慢慢地蜷缩成一团，哇地一下哭出声来。他坐到她身边，仔细地为她摘下灰色的修女帽，抚摩起她那棕红色的头发来。

“你站起来”，他温和地说。“我的一个手下将前来找你。他名叫丹格拉尔。他将把你带往巴黎，而你，你将在那里等着我。我在这里还有事情要做。但你一定要等着我，我们将去寻找那小男孩。”

萨布丽娜站了起来，有些摇摇晃晃。阿当斯贝格伸出胳膊，去扶住她的腰，陪她一直走到宪警队。有一个宪警检查了一下夜更佬的脚踝。

“请帮我把他搀扶到卡车上去”，卡米叶说。“我将带他去看医生。”

“这卡车里，实在是臭气冲天。”宪警说，他把夜更佬扶上卡车，安顿到右侧第一张床上。

“那不是臭味”，夜更佬说。“那是羊毛的粗脂味。”

“你们住的原来是这样一个地方啊？”宪警问道，多少有些被牲口运送车的状况所吓倒。

“这都是临时的”，卡米叶说。

阿当斯贝格这时爬上了卡车。

“他怎么样了？”

“脚踝”，宪警说。“我想应该没有骨折吧。但最好还是去看一下医生。您也一样，警长”，他说着，看了一眼对方的胳膊，只见它被紧紧地包扎着。

“是的”，阿当斯贝格说。“伤口并不太深。我自己会照料好的。”

宪警手碰帽子敬过礼，就下了车。阿当斯贝格坐到了夜更佬的床上。

“嗯？”夜更佬说着，微微冷笑了一下。“我救了你的小命，我的小子。”

“假如当时你不大吼一声的话，子弹就会径直地打中我的肚子。我当时并没有认出她来。我心里只在想马萨尔呢。”

“而我”，夜更佬说，指了指自己的眼睛，“我一直监视着呢。要知道，人们管我叫夜更佬，那可不是随便就这么叫叫的。”

“不是随便叫叫的。”

“我对苏珊娜的事实在是无能为力”，他神情阴郁地说，“但对你，我还是能出力的。我救了你的命，我的小子。”

阿当斯贝格点了点头。

“假如你把我那支长枪留在我这里的话”，夜更佬继续道，“不等她来碰你，我就会打中她的肚子。”

“这是一个可怜的姑娘，夜更佬。你嚷嚷得已经够了。”

“是的。”夜更佬说，有些疑虑。“你在她的耳边都说了些什么呢?”

“岔道呗。”

“原来是这样”，夜更佬微笑着说。“我回想起来了。”

“我该你一些东西的。”

“是的。给我找一些白葡萄酒来。我们已经喝完了从圣维克托带来的那几瓶。”

阿当斯贝格走下了卡车，把卡米叶紧紧抱在怀里，一言不发。

“你去治疗一下吧”，卡米叶说。

“好的。等夜更佬看过医生之后，你就赶往红堡去。停在入口处，在44号省道上。”

三十二

无论他们停靠在哪里，营地总是以同样的方式安扎，按照一种严格的规划，始终一成不变，几乎毫厘不差，以至于卡米叶开始把她停泊那辆牲口运送车的所有那些村子的入口处都有些弄混淆了。这一系统，出自索里曼谨慎细致、井然有条的想法，具有一种特殊的优点，能在诸如一个停车场或者一条公路边那样的荒芜境地中，重新创造一种令人心安的私密环境。索里曼把木条箱和折叠凳安放在卡车的后面，用于大家就餐，还在卡车左侧安置了洗涤装置，在右侧保留了一个专门用于阅读和沉思的角落。就这样，卡米叶可以在驾驶舱里作曲，但是要下车来到沉思专用的那个角落，来查阅她的那本《名录》。

在这一路要把他们与马萨尔连接起来的混乱而又任意的行驶中，在这万变不离其宗的安置方式中，卡米叶发现了一种健康的依靠。四个人紧紧地凑齐在四把折叠凳上，兴许是平平常常的事，算不得什么了不起，但是，在眼下看来，它已经成为了一个最基本的定位点。尤其是现在，她的生活场域表现出了一种根本性的混乱。她今天根本就不敢给劳伦斯打电话。她害怕，眼下这一片混乱的某个碎块会擦伤她的嗓音。加拿大人是一个很有章法的男人，他肯定会从中听出蛛丝马迹来的。

索里曼把他下午的最后时光都用来搀扶夜更佬到处转移了，扶他下车，扶他上车，扶他撒尿，扶他吃东西，真正把他当成了老人家来伺候。

“这不是个理由”，他对他说，“这些见鬼的蹬阶，你还当真踩了个空，太逗了。”

“当初要不是我”，夜更佬傲慢地回答道，“他现在早就不在这里啦，那个小个子警察。”

“这不是个理由”，索里曼回答他。“你还当真踩了个空，太逗了。”

卡米叶坐到木条箱旁边，在一把专归于她的带红色和绿色条纹的折叠凳上。索里曼把夜更佬搀扶到他那黄颜色的折叠凳上，把洗衣用的水盆倒扣过来垫住他的脚。他自己坐的是蓝色的折叠凳。而第四条凳子，蓝色和绿色相间的，那是给阿当斯贝格的。索里曼不希望他们老是变换凳子的颜色。

晚上九点钟左右，阿当斯贝格回来占据了他的座位。一个宪警把他的汽车开了回来，另一个则陪同他一直来到卡车前，根本就不敢问他，为什么他更喜欢跟这些流浪者待在一起，而不是去享受靠近蒙迪迪埃的舒适的旅馆。

阿当斯贝格一屁股坐到专门为他保留的那条凳子上，他的右胳膊上扎着绷带，满脸的神态稍稍有些疲惫。他用左手叉起一段肉肠，还有三个土豆，然后笨拙地让它们落在自己的盘子里。

“‘残疾’”，索里曼说。“‘某种程度的劣势，使得某人处于落后状态的伤残。’”

“在我汽车的后备箱里”，阿当斯贝格说，“放着两箱葡萄酒。你去把它们拿过来。”

索里曼打开一瓶酒，倒到酒杯中。当它不再是圣维克托出产的葡萄酒时，任何一个人就都有权利来品尝它了。夜更佬带着一种戒心尝了一下它，然后就用一个摇晃脑袋的简短动作，表达了他的恶感。

“你给我们解释一下，我的小子”，他说着，眼睛始终盯着阿当斯贝格的脸。

“依然还是同样的案情”，阿当斯贝格说。“脑袋上挨了狠狠的一记后，那小子就被一下子切断了脖子。人们找到了那野兽两只前爪的非常清晰的印迹。如同赛尔诺和德吉那两次案件中那样，死者是一个不再太年轻的男子，一个早先的商人。他曾经环绕地球转了二十圈，销售他的化妆品。”

他掏出他的记事本，查阅起来。

“保尔·赫鲁因”，他说。“六十三岁。”

他又把记事本放回衣兜。

“这一次”，他继续道，“人们在伤口附近找到了三根毛。他们已经送往罗斯尼的 IRCG。我已经向他们提出了求援的请求。”

“这 IRCG，到底是什么呢？”

“是国家宪警犯罪研究所”，阿当斯贝格说。“在那里，人们可以只用袜子上的一根线，就消灭一个人。”

“好的”，夜更佬说。“我很喜欢能这样明白。”

他瞧着他那没穿鞋子的脚，就那样松松地裹在肥大的袜子中。

“我总是在说，袜子是一种只能骗骗傻子的小花招”，他对他自己补充说。“我现在可算知道这是为什么啦。继续说吧，我的小子。”

“兽医前去检查了那三根毛，照他的说法，那不是狗毛。那么，这兴许会是狼毛。”

阿当斯贝格抚摩着自己的胳膊，用左手给自己倒了一杯白葡萄酒，结果，有一些酒洒到了酒杯外。

“这一次”，他说，“他把他掐死在一个牧场的入口处，但那里却没有任何形式的十字架。就仿佛马萨尔在行为有效这一方面并不像人们所想的那样吹毛求疵。他杀死了他，在离开他家很远的地方，显然是因为城里到处都有警察在转悠。这就假定了，他已经想了个办法把他吸引到外面。通过一张字条，或者一个电话。”

“在几点钟呢？”

“凌晨两点左右。”

“凌晨两点钟的一个约会吗？”索里曼问道。

“为什么不呢？”

“那家伙肯定会起疑心的。”

“一切全取决于人们所给予他的借口。知心话啦，家族秘密啦，敲诈勒索啦，有很多很多办法，能让一个人在深更半夜里出门。我想，赛尔诺和德吉当初也不会是高高兴兴地出门去的。是有人召唤他们前往。如同这一次的赫鲁因。”

“他们的女人说，之前没有接到过什么电话。”

“当天当然没有过。约会应该早在这之前就定好了的。”

索里曼噘了噘嘴。

“我知道，索尔”，阿当斯贝格说。“你相信偶遇。”

“是的”，索里曼说。

“那就请你给我一个很说得通的理由，让这位销售化妆品的善良的老商人在凌晨两点钟时出门到外面去透透风，行吗？你认识很多会在深夜出去散步的人吗？人们并不喜爱黑夜。你知道我又认识多少喜欢夜出的漫步者吗，在我这一生中？两个。”

“谁呢？”

“一个是我自己，另一个是我们村的家伙，在比利牛斯地区。他叫雷蒙。”

“然后呢？”夜更佬说，用手背那么一抹，就把雷蒙给抹掉了。

“然后嘛，他跟赛尔诺以及德吉没有任何关联，也没有任何理由会曾经撞见马萨尔。但是，这位赫鲁因，还是有一些相当不同的地方的”，阿当斯贝格补充道，语气中带了一丝沉思的意味。

夜更佬在自己的膝盖上卷成了三支卷烟。他舔了舔烟纸，粘上，把烟卷递给索里曼和卡米叶。

“至少有一个家伙可能已经想要杀他”，阿当斯贝格接着说。“这在一个人的生命中还不算太频繁。”

“这跟马萨尔有什么关系吗？”索里曼问。

“这是一个相当老的故事了”，阿当斯贝格说，并没有直接回答。“一个很普通的，也很卑劣的故事，我很感兴趣。这是二十五年前发生在美国的一件事。”

“马萨尔的脚可从来都没有踏上过那边的土地一步。”

“即便如此，我还是对它很感兴趣”，阿当斯贝格说。

他用左手摸索着自己的衣兜，掏出来两片药，就着一口酒咽了下去。

“这是为了我的胳膊”，他解释道。

“这很吸引你吗，我的小子？”夜更佬问道。

“你知道把自己的胳膊借给狮子的那个人的故事吗？”索里曼问道。“那狮子，觉得这样既方便，又别致，就不打算把胳膊还给那人了，而人就没有别的办法能收回自己的财物了。”

“够了，索尔”，夜更佬打断了他。“还是讲一讲那个关于美国的老故事吧，我的小子”，他问阿当斯贝格道。

“是这样的”，索里曼继续道，“有一天，一个一条胳膊的人在沼泽中捕鱼，有一条没有鳍的鱼儿被抓住，落到了他的水桶中。‘放我走吧’，那鱼儿哀求道……”

“真他妈的，索尔”，夜更佬叫嚷道。“算了算了，你还是讲一讲你那个美国的什么玩意儿吧”，说着，他重又转向了阿当斯贝格。

“一开始”，阿当斯贝格说，“赫鲁因家族有那么两个兄弟，一个叫保尔，另一个叫西蒙。他们在一起工作，做那小小的化妆品生意，西蒙在得克萨斯州的奥斯汀地方开设了一家分行。”

“这个故事，它一文不值”，索里曼说。

“西蒙在那边”，阿当斯贝格继续道，“把自己的生活弄得很复杂，他跟一个女人睡觉，那是一个法国女人，之前已经跟一个美国男人结了婚，她名字叫阿丽亚娜·热尔曼，丈夫姓帕德维尔。你们都在听我讲吗？我这样问是因为，我经常讲着讲着故事，就把听故事人给讲睡着了。”

“那是因为你讲得也实在太慢了”，夜更佬说。

“是的”，阿当斯贝格说。“做丈夫的那位，就是说，那个美国人，约翰·内尔·帕德维尔，因为嫉妒的情绪，也把自己的生活弄得很复杂，他先是折磨他妻子的情夫，后来干脆就杀死了他。”

“那就是西蒙·赫鲁因”，夜更佬简述道。

“是的，帕德维尔上了法庭，接受审判。西蒙的兄弟，保尔——我们的那位——在庭审中作证，彻底地扳倒了帕德维尔。他在控告材料中加入了他兄弟西蒙的一些信，在那些信中，西蒙大量地描绘了帕德维尔对他妻子采取的残酷的暴行。约翰·内尔·帕德维尔由此被判了二十年监禁，而他只在监狱中待了十八年。若是没有保尔的证词，他本来会更轻易地从监禁中挣脱出来，因为，那样的话，他可以借口自己暂时性的疯狂发作，而为自己的行为辩解了。”

“跟马萨尔没有任何关系”，索里曼说。

“但它并不比你那个关于狮子的故事差”，阿当斯贝格说。“帕德维尔大概在七年前应该出了监狱。如果说他有一个家伙要狠揍一顿的话，而就是保尔·赫鲁因。在审判之后，阿丽亚娜抛弃了一切，她跟西蒙的那位叫保尔的兄弟返回了法国，她已经成了他的情妇，跟他一起过了一两年的安稳日子。因此，这可以算是双重进攻。他先是作证毁了帕德维尔，然后又夺走了他的女人。我是从保尔·赫鲁因的妹妹那里听说这个故事的。”

“但是”，卡米叶说，“这又有什么用？是马萨尔杀死的赫鲁因。我们有指甲为证。他们对手指甲已经有了定论。”

“这我知道得很清楚”，阿当斯贝格说。“而那个关于指甲的故事，它让我很烦。”

“烦什么呢？”索里曼说。

“我不知道。”

索里曼耸了耸肩膀。

“你别扯远了离开马萨尔”，他说。“对得克萨斯的苦役犯，还真没什么可说的。”

“我不会远离的。兴许我还会凑得更近呢。兴许马萨尔还真的不是马萨尔呢。”

“别把什么都复杂化了，我的小子”，夜更佬说。“每一天，他受的罪就已足够了。”

“马萨尔只是在几年前才返回圣维克托的”，阿当斯贝格不慌不忙地继续道。

“大约六年时间吧”，夜更佬说。

“而二十年以来，从来没有人见过他。”

“他常常在集市上露面，他给人修理椅子。”

“有什么能证明他呢？有一天，这个家伙回来了，他说：‘我是马萨尔。’而所有人都回答他道：‘明白，你是马萨尔，我们已经有好长时间没见到你了。’而所有的人都认为，那是马萨尔，那个生活在山上的人，像个野人那样生活在旺斯山上。没有父母，也没有朋友，也没有熟人，从他很年轻的时候起，就谁都没有见过他。那我倒要问了，到底是什么在证明，马萨尔就是马萨尔呢？”

“我的上帝啊”，夜更佬说，“可他就是马萨尔嘛，他妈的。你到底在瞎说什么呢？”

“那你，你认出了他吗，马萨尔？”阿当斯贝格问道，死盯着夜更佬的眼睛。“你能不能发誓，这就是你二十年前亲眼看到他离开家乡的那个年轻人？”

“该死的，我真的相信那就是他。我还记得那小奥古斯特的样子。他长得不很漂亮，粗犷、大线条、黑黑的头发，像是只乌鸦。但是很勇敢，工作很勤奋。”

“这样的家伙，倒是有成千上万呢。你敢不敢发誓，那就是他？”

夜更佬挠了挠自己的大腿，陷入了沉思。

“我不能以我母亲的脑袋起誓”，过了好一会儿，他有些遗憾地说。“而假如我，假如连我都不能发誓，那在圣维克托就没有人可以发誓了。”

“这正是我要说的”，阿当斯贝格说。“没有什么能证明，马萨尔就是马萨尔。”

“那么真正的马萨尔呢？”卡米叶问道，皱起了眉头。

“被抹除了，消灭了，替代了。”

“为什么被抹除了呢？”

“因为很相似。”

“你是在想，是帕德维尔替代了马萨尔吗？”索里曼问道。

“不”，阿当斯贝格说着，叹了一口气。“帕德维尔今年已经有六十一岁了。马萨尔则年轻得多。你看他有多大年纪呢。夜更佬？”

“他有四十四岁。他跟小吕西安是同一天夜里诞生的。”

“我没有问你马萨尔的真实年龄。我只是想问你，你看那个被人叫作马萨尔的人有多大年纪？”

“啊”，夜更佬说着，皱起了眉头。“超不过四十五岁，也不会低于三十七八岁。肯定不会是六十一岁。”

“这一点我也同意”，阿当斯贝格说。“马萨尔不是约翰·帕德维尔。”

“那么，一个钟头以来，你为什么要拿这些乱七八糟的东西来烦我们？”索里曼问道。

“我就是这样推理的。”

“这个，可不是什么推理。这是脱离常理之后的反思。”

“正是这样。我就是这样推理的。”

夜更佬用他的棍子推了一下索里曼。

“放尊重些”，他说。“你要去做什么呢，我的小子？”

“警察们决定，要公布马萨尔的照片，以便召唤证人。法官认为，我们已经拥有相当多有说服力的证明，完全可以这样做。明天，他的那副嘴脸将出现在所有的报刊上。”

“好极了”，夜更佬说着，叹了一口气。

“我联系了国际刑警”，阿当斯贝格补充说。“我要求得到帕德维尔的所有卷宗。我明天就能等到它。”

“但是，你拿到这一切又能怎么样？”索里曼说。“即便是你的那个得克萨斯人谋杀了赫鲁因，他也不会去碰你的赛尔诺和德吉，不是吗？当然就更别提我的母亲了，不是吗？”

“我知道”，阿当斯贝格慢悠悠地说。“这都是挨不上边的。”

“那么，你为什么还要坚持呢？”

“我不知道。”

索里曼整理了一番桌子，把木头箱子、折叠凳、蓝色水盆等等全都收回去。然后，他从胳肢窝底下和膝弯处抱定了夜更佬，把他抱上卡车。阿当斯贝格则用手摸了摸卡米叶的头发。

“来吧”，一阵寂静后，他说。

“我会把你的胳膊弄疼的”，卡米叶说。“最好还是分开来睡。”

“可这样做并非更好。”

“但已经很好了。”

“还算很好。但并不是更好。”

“那假如我把你弄疼了呢？”

“不”，阿当斯贝格说，摇了摇头。“你从来就没有把我弄疼过。”

卡米叶犹豫了一下，她的内心依然被分割在安静与混乱之间。

“我不再爱你了”，她说。

“那只是一时间的”，阿当斯贝格说。

三十三

第二天上午，同一位宪警前来接阿当斯贝格，九点钟时把他送到贝尔库尔的宪警队，在那里，在萨布丽娜·蒙日羁押的监牢里，他跟她一起度过了两个钟头。丹格拉尔和警官古尔万乘坐 11 点 07 分的列车从巴黎赶来，阿当斯贝格把这个年轻女子交给了他们，连同一大堆无用的嘱咐。他对丹格拉尔的微妙做法有一种盲目的信任，他非常看重丹格拉尔的能力，认为此人在人性关照方面高人一筹，远远要胜过他自己。

中午时分，他让人开车送他到红堡的宪警队，去那里等待国际刑警关于约翰·内尔·帕德维尔的卷宗材料。红堡那边的副手，弗洛门丁，是一个跟艾蒙大不一样的人，红皮肤、四方脸，不太倾向于给予民事司法警察系统以援助。他认定——当然这样做是有道理的——警长阿当斯贝格根本就没有权利对他发号施令，因为，这超出了他的职能范畴，况且他也没有得到什么授权，而实际上，阿当斯贝格并没有这样做。他只是满足于，就像在贝尔库尔那样，就像在布格那样，催要一些信息，提出一点建议。

但是，副手弗洛门丁由于生性懦弱，并不敢直接对抗这位警长，因为他深知警长暧昧的言行举止，反正，这都已经是众所周知的了。此外，他还显得对对手在必要情况下施展的阿谀奉承的迷人招数十分在意。以至于到后来，块头胖大的弗洛门丁几乎已经开始听从警长的命令了。

他也一样，等待着国际刑警那边的传真，他实在有些搞不明白，阿当斯贝格何以会对一个案件寄予那么大的希望，怎么说，这个案件都跟梅尔康都之兽的屡次攻击没有任何共同之处。照人们所掌握的情报，也就是说，按照赫鲁因家的妹妹所讲述的那样，西蒙·赫鲁因当年并不是被咬断脖子的。很简单，他只是被人美国式地开了焊，一颗子弹打进了他的心脏。而恰恰就在这之前，帕德维尔还来得及以复仇的方式干掉了他的生殖器。弗洛门丁做了一个表示畏惧和嫌恶的鬼脸。在他想来，有一半的美国人落入了野蛮状态中，而另外那一半则相反，停留在了塑料玩具的状态中。

国家宪警犯罪研究所的分析结果，于十五点三十分来到了队副艾蒙的办公桌上，在接下来的五分钟里，他马上就把这结果转交给了弗洛门丁。从保尔·赫鲁因身上提取到的毛发，属于某种 *Canius lupus*[①]，那是一种普通的狼。在第一时间，阿当斯贝格就把这个信息转给了赫梅尔，还转给了蒙瓦扬，以及在比奇隆的警队队副布雷旺。阿当斯贝格毫不顾忌那样做会不会惹烦布雷旺，因为那家伙总是不把他期待的关于奥古斯特·马萨尔的材料呈送给他。

这天上午，马萨尔的照片出现在了报刊上，在报纸的栏目中、在电视上、在广播中，压力在明显上升。保尔·赫鲁因的被杀害，以及红堡的绵羊连续遭屠杀，终于把警察和记者们全都惹毛了。人

---

① 拉丁语，“灰狼”。

狼的血腥之路被复制刊登在了所有的日报上。红颜色的线条，是由这个有心理疾病的杀手已经完成的谋杀之线，而蓝颜色的，则是预计他要通向巴黎的移动轨迹，所有路线都是由他自己描画出来的，而且，除了沃库勒尔和普瓦西－勒－鲁瓦，也都是迄今为止他已经小心谨慎地遵守了的。一再反复播出的公告继续坚定不移地呼吁，希望人狼将经过的那些区域的城镇和乡村的居民提高警惕、谨慎行事，夜间务必避免任何形式的外出活动。各种各样的报警电话、举报揭露、证人证词，开始滔滔不绝地冲刷着法兰西所有警察局和宪警队。眼下，暂时地，人们把跟马萨尔的红色线路没什么直接关系的因素全都搁置在一旁。面对着这一事件的广度，在不同地方部门的行动之间组织起一种合作来，就变得十分有必要了。在司法警察领导部门的干涉下，让－巴蒂斯特·阿当斯贝格被委以重任，来负责协调人狼事件的合作事宜。这一消息是在十七点左右传到正在红堡的他那里的。从那一刻算起，队副弗洛门丁毫不客气地就虎视眈眈、准备就绪了，试图抢在警长的意愿表达出来之前就提前行动。但是阿当斯贝格并不太需要什么帮助，他只是等待着国际刑警方面的卷宗资料。异乎寻常的是，这个星期六，他一次都没有出门去乡野散步，他站立在那里，一边随手在他的素描本上写写画画，一边监听着传真机嗞啦嗞啦的响动。他描画出了队副弗洛门丁的脑袋。

十八点还稍稍不到的时候，文件资料传了过来，来自得克萨斯州奥斯汀地方警察分局的办公室，是由J. H. G. 拉尔森警官发过来的。正等在弗洛门丁办公室里的阿当斯贝格赶紧一把夺过传真纸，站立在那里，倚着窗户，就匆匆读了起来。

约翰·内尔·帕德维尔夫妇之间充满了罪恶的故事，似乎处处都印证了保尔和西蒙·赫鲁因的妹妹讲的故事。那个叫约翰的男人诞生于得克萨斯州的奥斯汀，在那里从事金属商人的职业。二十六岁时，他娶了阿丽亚娜·热尔曼为妻，跟她有了一个儿子，叫斯图亚特·D. 帕德维尔。在十一年的共同生活之后，他开始折磨他妻子的那个情人，西蒙·赫鲁因，最后还朝他的心脏开了一枪，把他打死了。于是，约翰·内尔·帕德维尔被判处了二十年监禁，但他只赎罪坐了十八年的牢，七年零三个月之前就被释放了。这之后，约翰·内尔·帕德维尔就没有离开过北美的领土，也不再有过任何的司法案件。

阿当斯贝格久久察看着由他的美国同事传过来的那个杀手的三张肖像照，一张正面，一张左侧面，一张右侧面。一个长方脸的金发男子，表情严峻，眼睛是浅色的，稍稍透出一种迷惘，嘴唇又薄又细，透着一丝机灵劲儿，是老奸巨猾与有限度的固执的一种混合体。

他后来在得克萨斯的奥斯汀寿终正寝，那天是 12 月 13 日，距今正好一年又七个月。

阿当斯贝格摇了摇脑袋，卷起了传真纸，匆匆塞进了他的上衣中。

“很有意思吧?”弗洛门丁问道，他一直在静静等待着警长把目光从那些传真文件上抬起来。

“这事已经在那里结束了”，阿当斯贝格说，噘了噘嘴，颇有些失意落魄。“那家伙去年就已经死了。”

“真是遗憾”，弗洛门丁说，“这条轨迹一时一刻都没有变动过。”

阿当斯贝格握了握他的手，离开了宪警队，步子要比平时还更缓慢。他的临时传令兵在他的身后亦步亦趋，一直跟随他来到警车前。上车之前，阿当斯贝格又掏出来那卷传真纸，再一次认真地察看约翰·内尔·帕德维尔的照片。然后，他又把照片塞进衣兜，若有所思，屁股悄悄地滑进了前排的右侧座位。那宪警开车，一直把他送到离卡车五十米的地方。

他首先看到了黑色的摩托车，支撑在省道的路边。然后，他看到了劳伦斯，安坐在牲口运送车的右腰侧，正忙着分拣堆放在他脚边的一大堆照片。阿当斯贝格感到的并不是一种不快，而是一种稍稍有些刻薄的遗憾，遗憾自己这天晚上没能把卡米叶紧紧抱在怀中，而且，还感到一种害怕，当然，它是转瞬即逝的，几乎没留下什么痕迹。这个加拿大人真的是一个比他还要更严肃、更健壮的家伙。实际上，倘若他只是倾听自己心中的理性行事，他甚至还会坚定不移地把他介绍给卡米叶。但是他强烈的渴望和他的个人兴趣在阻止他放弃卡米叶，阻止他把她留给这个生性喜爱历险的瘦高个儿。

卡米叶稍稍有些僵硬地坐在加拿大人身边，把她的全部注意力都集中在散乱于干草丛中的梅尔康都的狼群图像上。劳伦斯给阿当斯贝格作着一种断断续续的解释，为他介绍着马库斯、厄勒克特拉、西贝柳斯、普洛塞耳皮娜，以及已经死去了的奥古斯都。加拿大人很平静，甚至还有点热心肠，但是他始终在阿当斯贝格身上投下他讯问者的那种目光，它明显地意味着疑问：“你在寻找什么？”

索里曼在木头箱子上支起了餐桌，而与此同时，夜更佬则坐在一边，拨弄着篝火堆，一只脚搁在水盆上。劳伦斯翘起下巴，指着老羊倌的脚踝，问着他什么问题。

“他从卡车上滚落了下来”，索里曼解释道。

“有那个得克萨斯人的什么新消息吗，小子？”夜更佬问阿当斯贝格，一下子就打断了索里曼。

“有的。奥斯汀方面给我传真发来了他的履历。”

“他的履历，履历是什么东西？”

“就是他生活的向来过程”，索里曼说。

“好的，我很喜欢来弄它个明白。”

“这么说吧，这小子结束了奔波”，阿当斯贝格说。“帕德维尔一年半之前就死了。”

“你原来弄错了”，索里曼总结道。

“是的，这个，你已经对我说过啦。”

由于胳膊受了伤，阿当斯贝格最终还是放弃了屈身睡在他的汽车里。他打电话给宪警队，让他们派车送他到了蒙迪迪埃的那家旅馆。他在一个闷热异常的小房间中度过了星期天的白天，收听着新闻广播，获悉着萨布丽娜的消息，重读八天期间积累起来的卷宗材料。时不时地，他会展开约翰·内尔·帕德维尔的照片，久久地凝视它，带着某种混杂了好奇与遗憾的心情，在阴影与光线中，把玩这个男子的肖像。他从一侧来看它，然后再从另一侧，让它在各个方向上翻转，或者让自己的目光死死地潜入这双并不在场的眼睛中。他连续三次从中摆脱出去，躲到一个隐蔽的角落中，那是他发现的一个废弃的果菜园。他描画夜更佬的图像，一只脚高高地翘起，搁在水盆上，上身笔挺，带黑色飘带的帽子低低地压住了眼睛。他描画出索里曼，光着膀子，稍稍弯曲着身子，目光高傲，摆出那样一种相当自豪的姿势，那都是他从夜更佬那里学来的，稍微有些矫揉造作。他描画了卡米叶的图像，双手紧扣住卡车的方向盘，身影侧向地朝着公路。他描画了劳伦斯的图像，依靠在摩托车上，表情严峻地打量着他，蓝色的目光中似乎还悬挂着那个哑默的问题。

晚上大约七点半时，有人敲响了房门，进来的是索里曼，浑身汗淋淋的。阿当斯贝格抬起眼睛，摇头表示：不，想通过这样的动作告诉他，什么新鲜事都没有发生。马萨尔还处在他的安静时刻中。

“劳伦斯一直就在那里吗？”他问道。

“是的”，索里曼说。“但这并不妨碍你过去一趟，不是吗？夜更佬都要让人在鸡笼上烤牛肉啦。他在等着你。这不是，我就来找你了。”

“他有乔治·格什温的消息啦？”

“乔治·格什温，你根本就不在乎它的。”

“也不尽然吧。”

“是那个猎手让你跟我们拉开距离的吗？”

阿当斯贝格微微一笑。

“只有四张床嘛”，他说。“可我们有五个人。”

“多了一个人。”

“正是。”

索里曼坐到床上，皱起了眉头。

“你一时间里消失了踪影”，他说，“但你可以佯装啊。只等猎手刚一转过身子，你就可以回来替代他啊。我知道你在做什么，我知道得一清二楚。”

阿当斯贝格不回答。

“而我正在问自己，是不是很周正”，索里曼努力地继续道，目光抬起来，望着天花板。“我正在问自己，是不是很规则。”

“跟什么相比才算规则呢，索尔?”

索里曼迟疑了一下。

“跟规则相比”，他说。

“我还以为你对规则不规则的根本就不在乎呢。”

“这倒是真的”，索里曼承认道，有些惊讶。

“那么?”

“同样。你可以朝猎手的背后开一枪。”

“他从来不背向人，他总是面向人。那不是一个老实人。”

索里曼摇了摇头，很不满意。

“你让水流转向”，他说，“你让江河改道，你为你自己获取所有的水，你躲藏到了猎手的床上。这是盗窃。”

“正好相反，索里曼。卡米叶的所有情人——因为我们现在说的正是卡米叶，不是吗?——卡米叶的所有情人都在我的河流中汲水，而我的所有情妇则在她的河流中提取水样。在上游，只有她，还有我。而在下游，则会有很多很多人。依照这一情况来看，下边的水要比上边的水更浑浊。”

“哦，这样”，索里曼说，变得有些不知所措。

“这样说，是为了简单化”，阿当斯贝格说。

“以至于眼下这一刻”，索里曼迟迟疑疑地说，“你又在向着上游溯流而上吗?”

阿当斯贝格点了点头。

“以至于”，索尔继续道，“假如我得以越过这神圣的五十米，假如我得以把手放在她的身上，我就会重新处在你整个愚蠢至极的水文地理系统的下游。”

“多少是这样的”，阿当斯贝格说。

“卡米叶是不是知道这些，或者，那只是你自己的梦想？”

“她知道的。”

“而那猎手呢？他知道吗？”

“他心里也在问。”

“但是，今天晚上，夜更佬等着你。白天里，他已经被搁在水盆上的那只脚弄得烦透了。他等着你。实际上，是他命令我把你带回去的。”

“那样的话”，阿当斯贝格说，“事情可就完全不同了。你是怎么来的？”

“骑着轻便摩托车来的。你只需要用左胳膊搂住我就可以了。”

阿当斯贝格卷起了他的资料，把它们塞进上衣衣兜里。

“你要把这一切全都带上吗？”索里曼问道。

“有时候，种种想法会通过皮肤回到我身上。我更愿意把它们始终留在身边。”

“你真的希望会有什么事情吗？”

阿当斯贝格做了个鬼脸，穿上了因塞了资料而变得非常沉重的上衣。

“你有一个想法了吗？”索里曼问。

“意识之下的①。”

“它的意思是？”

“它的意思是，我是看不到它的。它在我眼睛的边缘上颤抖。”

---

① 原文为“Subliminale”。

“不太实在。”

“不太。”

索里曼在一种稍稍显得有些紧张的寂静中，讲述了他的第三个非洲故事，把眼前那些有点沉重的目光全都淹没在了他的话语下，那些目光朝各种方向互相交换，从卡米叶向阿当斯贝格，从阿当斯贝格向劳伦斯，从劳伦斯向卡米叶。阿当斯贝格有时候抬起眼睛朝向猎手，仿佛在颤抖摇晃。他在让步，索里曼心里想，他在让步。他将把他的整条河留在地图上。在加拿大人那多少有些咄咄逼人的目光下，警长重又低下了脑袋，俯向他的菜盘子，他就这么待着，仿佛头脑迟钝，被画在珐琅质盘子上的花纹图案迷住了。索里曼继续讲着他的故事，讲的是一只报复心极强的蜘蛛和一只胆怯的小鸟之间某个十分错综复杂的事件，甚至连他自己都不知道他将如何摆脱掉。

“当沼泽之神看到鸟儿在地上做窝”，索里曼说，“他不禁怒火万丈，便去找到蜘蛛蒙博之子。‘是你，蒙博的儿子，用你肮脏的大颚，砍断了树枝。从此之后，你将不再用你的嘴去砍树木，而将用你的屁股来纺出丝线。用这丝线，日复一日地，你将把树枝重新粘住，你将让鸟儿们在上面做窝。’”“一点儿也不”，蒙博的儿子说……

“上帝”，劳伦斯打断了他。“不明白。”

“不是为这个而生的”，卡米叶说。

午夜过后半点钟，只剩下阿当斯贝格一个人还跟索里曼待在一起。他主动提出送他回旅馆，开轻便摩托的那一路，对他的胳膊来说，曾经是个重大的考验。

“就不要那样了”，他说，“我还是走回去吧。”

“有八公里路呢。”

“我需要走一走。我从田野中抄近路走。”

阿当斯贝格的目光是那么冷漠，那么迷惘，索里曼便不再坚持了。有时候，警长会出发前去另一个世界，而在那些时刻，没有人会感觉自己渴望去陪同他。

阿当斯贝格离开了公路，走上了一条狭窄的小道，它伸展在一片玉米地和一片亚麻地之间。夜空并不那么明亮，有风，好些云彩从傍晚起就在向西边慢慢飘去。他缓步向前，右胳膊被夹住，低下脑袋瞧着地上的砾石，那些碎石在地面上勾勒出一条弯弯曲曲的白线。他走出了田野，来到一片平地，根据远处隐约可见的蒙迪迪埃教堂钟楼的黑影子辨别了一下方向。假如说，他可能明白了今晚上让他大为吃惊的究竟是什么，那也只明白了一点点。那应该是那个关于河流的故事模糊了他的视觉，弄乱了他的想法。但是，他毕竟已经看到了。刚才还在他的眼眶边上颤抖不已的不太明确的想法，现在已经慢慢地成了形，有了厚度。一种吓人的、让人无法接受的厚度。但他已经看到了。而如狼之人的故事中整个嘎吱嘎吱乱响的东西，就像走了形的车轮那样，面对着这一假设全都变得非常柔顺。苏珊娜·罗斯林的荒诞死亡、始终不偏不离的线路、秃子克拉苏斯、马萨尔的指甲、狼的毛、缺席的十字架，这一切全都归了队。一个个角在渐渐变得模糊，只能构成唯一的一条路，又平整，又明亮，显而易见。阿当斯贝格看到了这整整一条路，从它的起头，一直到它的结尾，被非同一般地画出，一路上铺满了痛苦、残忍和一种极端的才华。

他停下步子，背靠一棵树坐了很长一段时间，勘探着他那非常坚固的思想。一刻钟之后，他又慢慢地站起来，寻路而行，他前往的方向是红堡的宪警队。

半途，就在刚刚走入一条分隔开两块庄稼地的道路后不久，他猛地停住脚步。离他五六米远的地方，猛地闪现出一个黑黑的身影，挡住了他的去路，这身影又宽又大，像是有些稍稍蜷缩在自身之上。夜空并不足够明亮，令他看不太清对方脸部的线条。但是阿当斯贝格一下子就明白了，他面对的就是那个人狼。游荡的杀手，百般躲避的人，迄今为止已经躲藏了整整两星期的那一位，现在终于显身了，为了一次个对个的斗杀。直至目前为止，还没有过任何一个牺牲者能顶住他的攻击而幸存下来。但是话又说回来，也还没有过任何一个牺牲者随身带有武器。阿当斯贝格后退了好几步，目测着他那吓人的身材，而那个人则慢慢地在逼近，一言不发，身子有些前后摇晃。**就像是炭火，我的小伙子，它就像是一块炭火，狼的眼睛，在黑夜。**阿当斯贝格左手一晃，就从枪套中掏出手枪，但一掂枪的重量，他当即就明白，那武器是空膛的。

那男人一跃扑向他，只那么猛地一推，就把他推了个大趔趄，摔倒在地。阿当斯贝格发现自己已经脊背重重地着地，他疼痛得不禁龇牙咧嘴地做了个鬼脸，说时迟那时快，那男人的膝盖早已压了上来，用它们全部的重量死死压住了他的肩膀。他试图用左臂的力量推开那个把他死死钉在地上的巨大分量，但他却无力地垂下了胳膊。他在夜色中寻找着对手的目光。

“斯图亚特·唐纳德·帕德维尔”，他在喘息中说。“我找你找得好苦啊。”

“见你的鬼去吧”，劳伦斯回答他说。

“放开我，帕德维尔。我已经预先通知了警察。”

“得了吧”，劳伦斯说。

加拿大人把手伸进他的上衣，阿当斯贝格在他的拳头中分辨出一副白色的大颌骨，离他的脸很近很近，他觉得那颌骨巨大无比。

“北极之狼的头骨”，劳伦斯冷笑道。“别到死都不知道自己是怎么死的。”

一记枪声在空中响起。劳伦斯惊跳起来，急忙回头，却没有放松对阿当斯贝格的压制。索里曼一下子就跳到他身上，把黑洞洞的枪口对准了他的胸膛。

“不许动，捕猎手”，索里曼高声叫喊道。“动一动，我就开枪，打碎你的心脏。快躺下，躺下，背朝地躺下！”

劳伦斯并不躺下。他慢慢地站立起来，举起了双手，保持了一种更像在进攻而不是屈服的姿势。索里曼用枪口控制住他，逼他后退到了玉米地里。夜色中，索里曼细长的身影似乎悲剧性地越发显得脆弱。看起来，这年轻人似乎难以长时间地经得住冲击，无论他带了枪还是没带枪。阿当斯贝格找到一块大石头，瞄准了对方的脑袋扔过去。劳伦斯被击中了太阳穴，应声倒地。阿当斯贝格站起身来，朝他走去，仔细地检查他。

“很好”，他大口地喘气道。“给我找些什么东西来，好把他捆起来。他可不能长时间就这么待着。”

“我可没有什么东西来捆他”，索里曼说。

“把你的衣服脱下来给我吧。”

阿当斯贝格解下自己手枪皮套上的带子，并脱下衬衣，以充当绳索，索里曼乖乖服从着脱下了长裤。

“T恤衫就不要了”，阿当斯贝格说。“把你的长裤给我吧。”

只穿了短裤的索里曼，终于把加拿大人的手脚全都捆了起来，让他就那样躺在地上呻吟。

“他流血了”，他说。

“他会恢复的。瞧瞧，索尔，瞧瞧那个畜生。”

在微乎其微的夜空光线中，阿当斯贝格指给索里曼看北极狼巨大的白色脑壳，他小心翼翼地透过它枕骨的洞拿稳了它。索里曼伸过去一只手，心中不免有一丝惧怕，手指头试着碰了碰它那锋利的尖牙。

“他磨快了牙尖”，他说。“它切割下去就像一把军刀那样锋利。”

“你的电话呢？”阿当斯贝格问他。

索里曼在草丛中摸索着，寻找起他的那条长裤来，然后把手机从裤子兜里掏出来。阿当斯贝格给红堡的警察去了电话。

“他们赶来了”，他说着，一屁股坐到了草地上，就坐在那个加拿大人的身体旁边。

他用自己的膝盖抵住脑门，开始慢慢地做深呼吸。

“你是怎么找到我的？”他问索里曼道。

“在你出发之后，我就躺下了。劳伦斯悄悄地穿过卡车，把衣服夹在胳膊底下，他到车外去穿衣服。我紧跟着就掀开了雨布。透过车框的栅栏，我看到他朝你离开的方向走去。我心里明白，他一定是去找你了，为了某个小小的解释，兴许就是关于卡米叶的，我心里就想，这跟我应该没有什么关系。不是吗？但是夜更佬猛地从他的床上直挺挺地坐了起来，他说：‘跟上他，索尔。’他从他的床底下掏出了那把长枪，塞到了我怀里。”

“夜更佬真的在守夜嘞”，阿当斯贝格说。

“应该相信他。之后，我看到，捕猎手拦住了你的路，我想，这将会是一次小小的解释。然后，事情就朝坏的一面转化了，你朝他说了一句：‘你好，帕德维尔。’或者类似意思的什么话。正是在这一时刻，我才恍然大悟，原来这并不是一次小小的解释。”

阿当斯贝格莞尔一笑。

“你差点儿就要被杀死”，索里曼阐释道。

“我们总是赶不上趟，比他要晚一步”，阿当斯贝格说，紧锁起了眉头。“从一开始起就是如此。我们好赖赶上了一点点，但我们还缺少几个钟头。”

“我认为，帕德维尔已经死了。”

“这是他的儿子，斯图亚特。”

“你是想说，儿子在完成着父亲的遗愿吗？”索里曼问道，细致地端详起了那加拿大猎手的躯体。

“当他父亲杀死了西蒙·赫鲁因时，这孩子只有十岁。他目睹了谋杀。这之后，小小的斯图亚特就算是完蛋了。尤其是他的母亲很快也就离家出走，跟赫鲁因家的兄弟去过日子了。十七年的监狱生活，帕德维尔无疑让他儿子的头脑中深深埋下了复仇的种子，执意要消灭所有那些男人，那些夺走了他母亲并让她始终远离她的家人。”

“但是，另外那两个小子又是怎么回事呢，赛尔诺和德吉？”

“他母亲的两个情人，必定无疑。没有任何别的解释。”

“但是苏珊娜呢？”索里曼说，嗓音有些空洞。“她跟这一切又有什么干系？她也会知道关于那猎手的这一切吗？”

“苏珊娜什么都不知道。”

“那么，她看到他带着他那见鬼的狼脑壳进攻羊群了吗?”

“根本没有，我对你这么说了吧。根本就不是因为她谈到了一头人狼，他才杀的她。而是因为她**没有说到**一头人狼，因为她从来就没有说到过。但是一旦她死去后，他就能让她说他想说的话了。这也就是苏珊娜对他而言的用处。她在那儿并不是用来否认的。”

“但是，我的老天啊”，索里曼说，嗓音有些颤抖。“这又是为了做什么呢?”

“为了散布有一头人狼的谣言。仅仅只是为了这个，索里曼。他自己把这谣言散布出去，那是不会弄错的。”

索里曼在黑暗中叹了一口气。

“我真的是不明白这整整一出关于狼的马戏。”

“当时，必须让人们相信这是一个疯子的杀戮，是偶然的屠杀，这就需要有一个罪人。于是，他就想方设法地创造了一个精神病病例，让某个叫马萨尔的人变成了有变狼妄想症的血腥杀手。他拥有一些极其有利的因素，完全能够做到这一点。职业啦，手段啦，知识啦，还有他身处梅尔康都国家自然公园的不在场证明。”

“那马萨尔呢?”

“马萨尔死了。从一开始起就死了。他应该把他埋葬在了旺斯山上的什么地方。瞧，警察们来了，索尔。”

阿当斯贝格和索里曼走过去迎接宪警们，一个光着上身，另一个则只穿了短裤。弗洛门丁带来了蒙迪迪埃大队的人马作为增援。在他看来，要捆绑住那个变成狼的恶人，十个人并不算太多。

“快来吧”，阿当斯贝格说，指了指躺在地上的劳伦斯。“快去叫一个医生来，我打伤了他的脑袋。”

“这小子是谁啊?”弗洛门丁问道，举起手电筒在加拿大人的脸上乱照一气。

“斯图亚特·唐纳德·帕德维尔，是约翰·帕德维尔的儿子。他在这里以劳伦斯·唐纳德·约翰斯通这一姓名而闻名。这是他的武器，弗洛门丁。”

“他妈的”，他说，“原来不是一头狼啊。”

“只是狼的一个脑壳而已。我们会在他摩托车箱子中的什么地方找到狼爪子的。”

副手把手电筒照向那个脑壳，显然表现出了一种浓烈的兴趣。

“这是一头北极狼”，阿当斯贝格说。“他在那边准备好了一切。”

“我明白”，弗洛门丁说，点了点头。“北极狼是所有的狼类中最高大的一种，远比别的狼要高大得多。”

阿当斯贝格瞧了瞧他，很是惊讶。

“我很喜欢动物的”，弗洛门丁解释道，神态稍稍有些尴尬。“我是到处都在寻觅关于它们的资料。”

他移动手电筒的灯光，照到了阿当斯贝格的胳膊。

“你这里流血了”，他说。

“是的”，阿当斯贝格说。“他猛扑到我身上时，把我的老伤口又弄裂了。”

“是什么告诉了他，他已经被发现了?”

“是今天晚上。我仔细瞧过了他。”

“然后呢?”

“我在他的脸上看出来约翰·帕德维尔的容貌。他知道，我在坚持不懈地关注他的父亲，他就明白我将要弄明白了。”

阿当斯贝格瞧着劳伦斯从面前走过，被两个宪警押送着。第三个宪警把阿当斯贝格的衬衣和手枪皮套还给了他。索里曼也取回了自己的长裤。

“今天晚上您一直跟他在一起吗?”弗洛门丁问道，皱起了眉头，紧跟在宪警们后面，亦步亦趋。

“他没有停止过在那里”，阿当斯贝格说，紧跟在他的身后。“他散布了关于人狼的这一谣言，然后他吸引了三个人跟在他的身后，来稳住他。他日复一日地获取跟踪的信息。不是我们在追踪他，而是他在引导着我们啊。”

劳伦斯被送往了蒙迪迪埃的医院，而弗洛门丁则亲自陪同阿当斯贝格和索里曼上了卡车。

“假如那个加拿大人并无什么大恙的话，我们明天下午三点钟来审问他”，阿当斯贝格说。“通知一下检察机关，还有，要在第一时间里通知威亚尔一德一朗斯的蒙瓦扬，布格一昂一布莱斯的赫梅尔，还有贝尔库尔的艾蒙。我自己会给比奇隆的布雷旺打电话的，请他在马萨尔的棚屋周围再作一次搜索。”

弗洛门丁点头表示赞同。他示意他的同行捎带上劳伦斯的摩托，然后就驾车启程。

“真该死”，索里曼突然叫嚷起来，看着宪警们的车队远去。“真该死，那头发!那指甲!你拿那指甲都做什么了啊?”

“指甲的问题已经解决了。”

“那是马萨尔的指甲。他们要拿这个做什么呢?”

“那确实是马萨尔的指甲”，阿当斯贝格一边说，一边慢吞吞地走在公路上，“那是一些剪下来的指甲。在旺斯山的棚屋中，布雷旺并没有从卫生间里捡取到哪怕一片指甲。赫梅尔必须先有这样一个想法，梳篦式地搜寻一番那房间，人们才可能在那里发现什么指甲的碎屑。但那是一些用牙齿咬下来的碎指甲，索里曼。正是这个才显得如此的碍人。一方面，是一个家伙在使用一把钳子，另一方面，是一个家伙赖在自己的床上啃着指甲。或者是前者，或者是后者，两者必居其一，索尔。在这之后，我还觉得，我们真的算是很幸运，不仅轻而易举地找到了他的旅馆，而且还捡取了这两片指甲和这根头发。是的，我们当真是一些幸运的家伙。靠着这地图，我怀疑到，马萨尔不是纯粹凭着偶遇来袭击的。而靠着这一有关指甲的线索，我甚至对马萨尔本人的存在与否都产生了怀疑。”

“但是，他妈的”，索里曼说。“那些指甲吗？”

“劳伦斯从死者身上剪下了指甲，索里曼。”

索里曼做了一个表示厌恶的鬼脸。

“可是他没有想到，马萨尔是用牙齿来啃指甲的。他没能想象一种类似的情况。这是一个过于干净、过于精细的家伙。这就是加拿大人的第一个错误。”

“他还犯过其他错误吗？”索里曼问道，眼睛瞟向了阿当斯贝格。

“犯过好几个呢。那些大香烛，还有那些在十字架脚下的杀害。我不知道，劳伦斯是不是真的就很熟悉马萨尔的这一迷信，或者，那是卡米叶在不知不觉之中说给他听的。反正他很高兴地采用了这一点，既然你们都对此大感兴趣。但是，在贝尔库尔，被警察们紧追不舍时，他却更愿意远远地离开任何的耶稣受难像和十字架来杀人。迷信人是不这样做的。他们会坚持不懈，他们会固执己见，他们尤其不会在一种如此严肃的挑战中有丝毫的松懈。但是他却在一个牧场中割断了赫鲁因的脖子，就那么简单。这意味着，以往的那些十字架无疑都是无关紧要的点缀。还有那些大香烛也是。而我还是要回到那一点上来：在这种情况下，马萨尔可就不是马萨尔了。你明白的，索尔，我已经准备好接受帕德维尔这一假设了。我等着他。”

“但是”，索里曼说，还有那么一丝丝的焦虑，“若不是他跟他父亲长得很有些相似，你恐怕是永远也不会对那加拿大人下手的。永远都不。”

“当然会的啦。只是那会花费更多的时间，仅此而已。”

“怎么会呢？”

“带着那样一种热心来追踪，赛尔诺、德吉和赫鲁因的卷宗最终还是会显现出它们共同的纽带的，这就是阿丽亚娜·热尔曼。从那里，人们还是会回到帕德维尔的案件上来的。帕德维尔死了，但他有一个儿子，一个见证过杀戮的儿子。我还是会跟踪这个儿子的轨迹，我还是会得到他的照片。因而，我还是会认出劳伦斯来的。”

“而假如你没有那么热心呢？”

“我会很热心的。”

“而假如你没有跟踪这个儿子的轨迹呢？”

“我会跟踪他的，索尔。”

“而假如不是那样的呢？”索尔还在坚持问。

“假如不是那样，那就必须得有更多的时间啦。谁熟悉狼群呢？劳伦斯呀。是谁第一个谈到的一头人狼？劳伦斯呀。是谁在寻找马萨尔？劳伦斯呀。当初又是谁宣称了他的失踪的？是谁假设是马萨尔杀死的苏珊娜的？还是劳伦斯呀。人们到后来总是能把他找到的，索尔。”

“兴许不是那样的”，索里曼说。

“兴许不是那样的。但是毕竟有狼的毛啊。人们担忧了，而突然，人们就找到了。都有谁知道了？警察，还有我们五个人。”

“我要去看看夜更佬”，索里曼说。“他应该知道了。”

“不”，阿当斯贝格说着，拽住了他的胳膊。“你会吵醒卡米叶的。”

“那以后呢？”

“我还不知道该怎么跟她说呢。好好想一想吧。”

索里曼停住了脚步。

“他妈的”，他说。

“是啊”，阿当斯贝格说。

三十四

阿当斯贝格坐在床沿上，等待卡米叶醒过来。等她一穿上衣服，他就带她走上了田野，向她宣布了那个消息，慢慢地，很慢很慢地说的。卡米叶盘腿坐在草地上，长时间地处于虚脱状态，双手搭住靴子，目光投向地面。阿当斯贝格扶住她的肩膀，等着她震惊的情绪平息下来。他压低了嗓音，不停地说着什么，尽量不让卡米叶独自一人停留在这一悲剧真相所带来的沉默中。

“我不明白”，卡米叶喃喃道。“我什么都没看出来，什么都没感觉到。他身上没有任何让人担忧的东西。”

“不”，阿当斯贝格说。“他是占了极端的两头，一头是安安静静的男人，一头是内心分裂的孩子。他是劳伦斯，也是斯图亚特。你只有后悔当初爱上他的份了。”

“他是个杀人凶手。”

“他是个孩子。他们毁了他。”

“他杀害了苏珊娜。”

“他是个孩子”，阿当斯贝格语气坚定地重复道。“他们并没有给他留下哪怕唯一的一个机会让他活下去。这就是真相。你就这么想吧。”

夜更佬从索里曼的嘴里听说了这事，显得很震惊。杀手是一头人狼这一假设，原来是毫无任何根由的子虚乌有。这么说来，剥开劳伦斯的皮从喉咙一直到睾丸，也就根本没有用处，而毫无危险性的马萨尔十六天以前就死去了。老人家很难做到把这一肮脏不堪的真相隐藏起来，但是，充满了悖论的是，苏珊娜之死的真正情境，被人们像抹掉一个小卒子那样抹杀得干干净净的这一情境，现在被揭示了出来。而且，这一揭示让他的内心得到了彻底的平静。对他变节背叛的悔恨，就在恶狼攻击苏珊娜的那一时刻，啃咬着他的脑瓜。但是，苏珊娜并不是一次意外打击的惊险牺牲品。她被拖进了一个陷阱中。对这样的陷阱，即便夜更佬调动起全部的警惕心来，恐怕也是绝对没办法避免的。劳伦斯当初的确是小心翼翼地尽可能地避开着老羊倌，最后才去叫苏珊娜的。没有任何东西，也没有任何人会改变其中的什么。夜更佬最终吐出了一口气。

“你，我的好小子”，他对阿当斯贝格说，“我帮你躲过了一劫。”

“那我应该给你一点什么作为报答吧”，阿当斯贝格说。

“你已经给了我啦。”

“葡萄酒吗？”

“杀害苏珊娜的凶手。但是，你要小心，我的小子，你要小心你自己。他差点儿就要了你的命了，而那个棕色头发的姑娘也是。”

阿当斯贝格表示赞同。

“你做梦做得太多了，我的小子”，夜更佬继续道，“而你守夜守得不太好。这就不好了，这，在你的职业中。但是我，人们管我叫夜更佬可不是白叫的。一副好腿脚，一个好屁股，一双好眼睛。”

“你都看到了什么，夜更佬？”

“我看到那加拿大人跟在你后面出来了，我还看到他对你不怀好意。我可不是瞎子。我还以为那是为了那个小姑娘的。而为了那个小姑娘，我看到他要去杀死你。我清清楚楚地看透了他，就像我现在看透你一样。”

“你看到他忙着做什么？”

“忙着他的事。”

“你是在哪里拿的子弹匣？”

“我翻了你的东西。这难道不就是你想从我这里拿子弹时所曾经做过的吗？”

下午三点时，阿当斯贝格走进了宪警队队部。弗洛门丁、赫梅尔、蒙瓦扬、艾蒙，以及四个宪警团团围住了劳伦斯，只见他坐在椅子的边沿上，平心静气地瞧着他们，已经戴上了手铐。加拿大人十分关注地目随着阿当斯贝格，而后者则绕着他们转了一个圈，跟他们打招呼。

“布雷旺刚刚来了电话，我的老兄”，赫梅尔一边说，一边跟他握手。“他们刚刚挖出了马萨尔的尸体，就在离他的棚屋只有八米的地方，在山坡上。他跟他的看家犬一起被埋了，还有他的钱，以及他的整套高山装备。他的指甲被平平地剪去。”

阿当斯贝格抬起眼睛，瞥了劳伦斯一眼，而后者则始终在死死地瞧着阿当斯贝格，目光中明显带着一个问题。

“卡米叶呢?”劳伦斯问道。

“她什么都不再遗憾”，阿当斯贝格回答道，不知道他说的是不是一句实话。

劳伦斯的身体明显表现出了某种放松。

“有一件事情，只有你一个人是应该知道的”，阿当斯贝格说着，凑近劳伦斯的身边，并拉过来一把椅子坐下。“你是不是还有什么人想要杀，或者，赫鲁因已经是最后一个要杀死的人?”

“是最后一个”，劳伦斯说，带着一丝不易觉察出的微笑。“全都已经得手了。”

阿当斯贝格点了点头，明白到，劳伦斯始终都没有丢失他的平静。

在先后二十多个钟头期间，劳伦斯一一回答着警察们的提问，丝毫不打算否认任何什么。宁静、冷淡，以他的方式作着配合。他要求坐一把干净的椅子，因为他发现，一开始提供给他的那把椅子实在是肮脏不堪。整个宪警队也是那么的肮脏不堪。

他用极其简练而又明确的小短句，作着他的回答。由于整个审问期间他从不带来自动的帮助，也不会主动附加任何的解释，而是一味被动地等待着别人来讯问他。当然，这更多地出于他本性中的沉默寡言，而非对警方的存心刁难，由于这一切，警察们花费了两天多时间，才从他的嘴里一点一点地挖掘出了他的整个故事。卡米叶、索里曼和夜更佬也在星期二的白天期间被传去问话，作为最主要的证人提供证词。

第三天晚上，赫梅尔毛遂自荐，代替阿当斯贝格，口授了第一份简短的报告。阿当斯贝格对那个善于做逻辑推理和综合归纳操练的家伙颇有些反感，十分感激地接受了他的建议，背靠在了办公室的墙上。赫梅尔匆匆地浏览了一番他的记录，以及他那位同事的记录，把它们摊放在办公桌上，同时打开了录音机准备录音。

“今天是几号星期几来的，我的老兄？”他问道。

“7 月 8 日星期三。”

“好的。我的老兄，我们赶紧吧，闲话少说，这就开始，明天我们再补全。‘7 月 8 日星期三。23 点 45 分。红堡宪警队，上马恩省。关于斯图亚特·唐纳德·帕德维尔的审讯报告，该涉事人三十五岁，其父约翰·内尔·帕德维尔，美国国籍，其母阿丽亚娜·热尔曼，法国国籍，被指控犯有蓄意杀人罪。审讯于 7 月 6、7 和 8 日进行，由警长让-巴蒂斯特·阿当斯贝格、副警长里奥奈尔·弗洛门丁主持，出席者有警长雅克·赫梅尔、警队队长莫里斯·蒙瓦扬。犯罪人的父亲约翰·N. 帕德维尔，于 19……’——我的老兄，你在这里替我把年份和日期填写上——‘因犯有杀人罪而被监禁在奥斯汀的监狱，他被指控当着当时年仅十岁的孩子的面，蓄意谋杀了他妻子的情人西蒙·赫鲁因。’”

赫梅尔中止了录音，晃了晃脑袋，示意阿当斯贝格可以过来了。

“我的老兄，你能够想象到这一点吗？”他说。“当着孩子的面。然后呢，那孩子，那孩子后来去哪里了呢？”

“他跟他的母亲待在一起，直到审判。”

“但是之后呢？当她逃走之后？”

“在一个学校里，某种国立孤儿院之类的机构。”

“铁一般的纪律？”

“不，照朗松的说法，一家正确的学校。但是，假如说，还有一种运气可以留给那孩子，让他避免精神疾病的话，当父亲的最终却彻底毁掉了这一机遇。”

“信件吗？”

“是的。在第一年里，他给他写了五六封信，然后，密度就加大了。平均一个月一封信，然后，当他十三岁时，是一星期一封信，一直到他十九岁。”

赫梅尔的手指头在桌子上弹动，像是在沉思冥想。

“那他的母亲呢？”

“那些年里，始终就是音信杳然。始终就没来看过她儿子。当他二十一岁的时候，她在法国去世了。”

赫梅尔摇了摇头，做了个鬼脸。

“我的老兄，你说的是一件肮脏的破事。”

他伸长了手臂，摁下了录音摁钮。

“‘在几乎整整十年期间，通过一种持续不断的通信，约翰·内尔·帕德维尔培育着他的儿子，年轻的斯图亚特，准备让儿子完成他期待他完成的神圣任务’，——我这里引用的是犯罪人的原话。‘正是为了这样一个目的，斯图亚特在二十二岁时改变了自己的公开身份，靠的是其父亲的一个朋友，也是以前的一个囚徒的帮助，成功流亡到了加拿大’，——我的老兄，这里请你给我一下具体的日期。‘在其监禁期间直至其妻子死亡为止，约翰·帕德维尔确保有一个私人侦探为他提供服务’，——我这里没有他的姓名信息——‘该侦探始终就在帮助他监视其妻子的动向，因为后者从审判结束后就隐居到了法国。正是这样，父亲和儿子能够随时得知帕德维尔之妻阿丽亚娜·热尔曼情爱生活的新消息，得知继西蒙和保尔·赫鲁因之后她的那两个情人的身份，并且也分别犯下了双重的罪行’，——我这里始终在引用引文——‘不仅暗中控制着自己的妻子，而且让当母亲的远离自己的儿子。事情根本就不涉及谋取那位母亲的性命，在当父亲的和那个罪人看来，只有那四个男人应该承担造成这一家庭灾难的罪责’，——我这里还是在引用。‘西蒙·赫鲁因已经被消灭，斯图亚特应该继续完成这一拯救性的事业’，——始终为引文——‘通过由他自己动手来消灭保尔·赫鲁因，而阿丽亚娜·热尔曼当初就是跟他一起逃亡法国的’，——我的老兄，这里又要请你给我一下具体的日期了——‘另外，要消灭的还有雅克-让·赛尔诺和费尔南·德吉，这两位是她几年之后定居格勒诺布尔期间认识的，那是在19……’——这里请补充完整年份。‘约翰·帕德维尔始终在勉励其儿子，而自从儿子改变身份之后，他一直很谨慎地与他交流，激励他花费必需花的所有时间，来制定一个战略计划，能够让他与案无涉，并希望能尽可能地让儿子避免他本人曾经遭受过的监禁生活。斯图亚特·帕德维尔——也即劳伦斯·唐纳德·约翰斯通——连续草拟了许多个计划，却始终找不到一个能让他真正满意的’，——此为引语。‘自从他在加拿大的自然保护区里作为禁猎人而开始工作起’，——我的老兄，你得告诉我那到底是在哪里，我对加拿大可是一点儿都不熟悉——‘他就用了十三年时间，靠着一种热情而又孤独的工作’，——这是引语——‘终于在加拿大驯鹿研究专家范围内赢得了一种极大的声誉。’”

“不是驯鹿，是灰熊”，阿当斯贝格纠正他说。

“‘是灰熊。狼群回归法国阿尔卑斯山地区的消息传到了加拿大自然保护主义者中，而与此同时，约翰·帕德维尔则刚刚突然去世。斯图亚特从中看到了一个信号，认为这是个好机会，终于可以借此来完成他的使命了’，——这是引语——‘他为此努力工作了一年，用来调整每一个零件。他如愿以偿地被派往了梅尔康都国家自然保护公园，由于他有很高的职业声誉，这一使命，他轻而易举地就得到了。他于十二月’——具体日期，我的老兄，日期——‘在巴黎作了休整，在巴黎，他认真阅读了关于在法国的人狼的种种传说，准备齐全了他的资料，也是在那里，他遇识了卡米叶·弗雷斯蒂埃。他鼓励这位年轻女郎陪同他前往当地，既是因为，他黏糊上了她’，——这始终还是引文——‘也是因为，一个单身男子的出现，会在乡村中引起种种阐释和好奇’，——始终还是引语。‘从他临时安顿的滨海阿尔卑斯省的瓦尔贝格，他就开始在追踪一头替罪羊。为此角色’，——我这是在引用引文——‘他定位了三个候选者，把他的首选定在了奥古斯特·马萨尔身上，此人定居于滨海阿尔卑斯省的圣维克托杜蒙村，而他自己也就安顿在了那里’，——大约在一月份，日期有待确定。‘他在圣维克托住了大约六个月，用必需的时间来了解马萨尔的情况，并保证了他的声誉，还有他事业的成功。6 月 16 日星期二那天，他启动了他的行动，趁着黑夜杀死了好几只羊，就在旺特布吕讷的羊圈，然后，在随后的几夜中，则在皮埃尔佛和圣维克托下手’，——我的老兄，这里需要确切的日期——‘借助于一只加拿大狼的脑壳，带有预先被磨得很尖的利牙。6 月 20 日星期六，他散布了谣言，借助于圣维克托的女牧羊人苏珊娜·罗斯林那有声有色的所谓证言，宣称奥古斯特·马萨尔是人狼附体。6 月 21 日星期六到星期日的夜间，他给他的女伴卡米叶·弗雷斯蒂埃下了迷魂药，离开了她的住所，杀害了奥古斯特·马萨尔，然后把他给埋了，连同他的高山服装装备，还有他的那条看家犬，然后，他又掐死了苏珊娜·罗斯林。他在马萨尔的住处丢弃下一张公路地图，图上写写画画了很多线条，以便更明显地强调马萨尔和被害羊群之间假设存在的联系。然后，他又连续成功地袭击了吉罗斯的羊圈，还有……’——我的老兄，那个地方叫什么名称来的？”

“拉卡斯蒂伊。”

“‘……还有拉卡斯蒂伊，他联系上了队副布雷旺，并诱使苏珊娜·罗斯林的养子索里曼·迪亚瓦拉，还有外号夜更佬的圣维克托的羊倌菲利贝尔·福热雷，让他们前去追赶所谓的披着人皮的狼。他的女友卡米叶·弗雷斯蒂埃则陪同那两位前往，他连续地掐死了雅克—让·赛尔诺，在伊塞尔省的索特雷，于6月24日到25日的那天夜里；以及费尔南·德吉，在安省的布格—昂—布莱斯，于6月27日到28日的那天夜里。他把追踪侦察诱向了贡布的一家旅馆，他在旅馆房间中放下了他从马萨尔身上捡取来的两片指甲和一根头发。随后，他又在上马恩省的贝尔库尔掐死了保尔·赫鲁因，于7月2日到3日的那一夜，并把他屠杀羊群的犯罪道路定向于……’——我的老兄，你得给我那一张名单，我都迷失了方向，说实在的，我都迷失了方向——‘其目的都是要把罪行加到人狼头上。他按照一种始终如一的 modus operandi22 犯下他的谋杀罪，即骑着摩托车前去行动，并假装总是在梅尔康都国家公园里，从而得到不在犯罪现场的保护，鉴于该国家公园状态的荒芜、面积的巨大，他所谓的就在梅尔康都实际上根本无法证实。然而，他毕竟还是在那里作过三次简短的游历，那是出于安全的考虑’，——我这是引用罪犯的原话——‘并在他最后的那次游历中，在那里捡取到一些狼毛，那也即在保尔·赫鲁因身上发现的兽毛。7月5日到6日的那个夜晚，在上马恩省的红堡，他受到了由警长阿当斯贝格根据帕德维尔的卷宗材料所做的侦查的威胁，他在叫光头营地的地方对警长实施了袭击，此次侵犯遭到索里曼·迪亚瓦拉的有效阻碍。警长让—巴蒂斯特·阿当斯贝格承认自己有意识地朝斯图亚特·D.帕德维尔扔去一个投掷物，瞄准了对方的脑袋，由此导致了一处明显的却并不太严重的伤害，此结论是由蒙迪迪埃医院的维昂大夫通过仔细检查所作出的，于7月6日星期一凌晨1点50分。罪犯的被捕由副警长里奥奈尔·弗洛门丁实施于同日即7月6日星期一凌晨1点10分。’”

赫梅尔切断了录音。

“我遗忘了什么东西吗？”

“秃子克拉苏斯和奥古斯都。”

“这两个家伙都是谁呢？”

“两头狼。劳伦斯应该从他一来到那里起，就让秃子克拉苏斯消失了踪影。除非那个克拉苏斯是自行消失的，当然这也是可能的。它是一群野狼中最高大的。奥古斯都是一头老狼，他把它留在自己的保护伞底下。在他出征期间，他就无法喂养它了，于是老狼就那么饿死了。劳伦斯为此而忧伤了好长一阵子。”

“他都杀死了五个人，却为一头狼的死而那么伤心吗？”

“那是他的狼。”

三十五

凌晨一点过后，阿当斯贝格回到了卡车上。卡米叶盘腿坐在她的床上，正借用手电筒的亮光，查阅着她的那本《职业工具名录》。阿当斯贝格坐到了她身边，细细地浏览关于钻床磨床的那一页。

“你在这里头到底能寻找到一些什么呢？”他说。

“一些安慰。”

“竟能如此？”

“一切皆为偶然、混杂和不确定，除了这本《名录》。”

“你能肯定这一点吗？”

卡米叶耸了耸肩膀，咧嘴微微一笑。

“明天，他们要把劳伦斯移交到巴黎”，阿当斯贝格说。“我跟他一起回去。”

“他怎么样了？”

“跟平常日子一样。很平静。他觉得宪警队里有一股汗酸味。”

“这是真的吗？”

“当然是真的啦。”

“我会给他写一点什么的。当我前往大山里头时。”

“你要返回圣维克托吗？”

“我要把他们送回艾卡尔去。我自己也回去。”

“是的。”

“是我开的车嘛。”

“是的，当然。”

“他们都不会开车。”

“是的。开车要当心，这路不好走。”

“是的。”

“要谨慎。”

“我会的。”

阿当斯贝格伸出他那条结实的胳膊，搂住了卡米叶的肩膀，就那么静静地瞧着她，在手电筒的微光中。

“那你还会走吗？”他问道。

"我要在那边待上几天。"

"然后你要出发吗?"

"是的。我会想念他们的。"

"那你还会走吗?"

"去哪里?"

"这个嘛，我又不知道。去巴黎?"

"我不知道。"

"哦，他妈的，卡米叶，别说得跟我一样。假如你说得跟我一样，那就没有什么还能前进了。"

"那样更好"，卡米叶说，"那对我很合适。那个样子就跟现在一样，让我很喜欢。"

"但是，后天，情况可就不一样了。后天，就将不再会有路边的歇息，不再有卡车，不再有转瞬即逝的东西，不再有昙花一现的暂时。同样，也不再有河岸和水边啦。"

"那一切，我都会再做的。"

"那些河岸和水边吗?"

"是的。"

"用什么呢?"

"用这本《名录》。《名录》能够做到一切。"

"假如你这样说的话，就算是吧。你拿它们做什么呢，那些河岸和水边?"

"我会过来看你是不是在那里的。"

"我会在那里的。"

"兴许吧"，卡米叶说。

第二天早上，卡米叶爬上卡车，溜到了方向盘前，点火启动了发动机，倒退着牲口运送车，准备在铁皮的一阵哗啦哗啦声中，开始它的转向。静悄悄地并肩站在一边的，是那几个男人，夜更佬靠着他的那根棍子，又重新站得笔直，还有索里曼和阿当斯贝格，他们全都表情严峻地瞧着卡车在那里倒车。卡米叶驾着车子穿越了省道，重又向后倒，开到了公路的右侧路边，将车头对准了东边方向，然后熄了火。

阿当斯贝格慢慢地穿过公路，爬上了驾驶舱的两级台阶，拥抱了卡米叶，用手抚弄着她的头发，然后返回到牧场上，站到正等在那里的两个男人边上。他握住了夜更佬的手。

“小心照看住你自己，我的小子”，夜更佬说。“我就不再在你背后了。”

“并不是所有人都需要把你掌控在手中的”，索里曼说。

索里曼朝卡米叶瞥去一道目光，然后握了握阿当斯贝格的手。

“‘分手’”，他说，“‘分别、中断一种联系、互相告别的行为。’”

他走向了卡车，爬上了右边车门，帮夜更佬安坐到座位上，然后嘎巴一声关上了车门。阿当斯贝格举起了一只手，而牲畜转送车则在它栅栏的一阵嘈杂声中启动了。他瞧着它慢慢地远去，然后在八十米远的地方停下。索里曼从驾驶舱里一跃而下，朝他跑过来。

“水盆忘了，他妈的。”

他一步不停地从阿当斯贝格面前跑过去，一直跑到卡车原先停车的地方，从被车轮和脚步压倒了的青草丛中捡起那只被遗忘的洗脸盆。然后，他气喘吁吁地大步返回。走到阿当斯贝格的跟前时，他停住脚步，又一次跟他握了握手。

“‘命运’”，他说。“‘潜在的可能性，相遇相识。能让人找到一个人或一件东西的偶然性、机遇，无论是意料之外还是意料之中。’”

他微微一笑，返回卡车，用手优雅地摇晃着蓝色的水盆。卡车重又开动，在公路的拐角转过弯去。

阿当斯贝格急忙从他的后屁股兜里掏出记事本，打开，凭借自己的记忆，记录下了索里曼最后那一个词语的定义。